정범철
희곡집
3

정범철
희곡집
3

도서
출판 모시는사람들

세 번째 희곡집을 출간하게 되었습니다. 2020년에 두 번째 희곡집을 출간한 지 3년 만입니다. 최근 3년은 제게 매우 힘든 시기였습니다. 코로나 19 팬데믹이 전 세계를 지배하는 동안 공연이 연기와 취소를 거듭했고, 오해와 반목이 빚어낸 관계의 뒤틀림으로 인한 상처가 이곳저곳 흔적을 남겼습니다. 희곡은 인간의, 인간에 의한, 인간을 위한 글쓰기 수행이며 고난과 성찰의 과정임을 진즉에 인지하고 20여 년이 넘도록 꾸준히 희곡을 써 왔건만! 저는 여전히 부족하고 여전히 멀었다는 사실을 새삼 깨달았습니다.

극작가가 되기를 간절히 열망하고 소망하던 지망생 시절, 희곡을 배울 수 있는 환경을 갈구하며 스스로 스승을 찾아 나서 기어코 만나고야 말았던, 사막의 오아시스처럼 어둠 속 빛이 되어 주셨던 그분들을 기억합니다. 현재 저 또한 이곳저곳에서 희곡을 가르치고 있습니다. 내가 잘나서도 아니고 대단해서도 아닙니다. 과거의 나처럼 간절한 그들에게 내가 조금이나마 도움이 된다면 이처럼 뿌듯하고 가치 있는 일이 세상 또 어디에 있을까요?

　가르치면서 또 배웁니다. 그래서 계속 희곡을 씁니다.
　잘 가르치고 싶어서.

　세 번째 희곡집을 저와 함께 익히고 배우고 싶은 모든 이들에게 선사합
니다. 이 작품들은 연습과 공연 과정을 통해 여러 배우와 스태프의 도움
으로 다듬어진 공연 대본입니다. 함께 작업하며 좀 더 적합한 대사를 찾
아준 연극 동지들에게 감사드립니다.

2023년 6월
서울 성북구 정릉동, 작업실에서

— 차례 —

정범철 희곡집 3

서문 — 5

불편한 너와의 사정거리 — 9

타임택시 — 67

시체들의 호흡법 — 149

건달은 개뿔 — 215

밀정 리스트 — 285

작가론

삶은 희극, 연극은 놀이 _우수진 — 351

시체들의 호흡법

밀정리스트

불편한 너와의
사정거리

불편한 너와의 사정거리

타임택시

건달은 기쁠

등장인물

차명숙	50대 여. 67년생. 총으로 세 명을 쐈다는 여자.	
김영실	50대 여. 67년생. 명숙의 대학 동기.	
노혜자	70대 여. 고등학교 선생으로 30여 년을 교직에서 일하고 은퇴.	
구동희	50대 여. 명숙이 여자교도소에 수용되었을 당시, 명숙을 괴롭혔던 고참.	
심미화	50대 여. 명숙이 제작한 영화를 혹평했던 영화평론가.	
이지석	50대 남. 명숙의 남편.	

때

현재

장소

대한민국, 서울

1장

어둠 속에서 울려 퍼지는 세 발의 총성. 탕! 탕! 탕!
이어지는 정적. 그 정적을 깨고 어디선가 들리는 명숙의 음성.

"어디서부터 잘못된 걸까?"

누군가 세게 문을 두드리는 소리 들린다.

차명숙   (소리) 영실아! 야! 김영실!
김영실   (소리) 알았어! 잠깐만!
차명숙   (소리)김영실!

무대 밝아진다. 늦은 새벽. 영실의 원룸 오피스텔. 영실이 간편한 복
장으로 급히 방에서 나와 문을 열어준다. 한 손에 가방을 든 정장 차
림의 차명숙이 서 있다. .

김영실   명숙아! 너… 들어와.

명숙을 잡아 안으로 끌어당기는 영실.

김영실   어우, 술 냄새. 너 그동안 어디 있었어? 지석이가 나한테 몇 번
         이나 전화 왔어. 너 연락도 안 되고 핸드폰도 꺼져있다고….

명숙, 비틀거리며 들어와 소파에 털썩 앉는다.

차명숙   물 좀 주라.
김영실   물? 그래.

영실, 냉장고에서 페트병 물을 꺼내 건넨다. 받아들고 벌컥벌컥 마시는 차명숙.

김영실   그동안 어디서 뭐 했어? 회사도 안 갔다며? 내 문자 확인했어?
         난 너 무슨 사고라도 난 줄 알고… 내가 지석이한테 전화해줘
         야겠다. 너 찾았다고. 아냐, 네가 할래? 아니다. 당장 너희 집
         으로 가자.
차명숙   전화했어. 여기 들어오기 전에.
김영실   그래? 뭐래?
차명숙   꺼져있던데?
김영실   자나보네. 너 찾는다고 여기저기 다 연락하고 얼마나 걱정했
         다고. 피곤할 만하지. 아무튼 내일까지 연락 없으면 경찰에 신
         고한다고 그랬는데 다행이다. 가만. 여기서 이렇게 아니라…
         술 한 잔 할까? (두리번거리며) 집에 술 사둔 게 없는데… 나가자.
         한 잔 하면서 얘기하자. 나 옷 갈아입고 올게.

영실, 일어나려는데 명숙이 잡는다.

차명숙   나 많이 마셨어. 그냥 얘기나 좀 들어줘.

김영실   됐어. 나가자. 응?

차명숙   나 많이 마셨다고!

영실, 다시 자리에 앉는다.

김영실   그래. 말해봐. 무슨 일이야? 5일 동안 회사도 안가고 잠수 탄 이유가 뭐야? 둘이 대판 싸웠어?

차명숙   영실아.

김영실   왜?

차명숙   끝이야.

김영실   뭐가?

차명숙   내 인생은 끝난 거나 다름없어.

김영실   무슨 소리야. 좀 알아들을 수 있게 말해봐.

차명숙   나… 사람을 죽였어.

김영실   뭐?

침묵.

김영실   장난하지 마.

차명숙   진짜야.

김영실   누굴? 누굴 죽였는데?

차명숙   네가 모르는 사람들이야.

김영실   사람들? 한 명이 아니야?

차명숙   세 명.

어이없어서 잠시 멍한 영실.

김영실   잠깐만. 아니, 네가 왜? 어떻게 죽였는데?

차명숙   총으로 쏴서.

김영실   총? 네가 총이 어디 있어?

차명숙   구했어.

김영실   어디서?

차명숙   손님이 놓고 내렸어.

김영실   네 택시에?

차명숙   응.

김영실   좀 자세히 말해봐.

차명숙   얼마 전 밤에 어떤 외국남자를 태웠어. 시간도 늦었고 막 퇴근
         하려던 참이었는데 방향이 비슷해서 그냥 태웠지. 약간 술에
         취했는지 누구랑 통화를 하는데 횡설수설하는 느낌이었어. 말
         하는 걸 들어보니까 러시아 사람 같았어. 인적이 드문 곳에 내
         리더라. 그리고 바로 퇴근을 했는데… 집에 가서 보니까 뒷좌
         석에 가방이 있는 거야. 안을 열어보니까 총이 있는 거지.

김영실   총 보여줘 봐.

차명숙   영실아. 너 내 친구 맞지?

김영실   맞아. 총 줘 봐.

차명숙   우리 진짜 친구 맞지?

김영실   총 꺼내보라고! 가방에 있어?

김영실, 명숙의 가방을 열어 살펴본다.

김영실	없잖아. 총 어디 있어? 어?
차명숙	없어.
김영실	너 장난칠래?
차명숙	지금 없어.
김영실	지금 없다니?
차명숙	숨겨뒀어.
김영실	명숙아, 재미없어. 그만해.
차명숙	(버럭) 진짜라고!

침묵.

김영실	진짜라고?
차명숙	그래. 총으로 빵! 빵! 빵! 다 쏴 죽였다고! 내 손으로! 세 명을! 영실아, 우리 친구로 지낸 지 20년? 아니 30년도 넘었지? 내가 언제 이런 장난 친 적 있어? 날 봐. 지금의 내 모습을 보라고! 나 지금 진심이야. 지금 이게… 장난 같이 보여? 응?

침묵.

김영실	아니.
차명숙	그럼 이제 제발 좀… 날 믿어줄래? 내가 널 믿는 것처럼?
김영실	그래. 믿어. 당연히 믿지.
차명숙	나 5일 동안 그 사람들 죽이고 너한테 처음 온 거야. 넌 내가 가장 신뢰하는 하나뿐인 친구니까. 영실아, 넌 아니야?

| 김영실 | 물론 나도 그렇지. 그런데 네가 그 사람들, 그 세 명을 왜, 무슨 이유로 죽인 건지 설명을 좀 해봐. |

차명숙, 말없이 물 마신다.

김영실	설명해보라니까!
차명숙	날 이렇게 만들었거든.
김영실	이렇게? 뭘 이렇게?
차명숙	회복불능. 회생불가… 돌이킬 수 없는 나락. 나를 이 지경에 이르게 만든 인간들.
김영실	네가 뭐가 어때서? 너 지금 잘 살고 있잖아. 빚이 많은 것도 아니고, 좋은 남자 만나서 결혼했고, 택시 운전하면서 잘 먹고 잘 살고 있잖아. 이 지경이라니? (번뜩) 혹시 너 다단계 같은 거 했니?
차명숙	넌 몰라.
김영실	뭘?
차명숙	아무리 30년을 내 친구로 지냈지만 아직도 넌 날 몰라.
김영실	명숙아. 알았어. 그래 나 너 몰라. 그러니까 좀 자세히 말해보라고.
차명숙	싫어.
김영실	뭐?
차명숙	말하기 싫어.
김영실	왜?
차명숙	널 못 믿겠어.

김영실   아까는 날 가장 신뢰한다며? 가장 믿는 친구라며? 이랬다저랬
         다 뭐 어쩌라고! 그럼 너 여기 왜 왔어? 도와달라고 온 거 아
         냐?
차명숙   네가 날 도와줄 수 있을까? 이제 와서?
김영실   뭐가 어떻게 된 건지 알아야 도와주지. 말해보라고.

         침묵.

차명숙   그래, 그러자. 말할게. 다 말할게. 누구부터 말할까?
김영실   그냥… 먼저 죽인 순서대로 말해봐.
차명숙   내가 제일 처음 죽인 사람은… 내 고등학교 선생님이야.

2장

노혜자가 등장한다. 노혜자의 집 앞, 골목. 외출복 차림의 노혜자가
두 사람 앞을 지나간다.

김영실   그 국사선생? 너 전학가게 만든…?
차명숙   응. 맞아.

차명숙, 노혜자에게 다가간다. 영실은 그 자리에서 그 모습을 계속
지켜본다.

차명숙   안녕하세요.

노혜자   예….

차명숙   노혜자 선생님 맞으시죠?

노혜자   누구…?

차명숙   저 기억 안 나세요? 공명여고….

노혜자   아, 저한테 배운 학생인가요? 내가 교편 놓은 지가 좀 되어
         서….

차명숙   제가 고2때 선생님께 배웠습니다. 84년에요.

노혜자   아이고, 그렇군요. 반가워요. 이 동네 살아요?

차명숙   아니요. 선생님을 뵈러 일부러 찾아왔습니다.

노혜자   나를? 왜…?

차명숙   갑자기 이렇게 불쑥 찾아와서 놀라셨을 텐데… 제게는 정말
         깊숙이 박혀있는 트라우마 같은 일이라서요.

노혜자   ….

차명숙   그땐 제가 너무 어려서 그냥 당할 수밖에 없었고, 어떻게 대처
         해야하는지도 몰랐거든요. 전 지금도 잘못이 없다고 생각하는
         데 제가 왜 죄를 지은 것처럼 학교에서 쫓겨났어야 했는지 이
         제라도 선생님께 사과를 받고 싶어서 이렇게 찾아뵙게 되었습
         니다.

노혜자   (당황) 지금 무슨 소리를 하는 건지 모르겠네.

차명숙   저 정말 기억 안 나세요? 그때 수업시간에 선생님이랑 이승만
         에 대해 논쟁하다가 버릇없다고 따귀 맞고 학생주임한테 구타
         당하고 결국 전학 갔잖아요. 저 그때 갈비뼈 나가고 병원에 입
         원도 했는데 기억을 못하신다고요?

노혜자	이봐요. 너무 오래된 일이라 기억도 안 나고 그런 일로 찾아온 거라면 난 할 얘기 없으니까 가세요.
차명숙	사과하세요.

노혜자, 가려는데 명숙이 팔을 붙잡는다.

차명숙	(팔을 잡으며) 사과하시라구요.
노혜자	(팔을 뿌리치며 버럭) 뭐! 기억도 안 나는데 뭘 사과하란 거야!
차명숙	한 사람을 병신으로 만들어놓고 침묵했잖아요. 학교의 명예가 어쩌고저쩌고하면서 사실대로 말하지 않고 모두가 합세해서 쉬쉬하고 날 문제아로 만들었잖아요!
노혜자	니가 대들었잖아! 학생이 선생한테!

침묵.

차명숙	기억하시네요. 기억 안 나신다면서요.
노혜자	학생주임한테 맞은 건 그 사람한테 가서 따져. 왜 여기 와서 행패야?
차명숙	선생님이 학생주임한테 말했잖아요. 그래서 쉬는 시간에 학생주임이 달려와서 날 주먹으로 때리고 발로 밟았잖아요. 그런데 그게 끝이 아니었죠. 병문안은커녕 그때 목격했던 아이들까지 싹 다 입막음하고 엄마가 고소하겠다고 하니까 내가 이상한 놈이고 다 내가 잘못한 걸로 만들었잖아요!
노혜자	난 모르는 일이야. 이제 와서 몇 십 년이 지난 일을 왜 따지는

	거야? 이제 와서 뭐 어쩌라고?
차명숙	선생님이 그렇게 말씀하시면 안 되죠. 선생님, 국사선생님 아니세요? 몇 십 년이 지나면 다 잊어요? 우리의 역사는요? 몇 십 년이 지나면 다 잊어도 돼요? 그렇게 가르치세요?
노혜자	말장난하지 마. 너 어디 와서 행패질이야? 넌 애미, 애비도 없어?
차명숙	맞아요! 이거에요! 그때도 이렇게 말했어요. 그때도 나한테 애미, 애비도 없냐고 했고 제가 그랬죠. 네! 제 아버지는 5.18때 광주에서 군인들이 쏜 총에 맞아 돌아가셨습니다. 전 애비 없습니다! 그랬더니 선생님이 다짜고짜 따귀를 때리셨죠. 자, 제가 도대체 뭘 잘못한 거죠? 애미, 애비 없냐고 물어서 애비가 없다고 사실대로 말한 게 따귀를 맞을 짓입니까?
노혜자	넌 내 가르침을 거부했어. 학생 주제에 네가 뭘 안다고.
차명숙	잘못 가르치니까 그렇죠. 이승만이 건국의 아버지라면서 친일과 독재행위를 미화했잖아요.
노혜자	미화한 게 아니라 사실 그대로 가르쳐 준거야! 이승만 대통령이 없었으면 이 나라는 공산주의 국가가 됐을 거라고. 혼란했던 시기에 이 나라를 바로 세우신 분이야. 그런 분의 업적을 왜 폄하하려 들어?
차명숙	이 나라는 이승만이 혼자 세운 나라가 아니기 때문이죠! 건국 업적의 공을 왜 한 사람에게 다 주는 겁니까?
노혜자	무법천지였던 이 땅에 기초이념과 제도를 정착시키고! 시장경제체제를 확립하고! 산업화와 민주화를 이룩하는 기반을 마련하고! 국민통합을 이끌어내며 국가의 기틀을 세운 분이야.

	알아?
차명숙	친일파와 타협했고! 이념을 내세워 수많은 양민들을 학살했고! 6.25때 국민을 버리고 대전, 대구를 오가며 가장 먼저 달아났으면서 북진을 하고 있다고 거짓방송을 했죠. 피난민들이 뻔히 다리를 건너고 있는 상황에서 인도교를 폭파시켜서 수백 명을 죽였고요.
노혜자	됐어. 가. 너 같은 빨갱이 새끼들이랑 할 말 없어.

노혜자, 가려하자 앞을 가로막는 명숙.

차명숙	(앞을 막고) 사과하세요.
노혜자	안 비켜?
차명숙	잘못하셨으면 사과를 하셔야 할 거 아닙니까.
노혜자	잘못한 거 없으니까 비켜!
차명숙	사과하세요!
노혜자	비키라고.
차명숙	사과하세요!
노혜자	비켜!
차명숙	왜 다들 잘못을 하고 사과를 안 하는 거야! 왜! 총으로 쏴 죽였으면 쏜 놈이 있고 시킨 놈이 있을 거 아냐! 왜 사과를 안 하냐고! 왜!

차명숙을 노려보는 노혜자. 영실이 이 광경을 보고 있다가 끼어든다.

김영실   명숙아.

차명숙   왜?

김영실   말 끊어서 미안한데….

차명숙   뭔데?

김영실   너희 아버지가 광주에서 그렇게 돌아가신 건 정말 안타까운 일이야. 중학생 때라고 했지?

차명숙   중1.

김영실   그래. 내 생각엔… 아버지의 죽음에 대한 트라우마가 그 선생 한테 옮겨간 거 같아. 책임지지 않는 사람들, 사과하지 않는 사 람들에 대한 원망이 그 선생한테 전이된 거지.

차명숙   그래?

김영실   응. 넌 그때도 모범생이었다며. 공부도 잘하고 대인관계도 원 만하고. 그런데 역사에 대한 이야기, 특히 근현대사에 대한 이 야기만 나오면 넌 다른 사람이 된 것처럼 흥분하고 돌변하잖 아. 그 선생과도 그랬던 거지. 너의 깊숙이 내재되어 있는 상 처가 잠재되어 있다가 비슷한 상황을 다시 겪으면서 분노로 표출되는 거지.

차명숙   날카로운 분석이네. 고마워.

김영실   아무튼 그랬더니 그 선생이 뭐라고 했는데?

노혜자, 명숙에게 다시 말한다.

노혜자   너희 빨갱이들은 그게 문제야. 사실보다 자신들이 믿고 싶어 하는 것만 진실인양 앞세우지. 이상향을 이념적으로 설정해놓고 그 방향으로 과거가 이루어졌어야 한다고 떼쓰면서, 자신들이 만든 프레임에 갇혀 과거를 분석하지. 봐. 넌 지금도 네 아버지에 대한 원망을 나한테 털어놓고 있잖아. 역겨운 놈들.

얼어붙은 채 멍하니 서 있는 차명숙. 노혜자는 명숙을 지나쳐 퇴장하려는데 명숙이 불러 세운다.

차명숙   선생님… 잠깐만요.

멈춰서는 노혜자, 돌아서는데 명숙이 안주머니에 손을 집어넣더니 무언가 꺼내는 시늉. 명숙은 손가락으로 총 모양을 만들어 노혜자를 겨눈다. 그 손을 보고 흠칫 놀라는 노혜자.

노혜자   뭐야. 총?
차명숙   역겨운 건 당신이야.
노혜자   그거 저리 안 치워?
차명숙   그래서 지금… 사과 못하겠다. 이거죠?
노혜자   미친 놈. (돌아서려는데)
차명숙   움직이지 마! 죽고 싶어? 내가 못 쏠 거 같아?

노혜자, 차명숙을 무섭게 노려본다.

차명숙   마지막 기회예요. 사과하세요.

잠시 정적.

노혜자   못 해. 아니, 안 해.

탕! 소리 들린다. 노혜자 스탑모션. 깜짝 놀라는 영실.

김영실   진짜 쐈다고? 그 집 앞에서?
차명숙   응.
김영실   그래서?
차명숙   쓰러졌지.

노혜자, 쓰러진다.

김영실   누구 본 사람은?
차명숙   없었어. 외진 골목이라.
김영실   시체는?
차명숙   그냥 두고 갔어.
김영실   뭐? 그냥 뒀다고?
차명숙   응.
김영실   시체를?
차명숙   응.
김영실   거기다 그냥?
차명숙   응.

노혜자, 일어나 퇴장한다. 그 모습 바라보는 김영실.

김영실   총소리 듣고 사람들 나왔을 거 아냐.

차명숙   안 나오던데?

김영실   너 제정신이야? 분명히 어딘가 CCTV에 찍혔을 거고⋯ 아니,
          어떻게 지금까지 안 잡혔지?

차명숙   내가 잡혔으면 좋겠어?

김영실   그런 뜻이 아니고⋯ 거기서 쏘는 건 아니지! 명숙아, 너 잡히는
          거 시간문제야. 그냥 자수하자.

자수하자는 말에 영실을 쳐다보는 명숙.

김영실   자수하자고. 응?

피식 웃는 차명숙.

김영실   웃어? 너 지금 웃음이 나와?

차명숙   옛날 생각나서.

김영실   무슨 옛날 생각?

차명숙   우리 대학 다닐 때.

김영실   갑자기 그때 얘긴 왜 해.

차명숙   그때도 네가 자수하라고 했었잖아. 나한테.

김영실   그땐⋯ 그래. 그때도 그랬지. 정말 수십 번 사과했지만 또 사
          과할게. 미안하다. 난 달라. 잘못했으면 사과하는 놈이야.

차명숙   너도 몰랐잖아. 오해 풀렸어.

김영실   미안해. 형사가 따라 붙은 줄 알았으면 너한테 안 갔을 거야.

침묵.

김영실   그런데 진짜 한번만 더 물어볼게.

차명숙   뭘?

김영실   그때… 진짜 내가 배신했다고 생각했어?

차명숙   응.

김영실   정말? 진짜로?

차명숙   응.

김영실   서운하네.

차명숙   넌 총학도 탈퇴했잖아. 갑자기 우릴 피했고. 오해할 만하지.

김영실   명숙아. 내가 왜 그랬는지 이야기해줘?

차명숙   해 봐.

김영실   6. 10 항쟁 때 기억나지?

차명숙   그럼. 같이 있었잖아.

김영실   전경들이 쏜 최루탄이 나를 향해 날아오는데 누군가 소리치더라? "피해!" 우왕좌왕 쓰러지고 뭔가 펑하는데 정신 차리고 보니까… 어떤 사람이 머리에 최루탄을 맞고 피를 철철 흘리는데….

차명숙   이한열….

김영실   응. 이한열 열사! 순간… 집에 있는 엄마랑 동생들 얼굴이 떠오르면서 눈물이 주룩 흐르는데… 그리고 총학 그만 둔거야.

못하겠더라.

차명숙 잘했어.

김영실 어?

차명숙 잘했다고. 살아야지.

김영실 그때 끌려가서 많이 힘들었지?

차명숙 아냐. 생각보단 심하진 않았어. 박종철 사건 터진 직후라 걔네
도 조심하더라고. 징역 1년, 집행유예 3년… 내 인생을 송두리
째 바꿔놓았지.

침묵.

김영실 너 출소하고 복학했다는 얘기 듣고 내가 바로 학교로 찾아갔
잖아. 다시 너 만났을 때… 진짜 반갑더라. 그때 다시 너랑 만
나서 오해가 풀렸잖아. 풀린 거 맞지?

차명숙 다음 사람 얘기해도 돼?

김영실 응?

차명숙 두 번째 죽인 사람.

김영실 어. 그래. 해봐.

차명숙 그렇게 국사 선생을 총으로 쏜 다음 바로 차를 몰고 이천으로
갔어.

김영실 이천? 경기도 이천?

차명숙 응. 거기에 그 년이 살고 있거든.

김영실 그 년?

3장

구동희가 박스를 들고 등장한다. 구동희가 운영하는 카페. 구동희,
박스에서 물품들을 꺼내며 정리하기 시작한다.

차명숙   이천에서 카페를 차렸더라고.
김영실   그 년이 누군데?
차명숙   감방 선임.

차명숙, 문을 열고 들어가는 시늉하자 딸랑 소리 들린다.

구동희   어서 오세요.

차명숙, 구동희를 한참 쳐다본다.

구동희   편하신 자리에 앉으세요.

차명숙, 말이 없다.

구동희   주문 도와드릴까요?
차명숙   기억 못 하시네.
구동희   네?
차명숙   저에요. 차명숙.

구동희   누구신지….

차명숙   언니! 감방에서 저 엄청 예뻐해 주셨잖아요. 어떻게 절 기억
          못하세요?

구동희   ….

차명숙   저 차명숙이요. 전라도 쌍년이라면서 매일 챙겨주셨는데… (얼
          굴 가까이 내밀며) 잘 보세요. 여기 이마에 언니가 칼로 그은 흉터
          도 있어요.

구동희   차명숙… 뭐, 어렴풋이 생각은 나는 것 같네요.

차명숙   와, 다행이다. 기억 못하시면 어쩌나 걱정 했어요. 하나하나
          다 얘기하려면 한참 걸리니까요.

구동희   여긴 어떻게…?

차명숙   (주위 둘러보며) 와! 이렇게 까페도 차리시고 잘 사시네요. 이 언
          니 출소하면 뭐해 먹고 살려나 되게 궁금했는데. 참, 그런데 경
          상도 분이 왜 경상도로 안 가시고 경기도에 계세요? 경상도 완
          전 사랑하셨잖아요. 전라도 사람들 다 싸잡아 욕하면서.

구동희   뭐하는 거죠? 남의 가게 와서 지금… 네?

차명숙   어색하게 왜 존댓말을 하고 그러세요? 원래대로 편하게 반말
          하세요. 안 어울리니까.

구동희   경찰 부르기 전에 나가요. 지금 시비 걸러 왔어요?

차명숙   아니요. 저 복수하러 왔어요.

구동희   뭐? 복수?

차명숙   언니가 그때 저 물고 빨고 주물럭거리면서 성폭행 했잖아요.
          기억…나시죠?

김영실, 끼어든다.

김영실	진짜? 성폭행 당했어?
차명숙	응.
김영실	심하게?
차명숙	심하게.
김영실	성추행이 아니고 성폭행?
차명숙	그래, 성폭행.
김영실	너 성추행과 성폭행의 차이… 정확히 아는 거 맞지?
차명숙	성관계를 시도했느냐 안했느냐의 차이지. 성추행은 10년 이하의 징역 혹은 1500만 원 이하의 벌금. 성폭행은 최소 3년 이상 징역. 다 알아.
김영실	근데 성폭행이라고?
차명숙	응.
김영실	(탄식) 하아, 그런데 왜 말 안했어?
차명숙	누구한테? 너한테?
김영실	아니, 누구든.
차명숙	그때 88년도였어. 너도 알잖아. 그런 분위기 아니었다는 거. 요즘처럼 페이스북도 없고, 인터넷도 없고. 특히 교도소처럼 폐쇄적인 곳에서는 어림도 없는 일이지.
김영실	그렇지. 그렇긴 했지.
차명숙	계속 해도 될까?
김영실	그래. 미안.
차명숙	그런데 카운터 끝에 액자 하나가 딱 보이는 거야. 자세히 보니

까 그 안에 가족사진이 있는 거지. 구동희의 가족사진.

차명숙, 구동희의 가족사진을 발견하고 구동희에게 말한다.

차명숙   어? 이거 뭐야? 언니 남편이랑 아들이에요? 와, 남편, 미남이
         시다. 아들도 잘 컸고 참… 알콩달콩 행복하게 그동안 잘 사셨
         네? 남의 인생은 다 망쳐놓고.

구동희, 핸드폰 꺼내서 어디론가 전화하려고 한다.

차명숙   아들이 알면 뭐라고 할까요? 엄마가 어떤 여자를 성폭행했다
         는 사실을 알게 되면. 엄마의 성적취향은 알고 있나?

멈칫하는 구동희.

차명숙   어머, 아직 몰라요? 남편도? 하긴 옛날엔 게이, 레즈, 바이섹슈
         얼 모두 입 밖으로 꺼낸다는 게 상상도 못할 일이었으니까. 참
         세상 많이 달라졌어. 그죠? 이젠 밝혀도 되지 않나? 혹시 알아
         요? 언니 아들은 이해해줄지? 요즘 애들이니까. 아들이 지금…
         중학생 맞죠? 아들이 엄마가 양성애자란 사실을 알면 뭐라고
         할까요? 궁금해요? 궁금하면 경찰한테 전화하세요. 기자도 부
         르고, 가족도 부르고, 다 불러서 확인해보죠. 뭐.

핸드폰 내려놓는 구동희.

구동희   너 지금 협박하는 거야?

차명숙   이런 걸 협박이라고 하면 협박이고, 아니라고 하면 아닌 거고,
          언니가 나한테 한 짓을 성폭행이라고 하면 성폭행이고, 사랑
          해서 그랬다고 하면 사랑인거고. 말이란 게 다 그렇지 뭐. 이
          렇게 보면 이렇고, 저렇게 보면 저렇고. 안 그래요?

구동희   원하는 게 뭐야?

차명숙   말했잖아. 복수하러 왔다고.

구동희   미안해. 내가 잘못했어.

          김영실, 끼어든다.

김영실   바로 사과했네?

차명숙   그러더라.

구동희   그땐 정말 어렸잖아. 스물세 살? 네 살이었나? 철없이 살던 때
          라… 누군가에게 큰 상처가 될 수 있다는 걸 미처 생각 못했
          어. 그런데 나도 그렇게 당했었고, 그때 우리 교도소 분위기
          가… 아니야 다 변명이야. 미안해. 내가 정말 미안하다.

차명숙   쉽네.

구동희   뭐?

차명숙   사과가 너무 쉬워. 이렇게 바로 사과할 짓을, 그땐 참 왜 그랬
          을까? 내가 언니한테 이렇게 찾아왔으니 사과라도 받지. 죽을
          때까지 못 만났으면 언니는 나한테 결국 사과 안 했을 거 아
          냐. 그치?

구동희   진심이야. 내가 잘못했어. 돈을 원해? 내가 큰돈은 없지만 보

상차원에서 할 수 있는 만큼 보상할게. 차… 차… (이름이 생각 안

난다.)

차명숙   차명숙.

구동희   그래, 차명숙. 명숙아. 부탁이야. 그러니까 남편이랑 아들한테

는 제발….

차명숙   그렇게 남편과 아들을 걱정하는 사람이! 자기 가족을 끔찍이

아끼는 사람이! 남의 가족은 왜 생각 못해? 어? 넌 결혼도 하고

아이도 가졌네? 난 너 때문에 평생 섹스도 못하게 됐는데!

김영실, 또 끼어든다.

김영실   뭐? 섹스를 못하다니?

차명숙   ….

김영실   그게 무슨 소리야?

차명숙   그래. 나 그래. 그렇게 됐어. 나 그년한테 당한 이유로… 안

돼.

김영실   (긴 한숨)

차명숙   몰랐지? 내가 말한 적 없으니까. 아무리 친해도 그런 거까지

말하기긴 좀 그렇잖아.

김영실   그래서 그랬구나.

차명숙   뭘?

김영실   지석이랑 잠자리 안한다며. 난 너희 결혼 한 지도 오래 됐고, 어

느 부부나 오래 지나면 잠자리 안 하는 경우 많으니까 그런가

보다 했는데… 그런 이유가 있었구나.

차명숙	관계를 가질 때만 되면 그때 당했던 기억이 나서 할 수가 없어.
김영실	병원 가봤어? 이건 심리적인 거잖아. 치료받으면 좋아질 수 있어.
차명숙	이제 와서? 너무 늦었어.

구동희, 무릎을 꿇는다.

구동희	내가 이렇게 사죄할게. 정말 뭐라고 할 말이 없다. 내가 어떻게 너한테 용서를 받을 수 있을까.
차명숙	내가 단지 광주 출신이란 이유로 넌 날 괴롭혔고, 내 아버지가 5.18때 돌아가셨단 사실을 알게 된 후, 내 아버지마저 모욕했어. 내가 너와 다시 대면하게 될 이 순간을 얼마나 기다려왔는지 모를 거야. 이 순간을 위해! 널 20년 넘게 지켜봐왔어. 어디서 뭘 하는지 어떻게 살고 있는지 항상!
구동희	제발, 그만하자. 잘못했다고 이렇게 용서를 빌고 있잖아.
차명숙	언니, 사람이요. 잃을 게 많으면 약해진대요. 언니는 그때 정말 가진 게 쥐뿔도 없는 년이었어. 인정해? 머리에 든 것도 없고, 선량한 남자들 상대로 돈이나 뜯어내는 꽃뱀에 불과했지! 그런데 20년이란 시간이 지나는 동안 내 기대와 다른 삶을 살게 되는 널 봤어. 뭐랄까? 점점 올바른 삶을 살게 되면서 뭔가 행복하게 많은 걸 누리게 되더란 말이야. 화가 나더라. 그때 그 말이 생각났어. 그래, 차라리 잘됐다. 많이 가져라. 내가 다 잃게 해주마. 봐. 지금 이렇게 약한 척 하고 있잖아. 그런데

난? 난 어떻게 됐을까? 너와 반대로 난 많은 것을 잃게 됐어. 내 미래, 내 꿈을 잃었어. 남편이 생겼지만 아이도 가질 수 없었어.

구동희　보상하겠다고. 치료비 내가 대주겠다고!

차명숙　닥쳐! 돈이 필요했으면 진작 나타났겠지! 내가 원하는 건 돈 따위가 아니야. 내가 원하는 건 복수야. 네가 나한테 한 행동에 대한 복수. 내가 20년이 지난 지금에서야 나타난 이유! 네가 많은 걸 갖게 될 때까지 기다린 거야. 그래야 더 고통스럽고 더 괴로울 테니까.

구동희　그래서 뭘 어쩌겠다고? 죽이겠다는 거야 뭐야!

차명숙　이거 봐. 불끈 불끈 본성이 삐져나오잖아. 사람은 쉽게 변하지 않아. 가진 게 많아졌을 뿐, 넌 조금도 변하지 않았어.

차명숙, 가방에서 출력한 종이를 꺼내어 내민다.

차명숙　대한민국 마마부대. 당신이 만든 유튜브 채널! 보면서 얼마나 어이가 없던지. 참 별짓을 다해. 응? 최근 몇 년 동안 올린 거 다 봤어. 앞뒤가릴 것 없이 정부와 대통령을 비난하고 정치적 색깔이 다르다고 빨갱이, 좌빨이라고 매도하고! 사이비 목사들이랑 한통속이 되어가지고 전염병이나 퍼뜨리고 다니면서 음해다! 뭐다 개소리나 지껄이고! 광화문, 시청, 대학로로 온갖 집회 다 쫓아다니면서! 태극기, 성조기 들고 왔다갔다 즐거워? 행복해? 진정 그게 애국이라고 생각해?

무릎 꿇고 있던 구동희, 자리에서 일어난다. 무릎을 툭툭 떨더니.

구동희 보자보자 하니까 도저히 못 참겠네. 그냥 잘못했다고 넙죽 사
    과할 때 받고 꺼지라니까 전라도 쌍년 주제에 아주 지 세상 만
    나서 미친년마냥 날뛰고 있네. 내가 우습게 보여? 나 구동희
    야! 이마빡에 칼 그은 걸로 모자라? 아예 얼굴도 못 들고 다니
    게 해줘?

구동희, 차명숙에게 다가오는데 차명숙 안주머니에서 무언가 꺼내더
니 구동희의 왼쪽 다리를 향해 바로 쏜다. 탕! 왼쪽 정강이를 맞고 주
저앉는 구동희.

구동희 악!

차명숙의 손가락. 구동희, 왼쪽 정강이를 잡고 바닥에 뒹군다.

구동희 내 다리! 악, 내 다리!
차명숙 놀랐지? 너 총 맞아봤니? 아니지. 구경이나 해봤니? 하긴 나도
    처음 보고 이걸 어떻게 사용해야 하나 싶었는데, 세상이 참 좋
    아진 게 유튜브에서 다 알려주더라. 총알 넣는 법, 조준하는
    법, 어느 부위를 쏴야 죽지 않고 큰 고통을 느끼는지.
구동희 뭐야. 그 총 뭐야….
차명숙 (손가락을 들고) 이거? 러시아제 토카레프란 권총이야. 한 손에
    쏙 들어오지. 총알도 작고. 맞아보니 어때? 많이 아프지? 그래,

네 말이 맞아. 그땐 우리가 어렸지. 겁도 많았고. 내 가슴이 너에 대한 분노와 증오로 들끓었지만 참을 수밖에 없었어. 그런데 지금은 달라졌지. 자, 다음은 어디를 쏴 줄까?

구동희   미안해. 잘못했어.

차명숙   뭐야. 방금 전까지 당당하던 모습은 어디로 사라졌니?

구동희   이러지 마. 제발! 잘못했어. 나 정말 반성했어. 나 태극기 집회 안 나갈게! 유튜브? 다신 안 할게! 시키는 거 뭐든지 할게! 그러니까 살려줘. 제발.

차명숙   아니. 여기까지 왔는데 그냥 살려줄 순 없지. 퀴즈 하나 풀어볼까? 맞추면 살려줄게. 어? 이 멘트 생각 안나? 감방에서! 오늘의 퀴즈! 정답을 맞추면 패스! 틀리면? 내 거기를 뺀다. 생각나지? 네가 했던 말이잖아.

구동희   (흐느끼며) 잘못했어. 진짜 내가… 젊은 시절에 너무 막 살았어. 그러다 뒤늦게 우리 남편 만나서 개과천선해서 새사람이 됐다고. 이제 새로운 삶을 살아보겠다고 내가… 그래, 나 교회도 다니고 봉사활동도 다녀. 이웃들한테 물어봐! 이제 겨우 까페 시작하고 늦둥이도 얻었는데 이렇게 죽을 순 없어.

차명숙   참 묻고 싶은 게 있었는데 교회를 왜 다니는 거야?

구동희   왜 다니긴.

차명숙   하나님을 믿어서 다니는 거 맞아? 사이비 교주를 믿는 게 아니고?

구동희   아니야. 목사님은 그냥 전달만 해주시는 거지. 나 교회 다니면서 정말 많이 변했어. 옛날의 구동희가 아니라고. 과거의 잘못을 반성하고 회개도 다 했어.

차명숙	회개? 회개라! 그러니까 하느님이 뭐래? 응답해주셨니?
구동희	그럼. 응답해주셨지.
차명숙	용서해주신대?
구동희	그럴 걸?
차명숙	(깔깔거리며 비웃고) 참 편해. 온갖 악행 다 저지르고 죽기 직전에 회개하면 천국 가는 거야? 그럼, 나도 너 죽인다음 교회 가서 회개해야겠다. 그러면 되겠네.
구동희	아니야! 아니야! 그건 아니지!
차명숙	자! 오늘의 퀴즈! 이 총에는 총알이 몇 발 들어있을까요?
구동희	살려줘. 제발….
차명숙	몇 발 들어갈까 물었잖아. 질문에 답을 해야지 살려달라니 그게 무슨 개소리야.

차명숙, 구동희의 오른쪽 어깨를 쏜다. 탕!

| 구동희 | 악! |

오른쪽 어깨를 잡고 아파하는 구동희. 보고 있던 김영실이 끼어든다.

김영실	명숙아. 그만….
차명숙	(아랑곳하지 않고 동희에게) 자! 이 총 안에 총알이 몇 발 들어있을까요?
구동희	몰라요… 몰라요!
차명숙	그럼 아무거나 찍어! 5, 4, 3….

구동희   네발! 네발!

차명숙   땡! 틀렸어.

차명숙, 또 총을 쏜다. 탕! 이번엔 구동희의 오른쪽 발등이다.

구동희   악!

김영실, 외친다.

김영실   야, 그만하라니까. 안 들려?

여전히 못 들은 척, 동희를 향해 위협하는 차명숙.

차명숙   자, 정답을 맞추면 목숨은 살려준다. 진짜야. 총 몇 발이 들어
        있을까?

김영실   (버럭) 명숙아! 그만하라고!

명숙, 영실에게 총을 겨누며 외친다.

차명숙   입 닥치고 있어. 다음은 너니까!

침묵.

김영실   뭐?

차명숙	너도 맞출래? 이 총 안에 몇 발 들었는지? 아니면 지석이도 맞추라고 할까?
김영실	지, 지석이라니?
차명숙	나오라고 해.
김영실	너 지금 무슨 소리를 하는 거야.
차명숙	지석이 나오라고 하라고. 여기 있는 거 아니까.

멍하니 넋 나간 표정의 영실.
동희, 이 틈을 타 퇴장하려 하는데.

차명숙	어디 가니? (동희를 끌고 오며) 언니, 언니! (머리에 손가락을 갖다 대고) 대답 안 해?
구동희	네. 네….
차명숙	꿇어!
구동희	네. 네!
차명숙	마지막 기회야. 생각 같아선 머리, 어깨, 발, 무릎, 발! 한 스무 방씩 기관총으로 드르륵! 갈겨주고 싶은데 경찰 오기 전에 빨리 떠야 하니까 이 안에 들어있는 것만 쏘고 끝낼게. 자, 이 총 안에 몇 발이 들어있을까!

손가락 총을 다시 동희에게 겨누는 명숙. 흐느끼는 동희.

구동희	제발….
차명숙	5, 4, 3, 2, 1….

구동희	두발!
차명숙	두발?
구동희	예!
차명숙	진짜 두발?
구동희	아니에요?
차명숙	와우, 대박.
구동희	(기대) 맞아요? 맞아요?
차명숙	땡!

탕 소리와 함께 이마에 총을 맞고 그대로 쓰러지는 구동희.

차명숙	정답은 다섯 발. 토카레프는 총 9연발이야. 아까 국사선생한테 한 발 쏘고 너한테 3발 쐈으니까 총 다섯 발. 그런데 방금 또 한 방 쐈으니까 4발 남았네. 자, 이제 우리 영실이랑 대화 좀 해볼까?

박수를 탁 치는 차명숙. 손가락 총 사라진다. 일어나서 퇴장하는 구동희.

차명숙	영실아.
김영실	(멍하니) 어?
차명숙	뭐해?
김영실	….
차명숙	지석이 빨리 부르라니까.

| 김영실 | 네가 뭔가 오해하는 거 같은데….
| 차명숙 | 오해 같은 소리하고 있네.

차명숙, 방 안을 향해 외친다.

| 차명숙 | 지석아! 이지석! 나와. 여기 있는 거 다 아니까. 안 나와? 내가 찾는다. 빨리 나와!

이지석, 방 안에서 나온다.

| 차명숙 | 있으면서 왜 없는 척 해? 놀랐지? 이쪽으로 와서 앉아.
| 이지석 | 그냥 여기 있을게.
| 차명숙 | 그래. 그럼.
| 김영실 | 명숙아….
| 차명숙 | 잠깐만. 나 잠시 생각 좀 할게.

불편한 정적이 흐른다. 꽤 길다. 갑자기 그 정적을 깨고.

| 차명숙 | 그래, 들어보자. 뭐?
| 김영실 | 이 시간에 같이 있는 게 분명히 잘못됐지. 맞아. 그런데 그렇게 깊은 사이는 아니야. 지석이랑 나도 선후배 사이로 알고 지낸지 오래됐잖아. 그래서 요즘 너랑 사이도 안 좋다고 해서 고민도 들어주면서 가끔 만나고 그랬던 거야.

침묵.

차명숙   끝이야?

김영실   응.

침묵.

차명숙   잤어?

김영실   뭐?

차명숙   잤냐고.

두 사람, 조용하다.

차명숙   고민을 몸으로 들어주나봐?

침묵.

차명숙   둘이 사랑해? 아니면… 그냥 욕망이야?

침묵.

차명숙   지석아, 네가 말해봐. 뭐냐?

이지석   언제부터 알았어?

차명숙   일주일 전.

이지석	그래서 사라진 거야?
차명숙	응. 생각할 시간이 필요해서.
이지석	총으로 사람들 죽였다는 건 뭐야?
차명숙	다 들었네? 문 뒤에 숨어서?
이지석	뭐냐고.
차명숙	어쩌다 내가 이렇게 됐을까 생각해보니까 그 사람들이 떠올랐어.
이지석	그럼 진짜 죽였다는 거야?
차명숙	응.

침묵.

김영실	(주춤거리며 일어서며) 저기, 내가 자리를 좀 피해줄 테니까 둘이 먼저….
차명숙	그냥 있어. 총 맞아 뒤지고 싶지 않으면.
김영실	그래.

다시 자리에 앉는 김영실.

이지석	이제 어쩔 건데?
차명숙	우선 내 얘기가 안 끝나서. 내 얘기를 먼저 좀 더 들어줬으면 좋겠어. 너도 같이. 그 다음에 너희 둘 얘기를 들어볼게. 내가 세 명 죽였다고 했잖아. 첫 번째는 국사선생, 두 번째는 구동희, 그리고 세 번째는 누군지 알아?

이지석	누군데?
차명숙	네 선배.
이지석	내 선배, 누구?
차명숙	영화평론가.
이지석	미화 누나?
차명숙	응.
이지석	죽였다고?
차명숙	응. 아까 낮에. 그리고 바로 여기로 온 거야.
이지석	왜? 미화 누나가 당신한테 뭘 잘못했는데?
차명숙	그거 얘기해주려고 너 부른 거야. 궁금해 할 것 같아서. 나와서 잘 들으라고. 그 사람 학교로 찾아 갔었어. 잠깐 나올 수 있냐고. 건물 앞에서 기다렸지. 전화 끊고 보니까 앞에 호수가 있더라. 호숫가에 반사된 빛이 반짝거리면서 거위들이 날갯짓을 푸드득 하는데… 예쁘더라. 위를 올려다봤어. 하늘은 파랗고! 구름은 뭉게뭉게… 날씨 참 좋다. 그리고 이런 생각이 들더라고. 이런 날 캠퍼스에서 누군가에게 총을 쏘는 게 참 흔한 일은 아니겠구나.

차명숙, 지그시 눈을 감고 생각에 잠긴다.

4장

심미화가 등장한다. 대학교 내 벤치. 눈을 감고 있는 차명숙에게 말을 건넨다.

심미화   혹시 전화하신….

차명숙   예, 안녕하세요. 저 맞습니다.

심미화   누구신지 모르겠는데….

차명숙   그러실 거예요. 직접 인사드린 적은 없어서. 제 결혼식 때는 오신 걸로 아는데.

심미화   네?

차명숙   저는 이지석 아내 되는 사람입니다.

심미화   이지석?

차명숙   네, 지석이랑 같은 과, 선배시라고….

심미화   (생각난 듯) 아, 지석이! 알죠. 아내분이시구나. 지석이 잘 지내나요? 연락한지 오래됐네.

차명숙   네. 아직 이혼은 안했으니까요. 뭐.

심미화   네?

차명숙   아닙니다.

심미화   지석이 요즘도 시나리오 써요?

차명숙   아니요. 출판사 다니고 있어요.

심미화   그렇구나. 예전에 잘 썼는데.

차명숙   그러게요. 이젠 안 쓰더라고요.

심미화	그런데 무슨 일로 여기까지…?
차명숙	혹시 괜찮으시면 커피라도 한잔….
심미화	음, 제가 10분 뒤에 또 수업이 있어서 지금은 좀 힘들고요.
차명숙	그러시군요. 그럼 여기서 말씀드리죠. 뭐. 10분이면 충분할 것 같습니다.
심미화	그래요.
차명숙	그냥 좀 궁금한 게 있어서요.
심미화	뭐죠?
차명숙	제가 예전에 영화 제작도 하고 감독도 했었는데요. 그때 선생님이 비평을 써주셨거든요. 기억하시나요?
심미화	아, 제목이 뭐였죠?
차명숙	5월의 편지.
심미화	5월의 편지… 아, 5.18 얘기?
차명숙	네, 옥중 단식 끝에 사망한 총학생회장 이야기였죠. 실화를 바탕으로 극화한 내용이었는데….
심미화	네. 그랬던 거 같네요.
차명숙	그때 평 써주신 거, 필름24에도 실렸잖아요.
심미화	그게 몇 년도죠? 하도 오래전 일이라.
차명숙	2004년이요.
심미화	아이고, 15년도 더 됐네.
차명숙	뭐라고 쓰셨는지 내용도 기억하세요?
심미화	(난처한 듯) 어쩌죠? 솔직히 내용까진 기억 안 나요. 제가 여기저기 비평을 좀 많이 쓰는 편이라… 15년 전이면 어휴….

차명숙의 인상이 굳어진다. 심미화가 표정을 읽고 미안한 듯.

심미화   성함이 어떻게 되셨죠?

차명숙   차명숙이라고 합니다.

심미화   차감독님 영화를 그 뒤로 제가 본 게 또 없었나? 연출하신 거
         뭐 있죠? 제목이?

차명숙   없습니다. 그 후로 영화 접었습니다.

심미화   아… 그러셨구나. 그럼 요즘은 다른 일을…?

차명숙   네. 택시 운전하고 있습니다.

심미화   네에….

         침묵.

심미화   그런데 그 비평이 왜요?

차명숙   왜 그렇게 혹평을 하셨나 해서요. 뭘 아신다고.

심미화   네?

차명숙   비평이란 게, 당연히 보는 사람에 따라 다를 수 있긴 하지만 그
         때 선생님이 쓰신 글은 지극히 편협한 의도를 갖고 쓴….

심미화   이것보세요.

차명숙   네. 말씀하세요.

심미화   지금 너무 무례한 거 아닌가요? 난데없이 찾아와서 15년 전에
         쓴 비평을 다짜고짜… 기가 막혀서 말도 안 나오네.

차명숙   저는 선생님의 비평 하나로 꿈을 접었습니다.

심미화   나는 뭐라고 쓴 건지 기억도 안 나요.

차명숙   기억도 못 할 비평을 그렇게 함부로 쓰시면 안 되죠.

심미화   함부로 쓰다니요! 지금… 아니, 됐고요. 너무 불쾌해서 더 이상 애기하고 싶지 않네요.

심미화, 퇴장하려는데 명숙이 말한다.

차명숙   영화, 끝까지 보지도 않으셨죠?

심미화   네?

차명숙   끝까지 보셨어요?

심미화   영화를 다 보지도 않고 비평을 쓰는 평론가가 어디 있어요!

차명숙   그럼 제 생각을 반박해보십시오. 선생님, 논쟁 좋아하시잖아요.

심미화   내가 왜 여기서 그쪽이랑 논쟁을 해야 하냐고요.

차명숙   좀 들어주세요! 왜 다들 제대로 듣지도 않고 자기주장만! 자기 생각만 일방적으로 말하는 거죠? 왜!

침묵.

심미화   그래요. 들어봅시다.

차명숙, 주머니에서 잡지를 꺼내 든다. 표지에 필름24라고 쓰여 있다. 포스트잇으로 표시되어 있는 부분을 펼쳐 읽는다.

차명숙   이게 그때 필름24에 게재된 선생님의 글입니다. 기억 안 나신다고 하셨으니 선생님이 뭐라고 썼는지 잘 들어보십시오. 리얼리즘과 판타지의 경계를 망각한 괴작! 비평 제목입니다. "차명숙 감독이 직접 쓰고 연출 및 제작까지 한 저예산 독립영화 〈5월의 편지〉는 1980년 광주에서 실제로 벌어진 5.18 민주화 운동을 배경으로 제작되었다. 그 때문에 〈5월의 편지〉는 현실의 지명과 역사, 인물들의 정보가 어느 정도 반영되어 있는 로우 판타지에 해당한다. 그러나 옥중에서 편지를 주고받으며 억압과 핍박의 스토리를 구축해가던 인물들은 현실세계의 균형감각을 놓쳐버린다. 감옥의 안과 밖이라는 경계를 사이에 두고 편지를 주고받던 두 남자의 친밀한 우정은 애매한 동성애적 관계를 무리하게 제시하며 스토리의 본질을 망각하고 중심 뼈대를 흐트러뜨린다. 그 과정에서 두 인물은 문학적으로 구축한 도피적 상상의 세계에 기거하며 판타지로 현실을 대체해 버린다. 그리고 마지막에 이르러서야 초반의 의도를 다시 복기하려는 듯 뻔한 시퀀스를 남발하며 급히 마무리를 짓는다. 경계 위에서 길을 잃고 헤매다 끝나버린 엉성한 괴작이 아닐 수 없다."

심미화　뭐가 문제라는 거죠?

차명숙　잠시 만요. 제가 반박해드릴게요. 그 전에 이 말씀을 꼭 드리고 싶습니다. 당시 제 감정에 대해서. 15년 전, 이 글을 읽고 저는… 어이가 없어서 며칠 동안 혼자 울다가 웃다가… 얼마나 괴로워했는지 선생님은 모를 겁니다. 38세의 나이에 제 인생을 걸고 만들었던 첫 번째 영화가 이렇게 괴작이라는 혹평을 받았는데, 그게 영화판에서 가장 유명한 필름24에 실렸는데!

어느 누가 나한테 투자를 할 것이며, 어떤 기회를 줄 수 있겠습니까? 전 선생님의 이 지극히 사소한! 개인적인! 이 비평 하나로 영화 인생이 끝났단 말입니다! 왜 창작자의 입장은 전혀 고려하지 않고 작품 위에 군림하듯, 신이라도 된 것 마냥! 모두에게 자신의 생각을 강요하십니까. 모두가 다 당신 생각과 같을 거라고 장담할 수 있어요? 네?

심미화   비평이 뭔지 아세요?

차명숙   네?

심미화   비평이란 비평가의 개인적 취향에 의거하거나 혹은 일련의 선택된 미학적 개념에 의거하거나! 예술작품에 관해 의식적으로 평가하고 감상하는 걸 말하죠. 내 의식이 그렇게 봤다는 거예요. 내가 정답이라고 말한 적 없고, 그렇게 생각하지도 않고! 그쪽의 영화를 내 의식대로 해석한 것처럼, 누군가 내 비평을 읽고 자신의 의식대로 해석하면 그만인 거예요.

차명숙   맞아요! 바로 그 의식이 잘못됐단 겁니다. 당신은 내 영화를 평가한 것이 아니라 내 의식을 평가한 거죠. 5.18을 바라보는 내 의식을!

차명숙, 가방에서 신문을 꺼내어 내민다.

차명숙   2009년 5월 18일자 고려일보에 실린 칼럼입니다.

미동 없는 심미화. 차명숙, 신문을 펼쳐 읽는다.

차명숙   "인민의 위대한 봉기를 거부하며. 심미화. 수십 년이 지난 지
         금도 여전하다. 시위대는 항상 민주화를 부르짖는다. 그 행위
         가 방패가 되고 정당화가 되는 것을 더 이상 두고만 볼 수 없
         다. 북한에서는 5.18을 인민의 위대한 봉기라고 칭송하며 기
         념하고 있다. 어찌 우리의 적인 북한과 뜻을 같이하여 5.18
         을… 영실아 네가 읽어.

         차명숙, 차마 읽지 못하고 목이 멘 듯 멈춘다. 앉아있던 김영실, 다가
         와 명숙이 든 신문을 읽기 시작한다.

김영실   (신문을 보며) 어찌 우리의 적인 북한과 뜻을 같이하여 5.18을 성스
         러운 민주항쟁이라고 할 수 있는가. 진정으로 국가의 미래와 민
         주화를 위한 행동이었다면 무저항 비폭력으로 모두 죽었어야
         했다. 만약 그랬다면 모두가 한 목소리로 성스러운 그날을 기념
         했을 것이다. 위대한 항쟁의 역사를. 그러나 폭도들은 무기고를
         탈취하여 정부의 계엄군에게 총기를 난사했다. 총으로 무장한
         시민은 더 이상 시민이 아니다. 쏘지 않으면 내가 죽는 상황에서
         계엄군은 대응해야만 했고 피가 피를 부르는 참극이 발생한 것
         이다.

         차명숙, 심미화를 바라본다. 정적이 흐른다.

차명숙   (자르며) 우연히 신문을 읽다가 당신이 쓴 이 칼럼을 보고 그제
         야 깨달았어. 당신이 내 영화를 보고 왜 그렇게 혹평을 했는지

5년 만에 알게 된 거야! 당신은 내 영화를 끝까지 보지도 않고 5.18에 대한 의식이 다르다는 이유로 그렇게 쓴 거지!

심미화   그러게 왜 그런 영화를 만들어!

차명숙   뭐?

심미화   5.18은 폭동이야! 당시 좌익무리들과 박정희의 반대세력들이 10.26 사태로 자신들의 세상이 왔다고 환호하다가 갑자기 등장한 신군부에 반발한 소요사태라고! 그들은 운동권 학생들과 죄 없는 시민들을 선동하고 끌어들여 최규하 정권과 신군부 타도 및 반미를 외치며 적화통일을 전략적으로 도모했어. 아무리 민주란 단어를 팔아도 국가와 정부군을 향해 발포하는 무리들을 어찌 정당하다고 할 것이며 비록 그들 수백 명이 죽었다하더라도 국가유공자로 대우해선 안 되는 거라고!

차명숙   무고하게 희생당한 수백 명의 아픔을 당신이 알아? 그 유가족들의 마음을 당신이 조금이라도 느껴본 적 있냐고!

심미화   내 아버지가 계엄군이셨어!

침묵.

심미화   폭도들의 총에 맞고 돌아가셨지. (자신의 가슴과 머리를 가리키며) 여기랑 여기. 두 방을 맞으셨어. 유가족? 느껴본 적 있냐고? 혹시 이 세상에서 자신이 가장 불행하다고 생각해? 그거 오만이야. 제대로 알지도 못하면서 자기만 생각하면 안 되지.

심미화의 핸드폰 진동 울린다.

멍하니 서 있는 차명숙. 그제야 핸드폰 받는 심미화.

심미화   그래. 지금 들어갈게.

심미화, 돌아서서 걸어가는데.

차명숙   그래서….

멈춰서는 심미화.

차명숙   영화 끝까지 봤냐고요.
심미화   그게 중요해?

안주머니에서 손가락 총을 꺼내어 심미화를 향해 겨누는 차명숙.

심미화   뭐야.
차명숙   봤어요? 안 봤어요?
심미화   봤으면 살려주고 안 봤으면 죽이게?
차명숙   네. 마지막으로 물어볼게요. 내 영화, 끝까지 봤어요? 안 봤어
          요?
심미화   그 따위 영화, 볼 필요도 없지.

심미화 돌아서려는데 탕! 쓰러지는 심미화.

차명숙   예의가 아니잖아. 끝까지 보지도 않고 평을 하는 건.

5장

다시 김영실의 집. 불편한 세 사람의 대화가 이어진다.

이지석   거기서 총을 쐈다고?

차명숙   응.

이지석   대학교 교정 안에서?

차명숙   응.

김영실   사람들이 다 봤을 거 아냐.

차명숙   봤겠지.

이지석   그런데 그냥 보내줘?

차명숙   몰라, 그냥 보내줬어!

심미화, 벌떡 일어나 퇴장한다. 그 모습 바라보는 세 사람.

이지석   CCTV 다 찍혔을 거 아냐.

차명숙   찍혔겠지.

김영실   아니, 근데 왜 안 잡혀? 그러니까 내 말은….

차명숙   영실아. 난 안 잡혀.

김영실   왜?

차명숙　　잡히기 전에 죽을 거니까.

김영실　　자살한다고?

차명숙　　응. 너희 둘을 먼저 죽인 다음에.

김영실　　명숙아. 이러지 말자.

이지석　　그래, 차라리 죽여.

김영실　　뭐? 지석아. 너 왜 그래?

이지석　　그냥 다 끝내자. 지긋지긋하다. 이렇게 사는 것도.

김영실　　명숙아, 지석이 말 듣지 마. 야, 이지석. 지금은 명숙이 자극시
　　　　　키지 말고….

이지석　　누나는 빠져. 우리 둘 문제니까.

김영실　　그래. 알았어. 난 가만 있을게.

자리에 앉는 영실.

차명숙　　날 사랑하긴 했어?

이지석　　사랑했었지.

차명숙　　지금은 아니다?

이지석　　지쳤어.

차명숙　　뭐가?

이지석　　당신 남편으로 사는 거. 당신과 한 집에서 얼굴 보며 사는 거.
　　　　　당신과 한 식탁에서 밥 먹는 거. 당신과 한 이불 덮고 자는 거.
　　　　　당신이랑 더 이상 관계를 갖지 않는 거! 그래, 그런 거 안 해도
　　　　　살 수 있어. 난 아이도 포기했어. 당신을 위해서. 난 정말 아빠
　　　　　가 되고 싶었다고. 아냐, 이런 건 상관없어. 내가 정말 당신한

테 지쳤던 건, 난! 당신 때문에 아이도 포기하고 시나리오도 포기했는데! 당신은 포기하지 못했다는 거야. 알지? 내가 작가 때려치운 이유. 결혼하고 어떻게든 먹고 살아보겠다고… 출판사 다니면서 몇 푼이라도 벌어보겠다고… 그런데 당신은 뭐야? 택시운전? 처음엔 미안했어. 능력 없는 나 때문에 당신까지 돈 벌러 다니게 만든 것 같아서. 그런데 얼마 전에 알게 됐어. 당신 수입이 평소보다 많이 줄어든 게 이상해서 사납금 때문에 그런 건지 회사에 전화 걸었거든. 뭐라는 줄 알아? 운행을 하긴 했는데 수입이 없대. 운행기록을 물어봤어. 여기저기 지방을 많이 돌아다녔더라고. 그제야 알았지. 아직도 못 벗어났구나. 또 시작됐구나. 과거에서 헤어 나오지 못하고! 집착하고! 또 태극기 할아버지, 할머니들 뒷조사 하러 다녔니? 네가 그런다고 세상이 달라질 것 같아? 제발 좀!

침묵.

이지석   이제 제발… 그만 끝내자.

침묵.

차명숙   이게 다 내 탓이라고 생각해?
이지석   난 노력했어.
차명숙   난 노력 안 한 거 같아?
이지석   이런 이야기도 이젠 지친다. 죽일 거야? 좋아. 빨리 쏴. 이렇게 끝내는 것도 좋아.

김영실   야, 지석아.

이지석   빨리 쏘라고. 총 어디 있어? 어? 총 가져와.

지석, 명숙의 가방을 뒤지고 몸을 뒤져 총을 찾는다. 멍하니 서 있는
차명숙.

이지석   죽일 거라며? 왜 안 죽여? 빨리 죽여. 죽이라고!

김영실   그만해. 지석아.

이지석   (뿌리치며) 놔! 명숙아! 좀 솔직해져봐. 네가 정말 노력했어? 아
         니, 넌 노력하지 않았어. 넌 날 사랑하지 않아. 날 사랑한다면
         그렇게 행동할 수 없어. 난 도대체 누구랑 사는 거냐? 내가 언
         제까지 영혼 없는 껍데기만 끌어안고 살아야 돼? 내가 너한테
         물어볼게. 날 사랑하긴 했어?

침묵.

이지석   우리 이혼하자. 그래, 나 너랑 그만 살고 싶어. 너의 그 5. 18
         트라우마! 더 이상 못 견디겠어.

이지석, 나가려는데 명숙 외친다.

차명숙   내 탓이 아니야! 어쩔 수 없었어. 난 운명의 소용돌이 속에서
         항상 휩쓸려 왔어. 더럽게 재수 없고! 더럽게 불행한 삶을 강

요받으며 살아온 것뿐이라고!

이지석　남 탓하지 마! 이건 네 인생이야. 네 인생은 네 스스로 선택하
　　　　는 거야. 누구도 너에게 선택을 강요하지 않아. 5 · 18 때 아버
　　　　지가 돌아가셔서? 국사 선생님 때문에 폭행당하고 전학 가서?
　　　　감방에서 만난 여자 때문에? 미화 누나가 당신 영화 보고 혹평
　　　　을 써서? 더 심한 일을 겪고도 포기하지 않는 사람 많아! 죽을
　　　　고비를 넘기면서 결국 이겨내고 극복하는 사람들. 왜 넌 그들
　　　　처럼 못 해?

　　　　침묵.

차명숙　그들도 자신의 남편이 친구랑 바람을 피웠을까?
이지석　(어이없다는 듯) 진짜 질린다. 너란 여자.

　　　　침묵.

이지석　그래. 이렇게 된 이상 다 말할게. 나 영실이 사랑해.
김영실　지석아!
이지석　영실이랑 있으면 즐겁고 행복해. 아, 그래! 날 이렇게 바라보고
　　　　웃어주는 여자가 있었지! 나한테 집중해주고 날 남자답게 만
　　　　들어주고 내 가치를 인정해주는 여자!
차명숙　그렇겠지. 나같이 화장도 안 하고 꾸밀 줄도 모르고 운전하다
　　　　도로 한복판에서 삿대질하며 소리나 지르는 여자보다 잘나가
　　　　는 패션디자이너가 훨씬 자극적이니까. 너 글래머 좋아하잖

아. 영실이 몸매 정도면 없던 감정도 생겨나겠지.

이지석   외모 때문에? 아닌데? 진실이 뭔지 말해줘?

김영실   그만해. 이건 아닌 거 같아.

이지석   상관없어. 이제 와서 더 숨길 것도 없어. 이혼할 거니까.

차명숙   이혼? 말이 참 쉽네.

이지석   신중하게 생각하고 결정한 거야.

차명숙   말해봐. 진실이 뭔데?

이지석   학교 다닐 때 영실이랑….

김영실   이지석!

이지석   잤어.

김영실   (괴로운 듯) 아.

침묵.

차명숙   나랑 사귈 때?

이지석   사귀기 전에. 누나를 좋아했어. 내가.

차명숙   그럼… 왜 나랑 결혼했어?

이지석   누나가 다른 남자랑 결혼해서.

차명숙   뭐?

김영실   미치겠다.

이지석   누나 때문에 힘들어할 때 네가 옆에 있어 줬잖아. 그땐 네 진심
이 느껴졌어. 우울해 보이면서 항상 생각에 잠겨 있는 널 보면
서 내가 웃게 만들어주고 싶었어. 내가 할 수 있을 거라고 생각
했는데.

차명숙   그러지 말지. 쟤 얼마 못 가서 이혼했는데 그냥 기다리지 그랬어.

이지석   그러게. 그럴걸. 그땐 몰랐지.

차명숙   영실아. 나도 그랬어야 했는데. 네가 나 배신했을 때 너랑 관계를 끝냈어야 했는데. 그때 경찰이 미행한 거 아니잖아. 네가 나 잡아주러 온 거잖아. 그렇지? 아니야? 맞지?

말이 없는 김영실.

차명숙   너 정말 참… 개 같은 년이다.

김영실   ….

차명숙   한 번 배신한 년은 또 배신하는구나. 내 잘못이다. 너 같은 년을 친구로 둔 내 잘못이야. 정말 다 후회된다. 모든 게. 지석이 널 좋아하지 말걸. 아니, 출옥하고 다시 복학하지 말걸. 영화 동아리에 나가지 말걸. 그랬으면 만날 일 없었을 텐데. 아! 투쟁하지 말걸. 이 나라가 민주화가 되든 말든. 아예 너희랑 같은 대학에 가지 말걸! 그래! 국사 선생이 이승만에 대해 뭐라고 하든 신경 쓰지 말고 조용히 입 다물고 다니다 졸업할걸! 아니야! 어렸을 때 광주에서 살지 말 걸 그랬어! 그래! 우리 아빠 자식으로 태어나지 말았어야 해! (하늘을 보며) 아빠, 아빠… 죄송해요.

침묵.

이지석   후회 다 했어? 난 집에 가서 짐 챙겨서 나갈게. 이혼 서류 보내
줄 테니까 나중에 통화해. 혹시 소송하고 싶으면 해. 상관없
어. 난 이길 자신 있으니까.

이지석, 퇴장하려는데 차명숙이 품에서 총을 꺼낸다. 손가락 총이다.
지석을 향해 손가락 총을 겨눈다.

차명숙   지석아.

이지석   (뒤돌아보며) 또 뭐? 할 말 있으면….

이지석, 뒤돌아보다가 손가락으로 자신을 겨누고 있는 명숙을 본다.

이지석   뭐 하는 거야?

어리둥절한 지석과 영실.

김영실   명숙아.

이지석   장난해?

차명숙   러시아제 토카레프란 권총이야. 한 손에 쏙 들어오지. 너무 작
아서 장난감 총처럼 보일 수 있어. 하지만 맞아보면 생각이 달
라질 거야. 자, 이 총 안에는 4발의 총알이 남아있어. (손가락으
로 지석과 영실을 번갈아 가리키며) 너희 둘, 그리고 나. 한발씩 쏘면
한발이 또 남지. 그 한발은 누구한테 쏘면 좋을까?

김영실   너 왜 그래.

이지석   완전히 미쳤구나?

차명숙   돌아가자. 우리 모두 존재하지도 않았던 것처럼. 그렇게 죽어
         서 사라져버리자.

이지석   그러시든가.

         이지석, 돌아서는데 탕! 깜짝 놀라는 김영실. 이지석, 쓰러진다.

김영실   뭐야, 뭐야….

         이지석, 쓰러져서 숨을 헐떡인다. 가까이 다가가 바라보는 차명숙.

차명숙   고통을 이제 끝내자.

         손가락 총을 장전한다. 철컥! 탕! 탕! 탕! 탕! 탕! 다섯 발을 쏜다.

김영실   아니, 어떻게….

         탕! 김영실, 머리에 총을 맞고 쓰러져 죽는다.

차명숙   한발이면 충분해. 총알도 아까워. 너 같은 년은.

         차명숙, 자리에 앉는다.

차명숙   정말 불편하다. 모든 게 다.

암전.

6장

어둠 속에서 들리는 명숙의 목소리.

"돌아가자. 우리 모두 존재하지도 않았던 것처럼. 그렇게 죽어서 사라져버리자."

무대 밝아지면 손가락 내밀고 있는 명숙의 모습. 조금 전 그 순간이다.

이지석   그러시든가.

이지석, 돌아서는데 탕! 하고 외치는 차명숙.

차명숙   이제 고통을 끝내자. 탕! 탕! 탕! 탕! 탕!
김영실   명숙아.

차명숙, 영실을 향해 손가락을 가리키고 외친다.

차명숙   탕! 한발이면 충분해. 총알도 아까워. 너 같은 년은.

이지석과 김영실, 멍하니 차명숙을 바라볼 뿐이다.

차명숙, 자리에 앉는다.

차명숙   정말 불편하다. 모든 게… 다.

차명숙, 말없이 일어나 퇴장한다.

김영실   그럼, 지금까지 죽였다는 세 명 모두….

이지석과 김영실이 차명숙의 뒷모습을 멍하니 바라본다.

막.

시체들의 호흡법

밀정리스트

타임택시

불편한 너와의 사정거리

타임택시

전달은 개뿔

등장인물

윤경택	30대 초반. 미래에서 온 윤시국의 아들.
윤시국	40대 초반. 윤경택의 아버지.
최유미	30대 초반. 윤시국의 내연녀.
김명순	30대 후반. 윤경택의 어머니.
박세라	20대 후반. 타임택시 가이드.
이연화	20대 중반. 타임택시 가이드.
수사대1	40대 중반. 타임수사대원 301.
수사대2	30대 초반. 타임수사대원 302.
크루맨	원활한 진행을 돕는 크루요원.

때

현재

장소

대한민국, 서울

프롤로그

박세라, 등장한다.

박세라   시간을 달리는 택시. 연극에서 SF를 한다는 게 과연 가당키나한 일인지, 황금 같은 시간을 투자하여 이곳 극장까지 오게 되었건만! '어디 재미없기만 해봐라.'라는 마음으로 팔짱을 낀채, 정색을 장착하고 보실 생각이라면 청천벽력, 부담 백배, 어이 상실, 당장 나가.

잠시 침묵.

박세라   그럼에도 불구하고 배우, 스텝 일동은 결의에 찬 심정으로 악전고투 노력하겠으나 SF라 하여 최첨단 특수효과를 기대하시는 것은 절대금물. 여러분의 상상으로 모든 세트와 특수효과를 채워가야 한다고 강력히 주장하고 싶은 SF 연극 타임 택시. 안전하고 쾌적한 시간여행을 위하여 최선을 다하겠습니다. 가이드, 박세라 인사드립니다.

관객을 향해 인사한다.

박세라   그리고! 이 연극의 주인공을 소개합니다. 타임 택시!

택시가 그려진 큐빅 하나가 등장한다.

박세라　언뜻 보기엔 이것들이 어디서 나무 몇 조각 뚝딱뚝딱 붙여서 택시라고 우기고 있나 제 멱살을 잡고 따지고 싶을 만큼 몹시 궁색한 형색을 띠고 있으나 바로! 화려한 변신으로 여러분의 기대에 부응하게 될 것입니다. 타임 택시, 변신!

아무 변화 없는 타임 택시.

박세라　여러분의 상상으로 모든 특수효과를 채워가는 SF 연극 타임 택시! 상상하십시오. 여러분이 무엇을 상상하든 따악 그만큼만 보시게 될 것입니다. 다음은 이 타임 택시를 타고 이리저리 왔다 갔다 웃음과 감동을 주기 위해 고군분투 노력하나 2% 부족한 외모가 살짝 아쉽다는 이유로 극의 몰입을 방해하는 배우들을 모조리 소개합니다. 배우 등장!

배우들 모두 등장한다.

배우1(경택)　그래요!
배우들　우린 2% 부족합니다.
배우6(301)　(배우7을 지목하며) 얘는! 86% 부족합니다.
박세라　상상하십시오!
배우들　우리가 완벽하다고!
박세라　여러분의 상상으로 모든 특수효과를 채워나가는 SF 연극 타임

	택시! 주의사항!
배우1,2	자리 이동 금지.
배우3,4	사진 촬영 금지.
배우5(연화)	음식 섭취 금지.
배우6(301)	벨 소리 금지.
배우7(302)	팔짱 금지.
배우6	팔짱은 왜?
배우7	부러우니까.
배우6	응?
배우7	혼자 팔짱 말고, 둘이 팔짱….
배우6	아아.
박세라	모두 퇴장!

경택과 세라만 남기고 모두 퇴장한다. 크루맨이 등장하여 무대 뒤의 벽돌을 돌려 "2053년"이라고 표시된 부분을 보여주고 퇴장한다.

1막

1장

안내 방송이 들린다.

안내방송   C구역 18라인 승차 고객님께 알립니다. 2053년 10월 17일 오전 0시행 타임 택시가 18라인에 대기 중입니다. 10분 후 출발 예정이오니 승차 고객님은 가이드의 안내에 따라 안전하게 탑승하시기를 바랍니다.

경택, 선글라스를 쓰고 두리번거리며 세라 앞에 선다.

윤경택   여기 18라인 맞죠.

박세라   안녕하십니까? 고객님. 안전하고 쾌적한 시간여행을 위하여 최선을 다하겠습니다. 가이드 박세라입니다. 착석해주십시오. 먼저 본인 확인부터 하겠습니다. 선글라스를 벗어주시겠습니까?

윤경택   저 본인 맞습니다.

박세라   절차상 동공 인식을 꼭 해야 합니다. 선글라스를 벗어주십시오.

윤경택   잠깐 다녀오는 건데 무슨 절차가 이렇게….

윤경택, 선글라스를 벗는다. 세라, 경택의 얼굴을 보고 깜짝 놀란다.

박세라   혹시, 영화배우… 윤경택?

윤경택   안녕하세요.

박세라   오빠!

윤경택   네?

박세라   저 오빠 왕 팬이에요! 어떡해! 저 지난주 팬클럽 모임도 갔었는
          데 혹시 기억 안 나세요? 그때 저 앞에서 춤췄잖아요.

팬클럽 노래와 율동을 하는 세라.

윤경택   아, 맞아요. 기억나네요. 하하. (주위 의식하고) 이제 그만….

박세라   대박! 언젠가 오빠도 여기 오실 거라 생각은 했었는데! 여기 티
          켓 값 진짜 비싸죠? 보통 사람들은 꿈도 못 꾸잖아요. 역시! 오
          빠 잘 버시니까! 와, 정말 신기해. (핸드폰 꺼내며) 오빠, 사진 같
          이 찍어요.

윤경택   하하. 다녀와서 찍죠. 빨리 출발해야 하니까.

박세라   아, 네. 제가 너무 반가워서… 하하. 그럼, 동공 인식하겠습니
          다. (타임 팔찌를 눈앞에 대고) 여기 봐주세요.

삑 소리 들린다.

기계음   이름 윤경택. 나이, 33세. 확인 완료.

박세라   어? 33세? 오빠 스물일곱….

윤경택	하하.
박세라	아하하. 활동 나이?
윤경택	예에.
박세라	오빠, 전 그래도 괜찮아요. 소지품 검사를 시행하겠습니다. 일어서서 팔을 올려주십시오.

경택, 팔을 올리자 세라가 타임 팔찌로 경택의 몸을 검색한다. 경택의 주머니에서 요란한 경보음 울린다.

박세라	어머, 뭐가 있는 것 같은데요?
윤경택	아, 이거요? (주머니에서 사진을 꺼내며) 사진인데.
박세라	이를 어쩌죠? 타임 여행법 제2조 1항, 탑승객은 기본적인 착용의상 외에 어떠한 물건도 소지할 수 없다. 죄송합니다. 이 사진은 고객님이 복귀하실 때 돌려드리도록 하겠습니다.

손 내미는 박세라.

윤경택	그래요?
박세라	주시겠어요?
윤경택	(사진 건네며) 예, 뭐···.
박세라	선글라스도 부탁드립니다.

윤경택, 선글라스도 벗어서 세라에게 건넨다.

박세라	그런데 사진 속 여자분은 혹시 애인?
윤경택	아니에요. 그냥 아는 여자예요.
박세라	아, 네. 그렇군요. 다음은 여행목적입니다. 고객님의 답변은 타임 여행법 10조 2항에 따라 30년간 보관된다는 점 미리 말씀드립니다. (타임 팔찌 누르고) 여행목적은 무엇입니까?
윤경택	그런 것도 말해야 해요?
박세라	절차상 확인이 꼭 필요합니다.
윤경택	엄마를 만나려고요.
박세라	네?
윤경택	엄마를 만나려고요.
박세라	삭제, 삭제, 삭제. 엄마를 만난다고요? 안 됩니다. 고객님.
윤경택	아, 만나는 게 아니고 그냥 엄마의 과거 모습이 궁금해서….
박세라	멀리서 지켜보는 것은 상관없지만 시간여행 중 허용되지 않은 사람과 접촉해서는 안 됩니다. 가족과 친구는 비허용 관계로 접촉금지 대상입니다. 타임 여행 안전 규칙 이수 안 받으셨어요?
윤경택	그게… 제가 시간이 안 돼서 매니저가 대신….
박세라	네? 세상에! 오빠 아니 고객님. 이러시면 안 되는데. 제가 다시 한번 알려드리겠습니다. 나와라. 안전 규칙!

세라, 타임 팔찌를 누르자 영상이 뜬다.

| 박세라 | 보이시죠? (글씨를 읽으며) 첫째, 비허용 대상자와의 접촉을 금지한다. 둘째, 물건이나 메시지는 누구에게도 전달할 수 없다. |

셋째, 여행 중 가이드의 안내에 철저히 따른다.

윤경택   예? 그럼, 저랑 계속 같이 다녀야 한다고요?

박세라   네, 그렇습니다. 가이드 동행은 타임 여행법 4조 1항에 의거한….

윤경택   예, 예. 알겠어요.

박세라   자, 그럼 다시 녹음할게요. (타임 팔찌 누르고) 여행목적은 무엇입니까?

윤경택   엄마의 젊은 시절이 보고 싶어서 갑니다. 멀리서 지켜보기만 할 거예요. 예.

박세라   네, 감사합니다. 고객님. (타임 팔찌 누르고) 출발하겠습니다.

경택이 큐빅 위에 앉으면 세라, 손을 이리저리 휘저으며 무언가 입력한다.

박세라   여행 기간 2020년 10월 17일 0시부터 1시까지! 여행 장소는 성북동 버스 종점 맞으시고요?

윤경택   네. 맞습니다.

박세라   입력 완료.

윤경택   그런데 궁금한 게 있는데….

박세라   네, 말씀하십시오.

윤경택   출발할 때랑 도착할 때 충격이 좀 크다고 들었는데….

박세라   걱정하지 마십시오. 정면을 바라보시고 턱을 앞으로 바짝 당기시면 목이 돌아가는 것을 예방할 수 있습니다.

윤경택   예? 그럼 가끔 목이 돌아가는 사람이 있다는 거예요?

박세라	아주 가끔이요. 제 안내에 잘 따라주시면 별문제 없으실 겁니다. 그럼 출발하겠습니다.

카운트다운 시작되고 커다란 굉음과 함께 타임 택시 출발한다. 크루맨이 광풍기를 들고 등장하여 경택과 세라를 향해 바람을 쏜다. 바람을 맞으며 모션을 취하는 경택과 세라.

2장

크루맨이 무대 뒤의 벽돌을 돌려 "2020년"을 보여주고 퇴장한다. 버스정류장 표시가 있고 최유미가 벤치에 앉아 누군가를 기다리고 있다. 굉음과 함께 세라와 경택이 도착한다. 깜짝 놀라는 최유미.

박세라	2020년 10월 17일 0시. 도착 완료!
최유미	뭐야? 당신들 뭐예요?
윤경택	어? 저 여자….
박세라	안녕하세요.

박세라, 최유미에게 다가가 기억 상실기를 꺼내 눈에 들이댄다. 번쩍하더니 최유미 멍하니 서 있다.

윤경택	뭐한 거예요?

박세라   기억을 지웠습니다. 앉으세요.

세라는 경택을 데리고 타임 택시 뒤로 숨는다.

박세라   위장!

박세라, 타임 택시 큐빅을 돌리면 벽돌 그림이 그려져 있다.

윤경택   우와. 택시가 벽이 됐어요.
박세라   감사합니다.

최유미, 정신을 차리더니 다시 벤치에 앉는다.

박세라   어? 그런데 저 여자, 아까 그 여자네요? 사진 속의 그 여자. 맞
         죠?
윤경택   네. 맞아요.
박세라   저분이 어머니신가 봐요?
윤경택   아니요.
박세라   그럼?
윤경택   보시면 알아요. (발견하고) 어?

김명순이 등장한다.

박세라   왜요?

윤경택   제 어머니세요.

김명순, 최유미에게 다가가 말을 건다.

김명순   아가씨, 여기 나가는 버스 없어요. 끊겼어요.
최유미   알아요. 누구 기다리는 거예요.
김명순   그렇구나. 나도 누구 기다리는데. 우리 남편이 막차 버스 타고
          오거든요.
최유미   예.

김명순, 주머니에서 사진을 꺼내 보여준다.

김명순   우리 아기 초음파 사진이에요. 임신했대요.
최유미   축하드려요.
김명순   남편한테 빨리 알려주고 싶어서 나왔어요. 예쁘죠?

최유미, 초음파 사진을 뚫어져라 쳐다본다.

최유미   슬프네요.
김명순   네?
최유미   새로운 생명의 탄생을 볼 때마다 전 그런 생각을 해요. 인간과
          우주, 시간과 존재 속에 또 하나의 작은 점이 파생되듯 찍혔구
          나. 점과 점이 만나 새로운 점을 탄생하고 또 그 점이 다른 점
          을 탄생하고, 그 무수한 점들이 아무리 팽창하고 확장해본들

이 광활한 우주 속에 존재하는 티끌만큼 초라하고 미세한 미물일 뿐인데 그들은 왜 그들만의 정해진 틀, 그들만의 매트릭스 안에 갇혀 허우적대고 질척거리며 이 스펙트럼이 전부인 양 무지하게 살고 있는 걸까요?

김명순   … (혼잣말) 우야노. 미쳤는 갑다.

최유미   아줌마.

김명순   네?

최유미   아줌마가 존재하는 지금 여기, 바로, 이 순간. 아줌마는 진짜 아줌마일까요?

김명순   그게 뭔 소린지….

최유미   지금 아줌마가 하나의 생명으로 살아 숨 쉬고 있는 것처럼 같은 시간, 다른 공간에는 아줌마랑 똑같이 생긴 또 하나의 아줌마가 존재하는지도 몰라요. 어쩌면 셀 수없이 많을지도.

김명순   호호호. 재밌으시다.

최유미   아이를 지웠어요.

김명순   네?

최유미   제 배 속의 아이를 지웠다고요. 유산.

김명순   아, 정말요?

최유미   그 아이는 진짜일까요? 내가 4개월 동안 내 뱃속에서 품었다고 그 아이가 진짜 내 아이일까요? 정말 그 사람의 아이일까요?

김명순   저는 잘 모르겠어요.

최유미   그 남자는 나의 이런 생각들을 이해하지 못했어요. 오히려 날 정신병자 취급했죠. 헛소리만 한다면서. 어리석은 사람. 자신의 존재에 대해 한순간도 의심한 적 없는, 그런 사람의 아이를 낳고 싶지 않았어요. 그래서 그 남자와 헤어졌어요.

김명순   아이고, 저런… 아직 젊고 예쁘신데 힘내세요. 전 이만….

최유미   지금 만나는 사람은 달라요. 좋은 사람이에요. 제 말을 끝까지 경청해줘요.

김명순   예… (가려는데)

최유미   아줌마도 경청해줄 거죠?

김명순   예, 그래야죠. 똥 밟았네.

최유미   또 다른 우주 속의 나와 우리, 새로운 매트릭스에 대해 공감하고 믿어주죠.

김명순   아유, 다행이네요. 역시 서로 잘 맞는 사람끼리 만나야….

버스 도착하는 소리가 들린다.

최유미   저기 그 사람이 오네요!

김명순   우리 그이도 오네요.

최유미   자기야!

김명순   여보!

윤시국, 등장한다. 최유미 시국에게 다가가 안긴다. 뒤에서 손 흔들던 명순, 멈칫한다. 시국은 명순을 보고 깜짝 놀라 유미를 확 밀어낸다.

윤시국   여보… 나왔어?

김명순	누구예요?
윤시국	누구 같아?
최유미	시국씨… 유부남이었어요?
윤시국	유미야, 지금부터 내 말 잘 들어. 네가 한 말이 맞아. 지금 네 앞에 서 있는 난 네 남자친구야. 그런데 저기 저 아줌마의 남편은 또 다른 매트릭스에 존재하는 나야. 너와 나는 이런 인간과 우주의 신비를 이해하지만, 저 아줌마는 이런 복잡한 논리를 도무지 이해 못 하는….

시국의 따귀를 때리는 유미.

최유미	다신 내 앞에 나타나지 마.

최유미, 퇴장한다.

윤시국	유미야… 유미야!

멍하니 얼어붙은 윤시국. 한숨 쉬며 벤치에 털썩 앉는 명순.

윤시국	넌 집에 있지 뭐 하러 밖에 나와서… 됐다.
김명순	한동안 잠잠하다 했더니만… 언제까지 이럴 거예요?
윤시국	….
김명순	(사진을 내밀며) 당신 아이예요. 임신이래요.
윤시국	(받아 들고 잠시 바라본다.)

김명순	지웁시다.
윤시국	뭐?
김명순	아이 지우고 우리도 그만 갈라섭시다.
윤시국	어허, 이 여편네가 할 소리가 있고 못 할 소리가 있지!

일어나 퇴장하려는 명순.

윤시국	야, 너 이리 안 와?

경택이 벌떡 일어나 외친다.

윤경택	엄마!
박세라	어머!

명순과 시국, 경택을 의아한 듯 잠시 쳐다본다. 명순, 다시 퇴장한다.

윤경택	뭐해요? 빨리 쫓아가요!
윤시국	아니, 누구신데….

윤시국, 어이없다는 듯 퇴장한다.

윤경택	(멀리) 무조건 잘못했다고 빌어요!
박세라	오빠! 아니 고객님! 거기서 끼어들면 어떡해요!
윤경택	미안해요. 나도 모르게 그만.

| 박세라 | 다시 말씀드리지만, 고객님의 어머니는 비허용 대상자로 어떠한 접촉도 해선 안 됩니다. 제가 한번은 그냥 넘어가 드릴게요. 우리 오빠니까 특별히 봐 드리는 거예요. 또 이러시면 정말 곤란합니다. |

경택, 벤치에 앉아 슬퍼한다.

박세라	그러니까 그 사진 속 여자가….
윤경택	아버지랑 바람피운 여자예요.
박세라	어머니가 마음고생이 심하셨겠네요. 아! 어떡하죠? 방금 아이를 지우겠다고 했잖아요. 초음파 사진 속 아기가 오빠 맞죠?
윤경택	안 지워요. 그러니까 내가 태어났죠.
박세라	아, 그렇지.
윤경택	부모님은 바로 저를 낳고 바로 이혼해요. 난 엄마 손에서 자라다가 일곱 살 때 아버지한테 가게 돼요.
박세라	왜요? 오빠가 일곱 살 때 어머니한테 무슨 일이 생기나요?
윤경택	어머니는 홀로 나를 키우신다고 온갖 궂은일을 하시며 겨우 생계를 이어가셨죠. 그러던 어느 날 새벽, 힘든 몸을 이끌고 우유배달을 하신다고 횡단보도를 급히 건너시다가….
박세라	교통사고를?
윤경택	잠이 들어버리셨어요.
박세라	네?
윤경택	너무 피곤하셨던 거죠.
박세라	횡단보도에서요?

윤경택	얼마나 피곤하셨으면 그랬겠어요? 저도 들은 얘기에요.
박세라	아, 예.
윤경택	그렇게 잠을 주무시고 계셨는데 마침 그때 달려오던 택시가 엄마를….
박세라	치었구나. 쯧쯧.
윤경택	집까지 태워주셨어요.
박세라	….
윤경택	그런데 엄마를 집까지 태워준 그 택시 기사가 갑자기 막무가 내로 집안에 들어오더니… 어떻게 됐을 거 같아요?
박세라	싫어요.
윤경택	네?
박세라	말 안 할래요.
윤경택	맞춰보세요.
박세라	뭐… 죽을 끓여주셨나? 아프니까 먹고 나으라고? 호호호. 죄송해요.
윤경택	맞아요. 잘 맞추시네요.
박세라	….
윤경택	그 택시 기사는 엄마한테 첫눈에 반했던 거예요. 두 분은 재혼하시게 됐고 전 아버지한테 보내졌죠. 그 후로 엄마를 만날 수가 없었어요. 연락도 끊겼고. 그러니까 일곱 살 때 이후로 엄마를 처음 보는 거예요.
박세라	그러니까 아버지가 어떻게 바람을 피웠는지, 어머니가 왜 이혼을 결심하게 되었는지 이 순간이 보고 싶으셨군요.
윤경택	네. 그렇죠. 여기서부터 시작이 됐거든요. 아버지의 외도가.

박세라	힘내세요. 그래서 직접 보시니까 마음이 좀 어떠세요?
윤경택	막을 수 있겠다는 생각이 드네요.
박세라	뭘 막아요?
윤경택	두 분의 이혼을요.
박세라	예? 어떻게요?
윤경택	아까 그 여자랑 못 만나게 하면 되잖아요.
박세라	지금 과거를 바꾸겠단 말인가요? 그건 안 됩니다. 고객님.
윤경택	엄마랑 저렇게 헤어지지만 않았어도, 오늘, 이 순간만 없었어도! 아버지가 밥 먹듯이 바람을 피우진 않았을 거예요.
박세라	타임 여행법 제5조 2항! 과거를 바꾸게 되면….
윤경택	이봐요. 바람둥이 아버지 밑에서 혼자 자라봤어요? 내가 만난 엄마가 총 열두 명이에요.
박세라	고객님의 사정이 참으로 딱하긴 합니다. 하지만 그건 고객님 사정이죠. 아무튼 제 임무는 고객님이 과거를 바꾸지 못하도록….
윤경택	엄마만 안 만나면 되잖아요. 그 여자는 비허용 대상자가 아니잖아요.
박세라	그렇긴 하지만 어쨌든 과거를 바꾸면 안 되거든요. 만약 과거를 바꾼 사실이 적발되면….
윤경택	1억.
박세라	네?
윤경택	1억을 드릴게요.
박세라	저한테요?
윤경택	네

박세라	기가 막혀. 고객님. 지금 돈이면 다 되는 줄 아시는 모양인데….
윤경택	2억.
박세라	2억? 오빠, 이런 사람이었어요? 팬으로써 진짜 실망이에요.
윤경택	5억.
박세라	5억? 5억! 타임 택시로 변신!

세라, 큐빅을 돌리자 다시 타임 택시 그림이 그려져 있다. 세라, 손을 휘저으며 입력하기 시작한다.

박세라	아까 그 시간으로 가면 되죠?
윤경택	아니요. 아까 그 시간보다 10분 먼저 갑시다.
박세라	2020년 10월 17일 0시 10분 전으로! 잠깐만요.
윤경택	왜요?
박세라	5억 입금 먼저 해주세요.
윤경택	바로 해드리죠.

세라, 타임 팔찌를 만지작거리더니 경택의 눈앞에 댄다. 삐.

박세라	감사합니다.
윤경택	갑시다.
박세라	잠깐만요.
윤경택	왜요?
박세라	내년에 팬클럽 회장 시켜주세요.

윤경택　　그럽시다.

박세라　　아싸. 꽉 잡으세요. 출발합니다!

꿍음과 함께 다시 떠나는 타임 택시. 크루맨이 다시 등장해 광풍기로 바람을 쏜다. 지금까지의 장면이 빠른 속도로 거꾸로 재연된다. 김명순과 윤시국, 뒷걸음질로 등장한다.

윤시국　　할 소리. 못 할 소리.

김명순　　임신.

윤시국　　집에 콕. 뭐 하러 밖에.

최유미, 뒷걸음질로 등장.

최유미　　나타나지 마.

최유미, 시국의 따귀를 때린다.

윤시국　　난 네 남자친구. 또 다른 매트릭스에 존재하는 나.

최유미　　유부남?

김명순　　누구?

시국, 최유미를 끌어안았다가 밀어낸다. 시국, 뒷걸음질로 퇴장한다. 최유미 손 흔든다.

최유미   자기야!

김명순   여보!

유미와 명순, 벤치에 앉는다.

최유미   좋은 사람. 경청해줘.

김명순   재밌다.

최유미   또 하나의 아줌마. 원 플러스 원.

김명순   뭔 소린지.

최유미   슬퍼.

김명순   초음파 사진.

최유미   기다려.

김명순   버스 없어.

김명순, 뒷걸음질로 퇴장한다. 최유미, 잠시 멍한 표정 짓다 뒷걸음질로 퇴장한다.

3장

꽝음과 함께 세라와 경택, 착륙한다.

박세라   2차 시도! 도착 완료!

윤경택	좋았어. 10분 전.
박세라	곧 그 여자가 나타날 거예요. 이제 어쩌실 생각이세요?
윤경택	돌려보내야죠. 아버지를 못 만나도록.
박세라	그러니까 어떻게요?
윤경택	뭐 그냥… 막차 버스 이미 들어왔으니까 가라고 보내버리면 되죠.
박세라	그 여자가 순순히 들을까요?
윤경택	정 안되면 강제로 끌고 가던가 뭐, 내가 알아서 할 테니까 걱정 하지 마세요.
박세라	그게… 걸리면 큰일인데.
윤경택	뭐가요?
박세라	아까 말하려다 못했는데… 과거를 바꾼 사실이 적발되면 타임 수사대가 뜨거든요.
윤경택	타임 수사대? 그게 뭔데요?
박세라	시간여행 중에 발생하는 모든 위반자를 검거하는 경찰들이에 요. 잡히면 바로 감옥행! 지옥의 블랙홀 속에 갇혀서 평생 우 주를 떠다니게 된다고요.
윤경택	그러니까 안 걸리게 잘해야죠. 제 인생이 걸려있습니다. (손잡 고) 세라 씨만 믿을게요.
박세라	어, 이러면 안 되는데… (기대면)
윤경택	정신 차리고!
박세라	(발견) 저기 와요.
윤경택	숨어!
박세라	위장!

경택은 세라를 택시 뒤에 숨기고 벽을 위장시킨다. 유미, 벤치에 앉는
다.

윤경택 (유미에게 다가가) 저기요.

최유미 네?

윤경택 뭐해요?

최유미 남자친구 있어요.

윤경택 아니, 뭐하냐고요.

최유미 남자친구 기다리는데요.

윤경택 버스 안 와요.

최유미 네?

윤경택 버스 안 온다고.

최유미 막차 버스 곧 도착하거든요.

윤경택 아까 도착했어. 끝났어요. 가세요.

최유미 조금 전에 제 남자친구가 버스 탔다고 연락이 왔는데 이상하
네요. 잠시만요.

유미, 핸드폰을 꺼내어 통화한다.

윤경택 (막으려 하지만 어설프게 지켜볼 뿐) 아니, 그거 전화하지 마시고….

최유미 여보세요. 자기야. 여기 누가 나보고 꺼지라는데? 바꿔 달라
고?

경택은 이미 세라 옆으로 와 있다.

최유미	(두리번거리며) 응? (다시 통화) 자기야, 사람이 벽으로 사라졌어. 이게 어쩐 일이지? 몰라. 알았어. 빨리 와.
윤경택	다른 방법을 써야겠어요.
박세라	힘들겠어요. 이미 얼굴을 알잖아요.
윤경택	아까 그 기억 지우는 거 한 번만 빌려줘요.
박세라	아, 이거요? (기억 상실기를 건네며) 그래요. 그럼 되겠네.
윤경택	(받아서 만지며) 이거 어떻게 작동하는 거예요?
박세라	최근 1분 동안의 기억만 지울 수 있어요. 상대방의 눈앞에 이렇게 대고 여길 누르면!

빛이 번쩍하더니 경택, 멍한 표정.

박세라	어머!

경택, 정신 차리더니 유미를 보고.

윤경택	어? 언제 왔지? 내가 알아서 할게요. 숨어있어요.

세라, 나가려는 경택을 붙잡는다.

박세라	안 돼요.
윤경택	왜요?
박세라	음… 제가 어쩌고저쩌고 여길 펑 해서…

빛이 번쩍하더니 경택, 멍한 표정.

박세라   어머!

경택, 정신 차리더니 유미를 보고.

윤경택   어? 언제 왔지? 내가 알아서 할게요. 숨어있어요.

세라, 나가려는 경택을 붙잡는다.

박세라   안 돼요.
윤경택   왜요?
박세라   음… 제가 어쩌고저쩌고 여길 펑 해서 그렇게 됐어요.
윤경택   아이, 참, 제 눈에다 펑!

빛이 번쩍하더니 경택, 멍한 표정.
경택, 정신 차리더니 유미를 보고.

윤경택   어? 언제 왔지? 내가 알아서 할게요. 숨어있어요.

세라, 나가려는 경택을 붙잡는다.

박세라   안 돼요.
윤경택   왜요?

박세라	제가 어쩌고저쩌고 펑펑펑 해서 이렇게 됐어요.
윤경택	아니, 그걸 그렇게 하면 어떡해요!
박세라	죄송해요. 헉! 배터리가 없어요.
윤경택	예? 그럼, 기억 못 지워요?
박세라	예. 보통 긴급구조 요청해서 충전하면 되는데 지금은 불법으로 여행 중이라 적발되면 안 되거든요.
윤경택	몇 번이나 계속 그러니까 배터리가 없죠.
박세라	마지막에는 오빠가 했잖아요!
윤경택	내 잘못이에요?
박세라	지금 잘잘못 따지자는 거예요?
윤경택	그럼 어쩌지?
박세라	제가 해볼게요.
윤경택	네? 어떡하려고….
박세라	보기나 해요.

세라, 경택이 말릴 새도 없이 유미에게 달려간다.

박세라	도와주세요! 저랑 저쪽으로 좀 같이 가주시겠어요?
최유미	무슨 일이죠?
박세라	저희 할아버지가 갑자기 쓰러지셔서 같이 부축을 좀….
최유미	119 불러드릴게요.
박세라	예? 아니… 그냥 아주 잠깐이면 되는데….
최유미	(통화) 여보세요? 거기 119죠? 여기 성북동 버스 종점인데요. 여기….

두리번거리는 최유미. 세라는 이미 경택의 옆에 와 있다.

최유미   또 없어졌네. (통화) 아니에요. 할아버지가 사라진 게 아니고…
              죄송합니다.

전화 끊는 최유미.

박세라   만만치 않네요.
윤경택   우린 포기가 참 빠른 것 같아요.
박세라   그렇죠.
윤경택   저 여자가 우리 둘 다 얼굴을 알아버렸네요.
박세라   그렇죠.
윤경택   마침 기억 잊게 만드는 기계도 방전되고.
박세라   그렇죠.
윤경택   딱히 좋은 방법도 없고.
박세라   그렇죠.
윤경택   다시 갑시다.
박세라   예? 어딜요?
윤경택   아까 그 시간으로.
박세라   또요?
윤경택   다른 방법이 없잖아요. 자, 출발합시다. 타임 택시로 변신!

경택, 타임 택시 큐빅을 돌리고 앉는다. 타임 택시를 보고 깜짝 놀라
는 유미.

최유미	어머! 이게 뭐야?
윤경택	뭐해요? 입력해요!
박세라	(마지못해) 네. (손을 휘저어 입력하고) 출발합니다. 다시 10분 전으로!

타임 택시 다시 출발하고 세라와 경택 모션. 뒷걸음질로 퇴장하는 유미. 펑 소리와 함께 도착하는 타임 택시.

박세라	3차 시도. 도착 완료!
윤경택	좋은 생각 없어요?
박세라	이거 어때요? 핸드폰을 빌려달라고 하는 거예요.
윤경택	그래서?
박세라	들고튀는 거죠. 100% 쫓아온다. 그렇지.
윤경택	해봅시다.
박세라	나타났어요.
윤경택	위장!

박세라, 타임 택시 돌려서 벽돌이 그려진 쪽으로 바꾼다. 최유미, 등장하고 윤경택이 다가간다.

윤경택	제가 핸드폰을 잃어버려서요. 전화 한 통화만 할 수 있을까요?
최유미	싫어요.
윤경택	다시 갑시다! 타임 택시 변신!
최유미	어머? 이건 또 뭐야?

윤경택   (타임 택시 다시 돌리고 타며) 출발! 10분 전으로!

타임 택시 출발하고 크루맨이 다양한 소품들을 들고 등장해 준비한
다.

박세라   세상의 모든 인간은 각자의 목적을 이루기 위해 매 순간 노력
하며 살아갑니다. 진학, 취업, 결혼, 성공, 행복. 여기 자신의
목적을 이루기 위해 미래에서 온 한 남자가 있습니다. 그러나
결코 쉬워 보이지 않네요. 삶이란 한 치 앞도 예측할 수 없기
때문이죠.

타임 택시 핑음.

박세라   4차 시도!
윤경택   (광고판을 몸에 두르고) 창고정리! 모든 옷을 90% 할인가로 판매합
니다. 저쪽에.

미동 없는 최유미. 타임 택시 핑음.

박세라   5차 시도!
윤경택   (유령 가면을 쓰고) 으하하! 나는 유령이다!

미동 없는 최유미. 타임 택시 핑음.

박세라   6차 시도!

윤경택   (방충망을 쓰고 벌통을 들고) 벌이다! 도망가세요. 벌들이 우릴 공격
         해요!

         미동 없는 최유미. 타임 택시 꺵음.

박세라   7차 시도!

윤경택   (커다란 칼을 내밀며) 꼼짝 마! 아니… 저리 꺼져!

크루맨   여보세요? 어, 엄마.

         미동 없는 최유미. 타임 택시 꺵음.

박세라   8차 시도!

크루맨   나 지금 공연 중이야. (손수건을 건넨다)

윤경택   (기침하며) 콜록콜록! 난 전염병에 걸렸어요. 멀리 피하세요!

크루맨   어, 끊어!

         미동 없는 최유미. 타임 택시 꺵음.

박세라   9차 시도!

윤경택   (무릎 꿇고) 이렇게 부탁드립니다. 제발!

         미동 없는 최유미. 타임 택시 꺵음.

박세라   10차 시도!

윤경택, 막무가내로 최유미를 잡고 끌어당긴다. 최유미, 경택의 팔을
꺾어 제압한다. 비명 지르는 윤경택.

박세라   예측불허의 연속. 우연인지 필연인지, 신의 농간인지 계략인
지, 내가 쥐고 있는 이 운명의 끈을 잡아당겨야 하는지 놓아야
하는지, 과연 이 끈이 결과를 좌우하긴 하는 건지. 이 빌어먹을
미래는 도무지 알 수도 없고, 안다고 어떻게 할 수 있는 것도
아니고!

세라, 타임 택시를 벽으로 위장시킨다.

윤경택   이거 놔! (빠져나와) 놔! 놓으십시오! 너 뭐야? 진짜 내가 살다 살
다… 도대체 누구냐 너.

최유미   나? 서울그룹 최준혁 회장의 외동딸로 4세에 한글을 마스터하
고 10세에 검정고시를 패스하여 15세의 나이로 수학, 물리학,
천문학, 전자공학 박사학위를 취득하여 20세의 나이로 NASA
에 취직하여 로켓을 연구하다 문득, 운동의 역학 논리에 필이
꽂혀 각고의 수련 끝에 쿵푸, 태권도, 합기도를 섭렵한 후 피
겨스케이팅에 도전하였으나 김연아에게 얼굴도 안 돼, 몸매도
안 돼, 개 쪽만 당하고 24세의 나이에 인생무상 이제 뭘 하며
살아야 하나 주야장천 고민하다 대기업의 가업을 이어받으라
는 아비의 명을 거역하고 에라 남들 다 하는 연애, 키스, 섹스,

임신, 유산 한번 해보자는 당찬 각오로 평범하게 살아보려는 최유미라고 한다.

박세라　뭐? 최유미? 한때 엄청난 영재가 탄생했다며 전 세계를 떠들썩하게 만들었던! 훗날 아비의 가업을 물려받아 막대한 연구비를 투자하여 이 타임 택시를 개발하게 되는 천재 소녀! 그녀가 바로 내 눈앞에 있다는 이 얄궂고 고약한 운명의 장난을 우린 어떻게 받아들여야 한단 말인가!

윤경택　뭐라고? 저 여자가 누구라고?

박세라　어쩐지 낯이 익더라 했지요. 이 타임 택시 회장님이세요.

윤경택　뭐?

박세라　저 여자가 이 타임 택시를 개발해서 세계 최고의 갑부가 된다고요. 회장님의 젊은 시절을 이렇게 보게 될 줄이야. 저는 회장님께 인사 좀 드리고 올게요. 지금부터 나를 딱 각인을 시켜서….

윤경택　(붙잡고) 아버지가 저런 대단한 여자랑 사귄다고요?

박세라　차라리 아버님이 최유미랑 사귀게 놔두는 게 어때요? 그럼, 아버님은 갑부가 되시는 거예요.

윤경택　우리 엄마는요? 뱃속에 아기는요? 그 아기는 저예요!

박세라　그렇죠. 그럼 이혼하면 아빠 쪽에 붙어요.

윤경택　지금 말 다 했어요? 이봐요. 세상은 돈이 전부가 아니라고.

박세라　그래요. 그렇게 생각하신다면… 각자 다른 길로 갑시다.

윤경택　(붙잡고) 저 여자, 자기 아버지와의 관계는 어떻죠?

박세라　유일한 외동딸에게 회사를 물려주려고 안달복달인데 오죽하겠어요?

윤경택	좋아요. 그럼 이렇게 합시다. 속닥속닥.
박세라	에이. 그 방법이 먹힐까요?
윤경택	팬클럽 회장 3년 더.
박세라	(하이 파이브 하며) 우린 최고의 파트너예요.

박세라, 최유미에게 다가가려다,

박세라	최 회장님 따님 맞으시죠?
최유미	네. 그런데요.
박세라	회장님이 쓰러지셨습니다.
최유미	내 이런 날이 올 줄 알았지.
박세라	네?
최유미	죽도록 일만 하는 자, 일에 치여 죽으리라. 강남 세브란스 병원 이죠?
박세라	네, 네.
최유미	고마워요. 택시! 모범택시!

최유미, 퇴장한다. 그 모습을 멀뚱멀뚱 바라보는 세라와 경택.

윤경택	드디어… 갔다. 갔어!
박세라	좀 허무하네요. 진작에 이럴걸.
윤경택	됐어요. 잘했어요! 역시 우린 최고의 파트너….
박세라	그런데… 거짓말인 걸 곧 알게 될 텐데 이제 어쩌죠? 어머? 어 머?

윤경택	왜요?
박세라	어머니가 와요!
윤경택	일단 숨어요!

세라와 경택은 위장한 택시 뒤에 숨는다.

윤경택	아까 그 사진 줘 봐요. 저 여자 사진.
박세라	사진이요? 왜요?
윤경택	빨리요.
박세라	여기요. (사진 건네고) 어쩌시려고요.
윤경택	엄마를 제가 만날게요.

김명순, 등장해 벤치에 앉는다.

박세라	네? 안 돼요! 비허용 대상자라….
윤경택	이미 엎질러진 물이에요. 돌아올 수 없는 강을 우린 이미 함께 건넜어요.
박세라	그래도 이건 진짜 안 돼요. 비허용 대상자와 접촉하면 시간이 엉켜버려서….

경택, 무시하고 명순에게 다가간다.

박세라	앗! 이봐요! 오빠! (다시 숨으며) 몰라. 난 몰라.
윤경택	안녕하세요. 윤시국씨 부인되시죠?

김명순	그런데요. 누구⋯.
윤경택	경찰입니다.
김명순	경찰이요?
윤경택	네, 잠복근무 중입니다. 내가 지갑을 어디에 뒀더라. 잠시만요. 공무원증 보여드리겠습니다. (찾는 시늉 하다가) 아, 그런데 윤시국 씨가 현재 범죄 대상으로 노출되어 있다는 사실, 알고 계시죠?
김명순	네? 우리 남편이요? 아니요. 몰라요. 우리 그이한테 무슨 일이 생겼나요?
윤경택	진정하십시오. 아직 괜찮습니다.
김명순	못살아 정말. 맨날 밖으로만 돌더니만.
윤경택	(사진을 내밀고) 보십시오.
김명순	(사진을 보며) 누구예요?
윤경택	순진한 유부남들을 꾀어서 돈을 뜯어내는 수법으로 전국에 수배 중인 전과 7범의 전문 사기꾼. 일명 종로 구미호라고 불리는 꽃뱀입니다.
김명순	어이구.
윤경택	최근 남편분께 접근 중이며 남편분은 이 사실을 전혀 모르고 있죠. 그러니 부인께서는 그냥 모른 척하고 계시면 됩니다.
김명순	가만히 있으라고요?
윤경택	그렇죠. 저희가 확실한 증거를 포착하기 위해 감시 중이니까 걱정하지 마시구요.
김명순	남편도 알아야 대처하지 않을까요?
윤경택	아니요. 섣불리 움직였다가 이 여자가 눈치를 채고 잠적해버

리면 다 끝나는 겁니다.

김명순   아니, 그게….

윤경택   10년간 종로 구미호를 잡기 위해 우리가 얼마나 노력했는데 엄마가 다 망칠 거예요? 아니, 아줌마가 다 망칠 거예요? 그럼, 공무집행방해죄로 체포될 수도 있습니다. 아시겠어요? 수갑 어디 갔어!

김명순   네. 죄송합니다. 조심할게요.

윤경택   사진은 갖고 계세요. 누군지 얼굴을 알아야 하니까.

김명순   네, 잘 갖고 있을게요. 감사합니다.

윤경택   명심하세요. 꼭 모른 척하셔야 합니다.

김명순   그럼요. 꼭 모른 척할게요. 이렇게 친절하게 미리 알려주시고 정말 감사합니다.

윤경택   예, 예. 그럼, 아주머니만 믿겠습니다.

김명순   예, 감사합니다. 라고 할 줄 알았냐?

윤경택   예?

김명순, 품에서 총을 꺼내 윤경택에게 겨눈다.

김명순   이제 알았네. 이렇게 됐구만! 네 마음대로 과거를 바꾸니까 좋아?

윤경택   뭐요?

김명순   마냥 신기하고 재미나지? 가이드는 어쨌어?

윤경택   아니, 그걸 어떻게… 당신, 누구야?

김명순   내가 누구냐고?

김명순, 목을 손으로 누르더니 다른 목소리가 들린다.

김명순   (시국의 목소리) 야, 이 자식아!

윤경택   이 목소리는….

박세라   (관객에게) 여기서 우리는 이 연극이 SF 연극이라는 사실을 새삼 인식하게 됩니다.

김명순, 얼굴을 뜯어 가면을 벗는 시늉을 하면서 같은 옷을 입고 있는 윤시국으로 바뀐다. 윤시국은 머리가 희끗희끗하다.

윤경택   아버지!

윤시국   아버지? 그래 넌 내 자식이지. 그렇게 잘 아는 놈이 아버지 인생을 망쳐놔?

윤경택   어떻게 된 거예요? 언제 오셨어요? 아니, 왜 오셨어요?

윤시국   허허. 날 아주 잘 아는 것처럼 말하는구나. 그래, 너의 생에선 날 많이 봤겠지. 하지만 난 널 모른다. 아들아.

윤경택   뭐라고요?

윤시국   바뀐 미래에서 너와 난! 단 한 번 만났을 뿐이다.

윤경택   그게 무슨 소리예요? 아버지가 일곱 살 때부터 절 키우셨잖아요.

윤시국   그건 네가 과거를 바꾸기 전의 생이겠지. 내 생에선 말이다. 내가 널 단 한 번 만나는데 그 순간 넌… 죽게 되지.

윤경택   내가요? 왜요?

윤시국   왜냐고? 왜? 왜! 오늘 여기! 이 순간을 바꿔놓았기 때문이야!

(사진을 내밀며) 이 사진을 네 어미에게 주면서 종로 구미호가 어쩌고저쩌고 구라쳤잖아! 어떤 일이 벌어질지도 모르면서 왜 그런 짓을 해! 너 때문에 난 아무것도 모르고 농약 먹고 뒈질 뻔했어!

시국, 벽을 쾅 친다.

윤경택	내가 그 말을 어떻게 믿어요? 아버지야말로 순 구라만 치다가 인생 종 처버린 인간 말종이잖아요!
윤시국	내가 아무리 설명해봤자 넌 이해 못 할 거다. 너와 난 각자 다른 차원의 생을 살아왔으니까.
윤경택	좋아요. 그래서 원하는 게 뭐예요? 다시 어머니를 버리고 그 여자랑 결혼하겠다. 이거예요?
윤시국	다시 찾을 거야. 너 때문에 망친 내 인생! 원래대로 돌려놓을 거야.
윤경택	원래 인생이 어떤 인생인데요? 열세 번이나 마누라 갈아치우면서 처자식이 어떻게 되든 말든 나 하나만 잘 먹고 잘사는 인생이요?
윤시국	난 그런 생을 살지 않았어. 아무것도 모르면 내 인생에 태클 걸지 말고 빠져.
윤경택	당신으로 인해 바뀌는 내 인생은요? 엄마 인생은요?
윤시국	네 인생은 네가 알아서 해. 나 하나도 벅차니까.

시국, 벽을 쾅 치려다 손을 거둔다.

윤경택	세상에 어떤 부모가 자식한테 그런 소리를 할까요? 당신은 자격 없어. 부모가 되지 말아야 할 사람이 부모가 된 거야.
윤시국	내가 어떤 생을 살아왔는지 네가 알게 된다면 날 이해할 수 있을 거다. 아들아. 난 널 책임질 기회조차 없었단다.
윤경택	그럼 낳지를 말지 왜 날 낳았어요? 책임질 기회조차 없는 놈을!
윤시국	그건 네 어미한테 물어봐라.

윤시국이 뒷벽에 있던 줄을 잡아당기자 포박된 채로 기절한 김명순과 이연화가 쓰러지듯 등장한다.

윤경택	어머니! 어떻게 된 거예요?
윤시국	걱정하지 마. 마취총이야. 1시간 후면 깨어나.

이때, 세라가 살금살금 도망가려다 시국에게 들킨다.

윤시국	스톱! 어딜 도망가려고? 위장한 벽 뒤에 숨어있었군.
박세라	아버님, (타임 팔찌를 누를 듯 위협하며) 여기 이 버튼을 누르면 무슨 일이 벌어지는지 아세요? 타임 수사대가 바로 출동해서 아버님을 체포할 거예요.
윤시국	타임 수사대! 나도 알아. 하지만 넌 절대 그 버튼을 누를 수 없지.
박세라	왜요?
윤시국	뇌물 받아 처먹은 거 다 알아. 내가 다 불어버리면 넌 그 돈 날

리고 지옥의 블랙홀에 갇혀서 평생 썩게 되지. 그래도 누를 텐 가.

박세라　이런 젠장! 분하다. 뇌물을 받는 게 아니었어. 이런 멍충이! 바보! 돌대가리!

윤시국　까불지 말고 이리 가까이 와.

박세라　네? 왜요.

윤시국　내 인질이 되어줘야겠어!

세라를 잡아끄는 시국. 비명 지르는 세라.

윤시국　자, 버스가 올 시간이군. 아들아, 난 만날 사람이 있으니 이제 너는 좀 꺼져줘야겠구나.

윤경택　과거의 아버지를 만나서 어쩔 셈이죠?

윤시국　말해야지. 저 여편네랑 갈라서고 최유미와 반드시 결혼해라. 그럼, 떼돈을 벌게 될 테니까!

윤경택　돈이 그렇게 좋아요? 자식과 마누라보다 더?

윤시국　당연하지! 돈만 있으면 세상 모든 시간을 갖게 되는데! 그러면 자식과 마누라도 마음대로 바꿀 수 있어! (관객을 가리키며) 이 여자랑 살아보고! 저 여자랑 살아보고! 또 저 여자… (흠칫 놀라 다른 여자를 가리키며) 저 여자랑 살아보고!

윤경택　제발 그만 좀 하세요! 부끄럽지도 않아요? 내가 그렇게 되도록 아버지를 내버려 둘 것 같아요?

윤시국　그러니까 걸리적거리지 말고 넌 잠이나 자라 이거야!

박세라　안 돼!

윤시국, 경택에게 총을 쏜다. 모두 슬로우로 움직이고 인질로 잡혀있
던 세라가 마취 총알을 꺼내 시국의 총에서 총알이 나온 것처럼 이동
시킨다.

박세라   어떡하지? 오빠가 총알을 맞으면 안 되는데… 타임스톱을 하
게 되면 타임 수사대가 올 테고… 하지만 오빠를 이대로 둘 순
없어! 에라 모르겠다! (타임 팔찌를 누르며) 타임스톱!

모두 정지. 세라, 마취 총알을 경택의 손에 쥐여준다.

박세라   (경택에게) 부탁해요.

세라, 연화의 포박을 풀어주고 흔들어 깨운다.

박세라   연화야, 일어나! 연화야!
이연화   알았어. 엄마. 일어나.
박세라   야, 나 세라야. 정신 차려.
이연화   어? 선배님. 어떻게 된 거죠? 여기 몇 년도에요?
박세라   2020년이야. 너 타임 팔찌 어쨌어?
이연화   뺏겼어요. 어! 저 사람이 가져갔어요.

시국의 주머니에서 타임 팔찌를 찾는다.

이연화   여기 있다! 그런데 선배님, 혹시 돈 받으셨어요?

박세라	왜 그렇게 생각하지?
이연화	받았죠?
박세라	어.
이연화	지난번에 경고 먹고 또 그러시면 어떡해요? 타임스톱 했으니 위원회에 회부될 텐데 뭐라고 하시려고.
박세라	잘 둘러대야지. 모른 척 좀 해줘. 나 이번에도 걸리면 블랙홀 갈지도 몰라.
이연화	반띵합시다.
박세라	반띵?
이연화	네.
박세라	그래. 젠장!
이연화	뭐라구요?
박세라	아니야.
이연화	정리 시작할게요.

박세라, 명순의 포박을 풀어준다. 연화는 택경의 손에 든 마취 총알을 뺏으려다가 얼굴을 보고 깜짝 놀란다.

이연화	어? 윤경택! 이 사람, 윤경택 맞죠?
박세라	어, 맞아.
이연화	윤경택이 고객이었어요? 대박.
박세라	연화야! 우리 오빠야. 떨어져! 빨리 정리해!
이연화	네!
박세라	연화야, 빨리! 이러다 타임 수사대 오겠어!

이연화   네!

연화, 택경의 손에 쥔 마취 총알을 버리려다가 윤시국의 다리에 꽂는
다. 그리고 세라와 함께 명순을 들고 벤치에 눕힌다.

박세라   자, 이제 됐지?

이연화   네! 스톱 해제하세요.

박세라   한다.

이연화   네.

박세라   (타임 팔찌 누르며) 스톱 해제!

박세라, 버튼 누르자 모두 움직인다. 경보음 울린다.

윤시국   하하하! (무릎에 박힌 총알을 보고) 악! 이게 왜 나한테?

윤경택   어떻게 된 거지?

윤시국   (명순을 보고) 얘는 왜 여기…!

윤경택   분명히 나한테 쐈는데?

윤시국   네 이놈들! 무슨 짓을 한 거야!

윤시국, 풀썩 쓰러진다.

이연화   선배님! 저 먼저 갈게요!

박세라   응! 사무실에서 만나! (경택에게) 우리도 가요. 타세요. 빨리요.

연화, 시국을 끌고 가려는데 주머니에서 쪽지를 꺼내 명숙의 입에 다급히 넣는다. 윤경택이 이를 본다.

윤경택   어? 저기!
박세라   왜요?
윤경택   입 안에 뭘 넣었어요.
박세라   네?
이연화   타임 택시 출발!
윤경택   아버지가 방금….
박세라   일단 떠나요. 타임 수사대가 오고 있어요! 타임 택시! 출발!

연화의 타임 택시와 세라의 타임 택시 모두 떠난다. 벤치에 명순만이 홀로 기절해있다. 잠시 후, 타임 수사대가 음악과 함께 도착한다. 타임 패트롤카를 타고.

302   도착 완료.
301   온기가 남아있다. 방금 튀었군.
302   한발 늦었군요. 5분 전으로 돌아갈까요?
301   잊었나? 쪽지를 찾아야 한다.
302   (명순을 보고) 아, 저기 저 여자.
301   확인해.

302, 명순의 얼굴을 살펴본다.

301	어때?
302	추워 보입니다.
301	아니! 그 여자 맞냐고. 김명순.

302. 시계로 확인한다.

302	(기계음을 입으로) 우오오오.
301	소리 꺼.
302	네.
302	(확인하고) 맞습니다.
301	잘 뒤져봐. 깨우지 말고.

302, 명순을 살핀다. 명순, 뒤척인다.

302	(나긋하게) 괜찮습니다. 주무세요.
302	(살피더니) 없습니다.
301	옷 속에 넣어뒀을지도 몰라.
302	벗길까요?
301	안 돼. 지금도 충분해.
302	그렇군요. 그럼 어떻게 찾으란 말입니까.
301	벗기지 말고 뒤지란 말이야. 분명히 이 여자한테 쪽지를 전달했어. 그 쪽지로 인해 미래가 바뀌었다. 우린 반드시 쪽지를 찾아서 잘못된 과거를 바로잡아야 한다.
302	그러니까 5분 전으로 돌아가서 어떻게 전달하는지 지켜보자

는 거죠. 간 김에 싹 다 체포하고요.

301   체포보다 쪽지를 찾는 게 더 중요하다. 우리가 나타난 사실을 알고 쪽지를 은폐하게 되면 미래는 더 복잡한 미궁 속으로 빠지게 된다.

302   그럼 깨워서 심문하시죠. 곧 윤시국 나타날 텐데.

301   302! 최대한 우리의 존재를 알려선 안 돼. 단 1초의 실수로 몇백 년이 바뀌고 수천억 인간의 운명이 바뀐다. 명심해라.

302   네, 알겠습니다.

버스 도착하는 소리가 들린다.

302   왔습니다! 윤시국이 왔어요!

301   비켜봐. (몸을 뒤지려다가) 에잇! 일단 숨어.

타임 패트롤카 뒤로 숨는 타임 수사대원들.

302   위장!

벽돌 그림 그려져 있는 패트롤카로 바뀌고 잠시 후, 시국이 등장한다.

윤시국   (두리번거리며) 유미야. 유미… (벤치에 있는 명순을 발견하고 깜짝 놀라) 뭐야, 마누라가 왜 여기…?

윤시국, 그대로 두고 가려다가 다시 돌아와 명순을 깨운다.

윤시국   야, 일어나. 야. 너 밤공기 찬데 옷 꼴이 지금….

김명순   어머! 응? (입안에 뭔가를 느끼고 꺼내며) 이게 뭐야?

윤시국   아이쿠! 너 어디서 아무거나 주워 먹고… 네가 거지야? 엉?

김명순   쪽지에 뭐가 잔뜩….

윤시국   이리 줘봐. 뭐야? 숫자잖아.

김명순   2020, 2021, 2022… 연도별로 숫자가 6개씩 적혀있네요. 뭐지?

윤시국   로또?

301   아니야. 로또 아니야.

302, 다급히 뛰어가 숫자를 뺏는다. 비닐에 넣고 301에게 건넨다.

윤시국   뭐, 뭐야? 당신들 뭐야?

301   알 거 없소.

302   모르는 게 약이지.

301   기억 상실기.

302   놓고 왔습니다.

301   가자.

302   패트롤카 변신!

수사대원들, 패트롤카에 탑승한다.

302   출발하겠습니다.

타임 수사대 음악과 함께 떠난다. 멍하니 먼 하늘을 바라보는 시국과 명순.

김명순   여보.

윤시국   응?

김명순   이거 꿈 아니죠?

윤시국   응. 아까 그 숫자들 말이야.

김명순   네.

윤시국   로또 맞는 거 같아.

김명순   그런가.

윤시국   근데 말이야.

김명순   네.

윤시국   나 몇 개 외웠어.

명순, 시국을 쳐다보며 암전.

2막

1장

이연화, 등장한다.

이연화   시간을 달리는 택시. 여러분의 상상으로 모든 세트와 특수효과를 채워가야 한다고 강력히 주장하고 싶은 SF 연극 타임 택시. 가이드, 이연화 인사드립니다. 윤경택의 어머니, 김명순의 탈을 쓰고 미래에서 온 아버지, 윤시국!

윤시국이 등장한다.

이연화   그는 말했습니다. 아들, 윤경택이 과거를 바꾸게 되면서 자신은 끔찍한 생을 살게 되었다고. 도대체 그에겐 어떤 일이 있었고, 어떻게 2020년으로 오게 된 것일까요? 함께 보시겠습니다.

영상으로 연도별 주요 사건 목록이 브리핑하듯 나타난다. 301, 302가 옷이 잔뜩 걸린 옷걸이를 각각 끌고 등장한다.

이연화   윤경택이 엄마에게 최유미의 사진을 주고 다녀간 2020년 10월 17일 이후! 33세의 젊은 윤시국은 아들의 뜻대로 화목한 가정을 이루게 되는데.

김명순, 배가 부른 채로 등장한다.

김명순	여보! 아기가 발로 막 차요!
윤시국	어쩌라고.
이연화	화목한 가정을 이루게 되는데.
윤시국	정말? 아이고 내 새끼!
이연화	2021년 3월! 윤경택이 태어납니다.
301	호흡하세요!

301이 의사 가운을 입고 명순의 배에서 아기 인형을 빼낸다. 아기 울음소리.

| 301 | 아들입니다. |

아기, 받아 들고 행복해하는 시국과 명순.

| 이연화 | 그러나 이 시국에 윤시국의 바람기는 가시질 않고. |

302, 가발을 쓰고 치마를 입고 등장한다.

| 302 | 자기야, 자기야! 많이 기다렸지? 늦어서 미안해. |
| 윤시국 | 날 이렇게 기다리게 한 여잔 네가 처음이야. 다음부터 늦으면 |

죽여 버리겠어. 매일 밤!

302, 시국에게 안긴다.

김명순   여보!

302, 도망간다.

김명순   하다하다 이제 저런 여자까지!
윤시국   경마장 가게 십만 원만.
김명순   지금, 이 상황에… 어제 준 오만 원 어쨌어?
윤시국   고스톱 치다 다 날렸다.
김명순   이 화상아, 왜 사니? 왜 살아?
윤시국   집안 꼴 잘 돌아간다.

김명순, 시국의 머리를 잡고 싸운다. 크루맨이 파마 가발을 쓰고 등
장한다.

크루맨   아유, 시끄러워! 잠을 잘 수가 있어야지!
이연화   싸움을 말리던 옆집 아줌마.
크루맨   제발 그만 좀 싸워!
윤시국   아줌마는 빠져요!

크루맨, 넘어진다.

이연화   그만 뒤통수가 깨져 사망하고 맙니다. 2022년 2월. 시국은 재판에서 징역 2년을 선고받고.

302, 감옥 창살을 들고 등장해 시국의 얼굴 앞에 놓는다.

윤시국   난 억울해! 슬쩍 밀었을 뿐인데!

이연화   2023년 5월. 감옥 안에서 누군가를 만나게 됩니다.

죄수옷을 입은 301이 등장한다.

301   전 태극기 부대에요. 빨갱이들의 세상! 제 손으로 끝장내버릴 거예요. 믿음, 소망, 테러. 잘 부탁해요.

이연화   2024년 1월 출옥한 시국.

302, 퇴장한다. 명순이 아기를 등에 업은 채 두부를 들고 등장한다.

김명순   여보! 고생했어요. (두부를 먹이며) 두부 좀 먹어요.

김명순, 퇴장한다.

이연화   그러나 시국은 전과자라는 낙인으로 취업도 안 되고, 의지도 없고 그저 명순이 벌어오는 돈으로 당구장이나 기웃거리던 2024년 10월.

윤시국   (당구를 하는 자세로) 사장님, 여기 짜장면 하나만 시켜주세요.

301, 등장한다.

301   시국 형제님. 저도 나왔어요. 편지에 왜 답장을 안 주십니까.
           그나저나 이 시국에 시국 형제는 당구만 치고 계시네요.

윤시국   아, 예. 그런데 왜 저를….

301   저를 좀 도와주서야겠어요.

윤시국   예?

이연화   이 시국에 시국은 대통령을 암살하러 갑니다. 촛불 폭탄을 들
           고!

301   (촛불을 쥐여주며) 성도들이여! 일어나십시오! 탄핵 무효! 영장 기
           각! 척결하자! 종북세력! 일본은 우리의 친구! 미국 만세! 어?
           저기 지나간다! 지금이에요. 형제님, 믿음으로 던지세요!

           촛불을 던지는 윤시국.

이연화   그 광경을 목격한 초등학생이 재판에서 증언하고.

           크루맨, 등장한다.

크루맨   네네네, 저 사람 맞아요. 촛불을 던지는 걸 제가 똑똑히 봤어
           요.

윤시국   야, 꼬마야!

크루맨   엄마!

윤시국   억울합니다. 전 시키는 대로 했을 뿐입니다!

이연화   2025년 5월. 징역 20년을 선고받게 됩니다.

302, 다시 창살을 시국의 얼굴 앞에 댄다.

윤시국   20년? 안 돼!

이연화   2037년 5월. 시국의 출옥만을 기다리며 10년 넘게 옥바라지 생활을 이어가던 아내, 명순은 한 택시 기사를 우연히 만나게 되고!

명순과 택시 기사 의상을 입은 301이 등장한다.

301   아따! 우리 언제 만난 적 있다요?

김명순   없는데요.

301   아따. 잘 됐소. 인자부터 거시기 해봅시다.

김명순   거시기요? (시국 보고) 우야꼬… 좋습니다. 거시기 합시다.

두 사람, 격하게 포옹한다. 301과 명순, 손잡고 퇴장한다.

윤시국   여보… 여보, 거시기 하지 마!

이연화   새로운 삶을 거시기 하게 됩니다. 마침 중2병에 걸린 경택은 가출을 일삼으며 매우 삐뚤어집니다.

교복을 입은 경택이 가방을 어깨에 메고 등장해 외친다.

윤경택   삐뚤어질 테다!

윤경택, 어깨를 삐뚤게 하고 삐뚤삐뚤 퇴장한다.

윤시국   경택아! 삐뚤어지지 마!

이연화   그 후, 시간은 총알같이 흘러 2043년! (302에게) 늙게⋯ 희끗희
끗!

302, 베이비파우더를 꺼내어 시국의 머리에 뿌린다. 하얗게.

이연화   그 사이, 대통령은 여러 번 바뀌고! 남북이 통일되고! 평양에서
올림픽을 유치하고! 대한민국이 경제 대국으로 거듭나며 글로
벌 리더가 되고! 전 세계의 과학자들이 한반도에 모여들고! 최
유미가 타임 택시를 개발하게 됩니다.

영상으로 남북통일과 평양올림픽, 경제 대국 성장, 과학자들의 연구
개발 등 장면들이 스쳐 지나가더니 타임 택시를 개발한 나이 든 최유
미의 사진이 신문 기사 1면에 실리는 장면!

이연화   그리고 출옥을 6개월 앞둔 2044년 10월! 감옥에 이상한 놈이
들어오는데.

상의를 탈의한 302와 크루맨이 죄수복을 입고 등장한다. 크루맨의
몸에는 온통 지도가 그려져 있다.

윤시국   어? 우와, 타투가 지도 같이 생겼어요. 멋있다. 근데 무슨 지도
         에요?

크루맨   여기 지도야.

윤시국   여기는 왜?

302   (타투를 가리키며) 여기가 입구고 여기가 출구야. 지하 500미터만
         파면 암반수가 나와.

윤시국   암반수요?

이연화   2045년 3월! 시국은 함께 벽을 파주게 되고!

크루맨   뭐해? 이 영감탱이야!

302   빨리 파란 말이야!

윤시국   이제 저는 돌아가야 하는데….

크루맨   뒤에 줄줄이 기다리잖아. 빨리 가!

302   앞으로! 빨리!

윤시국   어? 빛이!

이연화   얼떨결에 탈옥하고 맙니다.

크루맨   (양팔을 벌리고 감격에 겨워) 자유다!

302   프리덤!

윤시국   모두 축하드려요. 이제 전 다시 안으로….

         사이렌 소리 울려 퍼지기 시작한다.

크루맨   뭐해? 빨리 튀어!

윤시국   안 돼! 난 2개월 후면 출옥이라고! 아냐! 이건 아니야!

302와 크루맨, 윤시국을 끌고 퇴장한다. 301, 기자로 등장해 속보를
전한다.

301   뉴스 속보입니다. 죄수 7명이 탈옥하는 사상 최악의 사태가 발
생하였습니다. 그중에는 20년형을 선고받고 만기출소를 2개
월 앞둔 죄수도 끼어 있어… 궁금합니다.

이연화   전 세계에, 역사적으로 통틀어! 이렇게 재수 없는 인간이 또 있
을까.

윤시국, 신문지에 둘러싼 농약을 들고 등장한다.

윤시국   탈옥 후, 인적이 드문 어느 산골짜기에서 2년을 숨어 지내며
머리가 많이 자랐다. 부모, 형제, 처자식의 생사도 모른 체 홀
로 생각에 생각을 반복했다. 나는 왜 그랬을까? 왜 벽을 함께
파주었을까? 왜 촛불을 던졌을까? 왜 바람을 피웠을까? 왜 결
혼했을까? 왜 태어났을까? 나는 왜? 그래. 지나간 시간을 되돌
릴 수는 없다. 아무리 땅을 치고 후회해도 아무리 하늘을 보고
원망을 쏟아내도 다 소용없다. 안다. 하지만 이렇게 버려진 지
금의 내가 너무나 불쌍하고… 밉다.

이연화   2047년 7월, 결국 시국은 농약을 두 손에 쥐고.

윤시국   내 운명을 저주한다. 이제 이 더러운 내 생에 종지부를 찍겠
다.

시국, 농약을 벌컥 마신다.

이연화	라며 마시려 했지만.

시국, 멈칫하고 농약을 다시 뱉으며 연화를 바라본다.

이연화	농약을 감싸고 있던 신문을 보게 되는데.

신문을 자세히 살펴보는 시국.

윤시국	타임 택시?
이연화	그리고 알게 되는 충격적인 사실!
윤시국	뭐? 최유미? 내가 라떼를 즐겨 먹던 시절! 심금을 울리는 화려한 말빨로 그녀의 눈과 귀를 멀게 하여 나를 향한 연정을 가득 품게 하였으나 버스정류장에서 만나기로 한 어느 날 갑자기 사라진 이후 연락이 두절되어 다신 볼 수 없었던! 맞아! 생각났어!
이연화	화려한 그녀의 경력도 떠올리며 입 밖으로 꺼내어보고.
윤시국	네?
이연화	네?
윤시국	뭘?
이연화	최유미 경력⋯.
윤시국	내가? 왜?
이연화	(고개 끄덕)
윤시국	그걸 제가 왜⋯.
이연화	연출님이 오늘부터⋯.

윤시국   (할 수 없이) 그러니까 최유미는… 서울그룹 최준혁 회장의 외동

         딸로 4세에 한글을 마스터하고 10세에 검정고시를 패스하여

         15세의 나이로 수학, 물리학 등등 학위를 취득… 20세의 나이

         로 NASA에 취직하여 쿵푸, 태권도, 합기도로 김연아에게 얼굴

         을 맞고… 하여튼 하라는 연애는 안 하고 남들 다하는 키스랑

         뭐… 응? 그러다가 임신을 유산으로 물려받고 나를 만났던 최

         유미가 말도 안 돼. 이건 꿈이야! 거짓말!

이연화   그만해, 그만해!

윤시국   (괴로워하는 척 이연화 눈치 슬쩍 보다가 무언가 번뜩 생각이 난 듯) 잠깐…

         타임 택시?

이연화   시국은 최유미를 찾아갑니다. 신문도 넣고, 소주도 넣고, 농약

         도 넣고, 컵도 넣고!

         윤시국, 최유미의 집 대문 앞에서 벨을 누른다. 최유미가 하얀 고양

         이를 품에 안고 등장한다.

최유미   아줌마. 어디 간 거야. 누구세요? (문을 열고) 누구… (알아보고) 여

         기 어떻게….

윤시국   오랜만이야. 유미.

최유미   시국씨?

이연화   2020년 5월의 버스정류장 이야기를 듣게 되는 시국.

윤시국   어떤 여자가 구라를 쳐서 병원에 보냈다고? 누가?

최유미   몰라요. 그게 내가 아는 전부에요. 아무튼 당신과 마주칠 일은

         더 이상 없길 바라요. 안녕히 가세요.

윤시국	유미야, 마지막 부탁이 있어. (농약병 건네며) 이것 좀 버려주겠어?

퇴장하는 최유미.

이연화	뭔가 수상하다고 여긴 시국은 그제야 아내, 명순을 만나기로 결심하고 수소문 끝에 명순의 집을 찾아갔으나 잠복 경찰이 있음을 알게 되고 어느 날, 새벽! 잠입하게 됩니다.

301과 명순이 이불을 갖고 등장해 누워서 잔다. 시국, 조심스럽게 접근하여 칼을 빼어 들고 명순을 깨운다.

윤시국	(발로 툭툭 차며) 일어나!

깜짝 놀라 잠에서 깨어나는 301과 명순.

김명순	여보!
윤시국	나 버리고 딴 살림 차리니까 좋아?
301	밖에 경찰들 허벌나게 거시기 하요잉.
윤시국	거시기 하지마! 너는 거시기 좀 하지 마! 이 칼 안 보여? 허튼수작하면 가만 안 돼. 묻는 말에 대답해. 2020년 버스정류장에서 무슨 일이 있었던 거야?
이연화	시국은 아내에게 누군가 경찰행세를 하며 사진을 줬다는 사실을 알게 되고.

윤시국   뭐? 그 사진, 어디 있어?

명순, 시국에게 사진을 건넨다.

윤시국   이렇게 빨리! 누가 줬어? 얼굴 기억해?

김명순   몰라요. 너무 오래전이라….

윤시국   (명순의 머리채를 잡고) 말해! 누구야? 그놈이 내 모든 걸 망쳐놨어! 너 알잖아!

301이 도망가며 외친다.

301   탈옥범! 탈옥범이 거시기 한다!

윤시국   이런 젠장!

김명순   (도망가려는 시국의 다리를 붙잡고) 여보! 자수해요!

윤시국   이거 놔!

윤경택이 빗자루를 들고 들어온다.

윤경택   당신 뭐야!

경택이 빗자루로 시국을 내려치려는 순간, 시국이 들고 있던 칼로 경택을 찌른다.

김명순   안 돼….

배를 잡고 주저앉는 경택. 시국은 다급히 밖으로 달아나려는데.

김명순　경택아… 경택아!
윤시국　뭐? 이놈이… 경택이?

밖에서 누군가 외친다.

소리　집 안에 있다!
김명순　꺼져. 당장 꺼져!

주춤거리며 달아나기 시작하는 시국. 제자리에서 열심히 달리기 시
작한다.

이연화　안개 자욱한 새벽. 천둥, 번개가 요동을 치며 세찬 비가 내리기
　　　　시작했습니다.

302, 물뿌리개로 시국의 머리 위로 물을 뿌린다. 연화가 걸레로 바닥
을 닦기 시작한다.

윤시국　(달리면서) 난 꼬여버린 운명의 실타래를 풀어보려 한 것뿐인데!
이연화　더욱 꼬여버리고 만 것이죠.
윤시국　내가 아들을 찌르다니!
이연화　(바닥을 계속 닦으며) 정신없이 달리는 시국의 뺨 위로 눈물이…
　　　　아니 빗물이… 눈물과 빗물이 섞인 물이 잔뜩 흘러내렸습니

다. 얼마나 달렸을까요? 더 이상 달릴 수 없을 만큼 체력이 바닥나버린 시국은 그제야 멈춰 서서 생각했습니다.

윤시국　　바로 잡아야 한다. 나의 추악한 운명을 반드시 돌려놓아야 한다!

이연화　　다시 시간을 돌릴 수만 있다면!

윤시국　　그래, 타임 택시!

이연화　　땡전 한 푼 없는 윤시국. 먼저 총을 구매합니다.

301, 총포사 주인으로 등장한다. 수건을 목에 걸고 나온다.

301　　　어서 오십시오. 어떤 총을 찾으십니까? (홀딱 젖은 시국을 보고) 어우, 비가 많이 오네.

윤시국　　마취총 있죠?

301　　　사냥하시게요? 여기 있습니다.

윤시국　　(총 받아 들고) 그리고 죄송한데 수건도 좀 주시면….

크루맨이 수건을 들고 와 건네준다. 윤시국, 수건으로 머리와 얼굴을 닦는다.

윤시국　　예. 잘 썼습니다. (총 살펴보며) 그런데 이거 총알 어떻게 넣어요?

301　　　(총알 넣는 시늉) 이렇게 넣으시면 됩니다.

윤시국　　(301을 쏜다) 어이쿠… 어떡하지?

301　　　테스트한 거예요?

301, 쓰러진다.

이연화　　마취총을 구매… 아니 탈취한 시국은 특수가면을 주문합니다.

302가 가면집 주인으로 등장한다. 손에 가면을 쥐고.

302　　　주문하신 가면 나왔습니다. 써보시죠.
윤시국　　목소리는 어떻게 바꿔요?
302　　　변조기를 목에 부착하시고 누르시면 됩니다.
윤시국　　(변조기 버튼 누르고 명순의 목소리로) 세상 참 좋아졌네요.
302　　　하하, 그럼요. 과학이 많이 발전했죠?

시국, 가면 쓰는 척하면서 같은 의상을 입은 명순과 바꾼다.

302　　　(명순을 보며) 이야! 감쪽같은데요. 하하!
김명순　　진짜처럼 보여요?
302　　　그럼요!
김명순　　(총을 겨누며) 이 총도 진짜처럼 보이죠?
302　　　내가 사람을 잘못 봤다야.

윤시국, 302에게 총을 쏜다.

이연화　　그렇게 윤시국은 김명순의 가면을 쓰고 로또를 구매하러 갑니
　　　　　다.

크루맨이 로또 판매 주인으로 등장한다.

크루맨　어서 오세요.

김명순　2020년부터 지금까지 로또 번호 다 주세요.

크루맨　뭐요? 여긴 판매만 하는 곳이에요. 그런 건 직접 인터넷으로 확인하면 되는데.

김명순, 총을 겨눈다.

크루맨　제가 확인해서 이렇게 다 적어놨습니다. 부자 되세요.

크루맨 뒤로 물러서면 윤시국, 크루맨에게 총을 쏜다.

이연화　2020년부터 2047년까지의 로또 번호가 적힌 쪽지를 받고 타임 택시 정류장으로 향합니다.

김명순, 이연화에게 다가온다.

이연화　안녕하십니까? 고객님. 안전하고 쾌적한 시간여행을 위하여 최선을 다하겠습니다. 가이드 이연화입니다. 먼저 본인 확인 부터 하겠습니다.

김명순　잠깐만요. 이거 좀 벗을게요.

가면을 벗는 김명순. 다시 시국으로 교체된다.

이연화	와, 남자분이셨네요? 감쪽같이 속을 뻔했어요. 하하.
윤시국	(총을 꺼내 겨누며) 감쪽같이 죽기 싫으면 출발합시다.
이연화	그렇게 떠나게 됩니다. 여기까지 모두 이해되시죠? 2020년 5월 17일 사건 발생 1시간 전으로!

시국, 타임 택시 탑승하고 굉음 들리고 나면.

| 이연화 | 도착 완료! |
| 윤시국 | (주변을 둘러보며) 그래, 여기야. 내가 살던 곳. |

김명순, 등장해 시국을 보고 깜짝 놀란다.

김명순	어머! 여보… 왜 이렇게 늙었어요? 머리는 왜 이래요?
윤시국	옷 벗어.
김명순	왜요?
윤시국	그냥 벗어!
김명순	여기서요?
윤시국	어디서 벗든 당장 벗으라고!
김명순	아니 갑자기 왜….

김명순, 막 뒤에서 옷을 벗으며 콧노래를 흥얼거린다. 그 소리에 긴장하는 시국.

시국, 명순을 쏘자 그대로 쓰러지는 명순.

| 이연화 | 명순의 옷으로 갈아입습니다. |

시국, 막 뒤로 퇴장한다. 연화, 쓰러진 명순을 살펴보며 묻는다.

| 이연화 | 와, 마취총 효과 직방이네요. 얼마나 자는 거예요? |

탕, 소리와 함께 바로 쓰러지는 이연화. 김명순, 막 밖으로 등장한다.

| 김명순 | 이제 그놈만 기다리면 되는군. |

세라와 경택이 타임 택시를 타고 등장한다. 세라는 타임 택시 뒤에 숨는다. 경택이 명순에게 다가온다.

윤경택	안녕하세요. 윤시국씨 부인되시죠?
김명순	그런데요. 누구···.
윤경택	경찰입니다.
김명순	경찰이요?

이연화, 벌떡 일어난다.

이연화	잠깐! 이후 상황은 모두 보신 장면이니 4배속으로!
윤경택	(사진을 내밀며) 종로 구미호.
김명순	(사진 받고 총 겨누며) 라고 할 줄 알았냐?
박세라	(벌떡 일어나) SF 연극.

김명숙, 가면을 벗고 시국이 등장해 서로 바뀐다.

윤경택   아버지!

윤시국   난 널 몰라.

윤경택   인간 말종.

윤시국   태클 빠져.

윤경택   내 인생, 엄마 인생!

윤시국   벅차!

윤경택   낳지를 말지!

윤시국   물어봐라!

윤시국, 뒷벽 옆에 있던 줄을 잡아당긴다. 김명숙과 이연화가 묶인
채 기절해있다.

윤경택   엄마!

윤시국   마취총.

세라, 도망가려는데 시국이 총을 겨눈다.

윤시국   스톱!

박세라   타임 수사대!

윤시국   뇌물 처먹어?

박세라   돌대가리!

윤시국   (세라를 잡으며) 내 인질!

윤경택	돈이 짱?
윤시국	당근! (관객을 향해) 이 여자, 저 여자… (놀라고) 헉!
윤경택	제발 그만!
윤시국	자라!

윤시국, 총을 쏜다. 세라가 총알을 움직인다.

박세라	에라, 타임….
이연화	잠깐만요. 선배님.
박세라	응? 왜?
이연화	이것도 기네요. 그냥 넘겨버리죠. (배우들에게) 괜찮죠?
모두	네.
이연화	고!

배우들, 빠른 동작으로 움직이며 시국이 쪽지를 입에 넣는 상황으로 장면 만든다.

이연화	여기서부터 가시죠. 선배님이 큐 주세요.
박세라	큐!

사이렌 울리고 정상 속도로 진행된다.

윤경택	어? 저기! (세라가 시국을 당겨 태운다)
박세라	왜요?

윤경택	아버지가 방금….
박세라	네?
이연화	타임 택시 출발!
윤경택	입안에 뭘 넣었어요!
박세라	일단 떠나요. 타임 택시 출발!
윤경택	(퇴장하며) 입안에 대체 뭘 넣었을까!

박세라와 윤경택은 퇴장한다. 이연화는 기절한 윤시국을 타임 택시에 태우고 출발한다. 무대는 영상으로 시간 터널의 혼돈을 보여준다. 충격이 큰지 비명을 지르는 이연화. 펑 소리와 함께 암흑.

2장

어둠. 한동안의 침묵이 이어진다.

이연화	(소리) 뭐지? 몇 년도지? 본부 나와라. 본부. 타임 팔찌도 안 켜지네. 여기… 누구 없어요?

침묵.

이연화	(소리) 뭔가 잘못된 것 같은데… 저기요! 아무도 없어요?

공허한 외침.

이연화 (소리) 왜 다들 대답을 안 하세요? 여기 있는 거 알거든요? 모두 앉아 있잖아요!

시국의 인기척. 객석 쪽에서 들린다.

윤시국 (소리) 뭐야?

이연화 (소리) 어? 깨어나셨네? 이봐요. 정신이 좀 드세요?

윤시국 (소리) 안 보여. 여기 어디야? 너 누구야?

이연화 (소리) 저 기억 안 나세요?

윤시국 (소리) 가이드?

이연화 (소리) 네, 맞아요.

윤시국 (소리) 어떻게 된 거야? 난 분명히 총을 쐈는데 내 다리에 총알 이….

이연화 (소리) 아… 그거 제가 안 그랬어요. 음… 일단 좀 멀리 계신 거 같은데 이쪽으로 오실래요?

윤시국 (소리) 어디?

이연화 (소리) 이쪽이요. 소리 나는 쪽으로.

윤시국 (소리) 그쪽?

이연화 (소리) 네.

침묵.

윤시국   (소리) 계속 소리를 내줘야지.

이연화   (소리) 이쪽이요.

윤시국   (소리) 어디?

이연화   (소리) 더 오세요.

윤시국   (소리) 여긴가? 이거 너냐?

이연화   (소리) 아닌데요.

윤시국   (소리) 그럼 이건 누구지? 이건 머리, 코, 콧구멍….

이연화   (소리) 저 아니에요.

윤시국   (소리) 아, 죄송합니다.

이연화   (소리) 잘 안 들려요?

윤시국   (소리) 가고 있어. 왜 짜증을 내고 그래.

         침묵.

윤시국   (소리) 에이.

이연화   (소리) 왜요?

윤시국   (소리) 코가 묻은 거 같아. 휴지 없나?

이연화   (소리) 빨리 와요. 그냥.

윤시구   (소리) 응.

         침묵.

이연화   (소리) 거의 다 오셨어요?

윤시국   (소리) 그래.

쿵 소리 들린다.

윤시국   (소리) 아야.

이연화   (소리) 괜찮으세요?

윤시국   (소리) 소리를 잘 내줘야지!

이연화   (소리) 계속 말하고 있잖아요!

윤시국   (소리) 어디야?

이연화   (소리) 여기요 손잡아요.

윤시국   (소리) 그래.

이연화   (소리) 찾았다.

윤시국   (소리) 이제 됐네. 됐어.

이연화   (소리) ⋯ 분명히 뭔가 잘못됐어요.

윤시국   (소리) 뭐가?

이연화   (소리) 여기는 블랙홀이에요.

윤시국   (소리) 블랙홀?

이연화   (소리) 우린 지금 블랙홀에 갇힌 거예요.

윤시국   (소리) 갇혀? 우리가 왜?

이연화   (소리) 몰라요. 아무튼 누군가 우릴 가둔 거라고요.

윤시국   (소리) 누가? 누가 우릴 가뒀는데?

윤시국, 영상으로 나타난다. (이하 영상 속 윤시국을 '영상'으로 표기한다.)

영상   (소리) 누가 가뒀을까?

윤시국   (소리) 뭐야? 누구야?

무대 뒤에 영상으로 윤시국의 얼굴이 보인다.

영상   나야.

윤시국   저, 저건… 나잖아.

영상   그래. 나라고.

윤시국   뭐가 어떻게 된 거야? 내가 남긴 쪽지를 받았나? 로또 번호가
          적힌 쪽지. 당신, 아니 나… 나 부자가 됐을 거 아냐?

영상   부자? 하하하. 부자라… 그 이상이지.

윤시국   그 이상? 됐어. 잘 됐어! 하하. 잘 된 거 맞지? 넌 내 덕에 잘 된
          거야. 이봐, 이제 날 풀어줘. 그리고 요 녀석 이거… 짜증만 내
          는 애는 그냥 가둬두자고. 하하.

영상   미안하게 됐네.

윤시국   응? 뭐가?

영상   풀어줄 수 없어.

윤시국   누굴? 나를? 왜?

영상   나는 나 혼자로 충분하니까.

윤시국   이봐, 장난하지 말고… 지금 그게 무슨 소리야? 네가 누구 덕
          분에 잘됐는데!

영상   과거의 나, 지금의 나, 그리고 미래의 내가 모두 같은 사람이라
          고 생각하나?

윤시국   뭐?

영상   매 순간, 순간을 사는 나, 우리는… 모두 다른 사람이야.

윤시국   내가 다르다니… 나는 너야. 너는 나고!

영상   과거의 나를 바꾸면 지금의 내가 달라질 거라고 생각해? 아니.

내가 가장 두려운 게 뭔지 알아? 바로 나야. 과거에서 나타난 나. 미래에서 나타난 나. 모두 나를 바꾸려고 하지. 자신들의 욕망을 위해! 그러나 난 바뀌지 않아. 왜? 나라는 존재는 각자의 시간 속에서 모두 다른 타인일 뿐이니까. 그러니 과거든 미래든 다른 시공간에서 나타난 나를 항상 가둬둘 수밖에.

윤시국 안 돼. 이럴 순 없어.

영상 지금, 이 영상도 몇 번째 보여주는 건지 알아? 하도 반복을 하다가 그냥 녹화해서 틀어주는 거야. 똑같은 말을 반복하려니까 짜증이 나더라고!

윤시국 이게 녹화라고? 방금 물어보고 대답하는 거였잖아.

영상 넌 항상 똑같은 질문을 하고 똑같은 반응을 하니까! 한 번 라이브를 녹화한 걸 계속 틀어도 문제가 될 게 없더라고. 신기하지?

윤시국 뭐?

영상 속 윤시국의 뒤로 수많은 시국의 형상들이 떠다니는 모습이 나타난다.

영상 보여? 수많은 너, 아니 나. 우리! 셀 수 없이 많은 우리가 이미 여기에 왔었지. 그리고 모두 다 똑같은 행동을 했어. 함께 온 가이드에게 수작을 걸고! 자기 덕분이라며 살려달라고 애원하고!

윤시국 아니야. 그렇지 않아. 난 나일 뿐이야.

영상 평생 그렇게 블랙홀에 갇혀 떠다니다 보면 수많은 나와 만나게 될 거야. 그들과 대화해보게. 과연 그들은 같은 생각을 하는지, 아니면 각각 다른 생각들을 하는지. 자신을 어떻게 바라보며 타인을 어떻게 바라보는지. 수많은 나란 놈 중에 누가 가장 나은지. 과연 나는 나를 나로 생각하는지.

윤시국   야! 내가 다 똑같이 반응했다고? 내가 좀 다르게 행동한다면? 그래, 날 가둬! 날 가둬줘! 이렇게 말하는 경우는 없었지? 어때?

영상   이제 작별을 해야 할 시간이군.

윤시국   뭐야? 내 말 듣고 있어?

이연화   녹화영상이라잖아요.

영상   이젠 널 그만 좀 만났으면 좋겠는데 넌 또 나타나겠지? 하하. 똑같은 나, 이제 정말 지겨워죽겠어.

윤시국   그럼 넌 뭐가 다른데? 왜 우린 여기 갇혀있고 넌 우릴 가두는 건데! 가지 마. 가지 마! 가지 말라고 이 자식아!

영상 속, 윤시국 사라진다. 망연자실하여 주저앉는 윤시국.

이연화   끝났네. 끝났어요. 다 끝났다고요.

이어서 여러 다양한 사람들이 떠나기 시작한다. 그중에 연화도 있다.

이연화   어? 나다. 내가 저기 있네요.

경택과 세라, 최유미, 301, 302, 크루맨이 블랙홀 속에 떠다니기 시작한다. 무수히 많은 사람의 형상이 나타나기 시작하더니 백인, 흑인 등 모든 인종의 지구인들이 떠다닌다.

배우들 떠다니듯 등장해서 돌아다닌다.

최유미   우주는 참 미스테리하죠?

윤경택   아인슈타인은 시간과 공간을 결합해 시공간이란 개념을 만들었습니다.

박세라   시간과 공간이 따로 흐르고 변하는 것이 아니라 함께 변한다는 것입니다.

301   움직이고 있는 관찰자와 멈춰있는 관찰자가 정의하는 동시는 다르다.

302   멈춰있는 관찰자에게 동시에 일어난 두 사건이 움직이는 관측자에게는 동시가 아니다.

크루맨   자신에게 가까운 사건을 먼저 인지하기 때문에 동시가 아니라고 생각한다.

최유미   수많은 물리학자는 말합니다. 시간여행은 이론상 충분히 가능하다.

윤경택   하지만 현실적으로 불가능하다고 보아야 한다.

박세라   이론상 필요한 조건들이 현재로선 충족되기 어렵기 때문이다.

301   그리고 미래에도 시간여행은 성공하지 못한 것으로 보인다.

302   왜냐하면, 지금 이곳에, 미래에서 온 누군가가 존재하지 않기 때문이다.

크루맨	혹시 나는 미래에서 온 누군가를 만난 적이 있다. 손? 없으신 걸로.
최유미	그럼에도 불구하고 이의를 제기하자면, 일반적이지 않을 뿐 그러한 사례들이 존재하는 것은 어찌 설명할 것인가.
301	동의! 혹시 타임 수사대처럼 시간여행을 관리하는 존재들이 있을 수도 있으니까.
302	동의! 이 우주엔 우리의 상상을 뛰어넘는 일들이 무궁무진하니까.
윤시국	그래서 어쩌라고 이것들아!
이연화	어? 근데 고객님 아내분이 안 보이시네요.
윤시국	내 마누라? 그러네. 별로 안 보고 싶은데 왜.

땅이 흔들리며 무언가 다가오는 소리가 들린다. 배우들 돌아다니다 멈춰 서서 주위를 두리번거린다.

윤시국	무슨 소리야?
이연화	글쎄요.

쾅 하는 소리와 함께 눈이 부시게 빛나는 우주선이 등장한다. 모두 다 놀라고. 우주선 안에서 할머니가 되어 모습을 드러내는 김명순.

김명순	영감탱이!
윤시국	뭐, 뭐야?
김명순	이거 어때? 타임 로켓이야!

윤시국	타임 로켓!
이연화	블랙홀인데 어떻게 들어왔어요?
김명순	화이트홀로 들어왔지!
박세라	화이트홀?
이연화	아하.
윤경택	(어이없어) 쉽네. 참 쉬워!
윤시국	이 연극… 가만 보니 제 마음대로야!
박세라	그런데 여긴 왜 오셨어요?
김명순	뭘 좀 막아야 해!
윤시국	뭘?
김명순	우리 경택이가 연극을 한다!
윤시국	그게 왜?
김명순	안돼! 빨리 타!
윤시국	경택이가 연극을 하던지. 영화를 하던지. 이제 그만!

막.

시체들의 호흡법

밀정리스트

┌─   ─┐
  시체들의 호흡법
└   ┘

불편한 너와의 사정거리

타임택시

건달은 개뿔

등장인물

이성찬	35세. 남자 배우.
안진석	33세. 남자 배우.
고나연	31세. 여자 조연출.
유시훈	31세. 남자 배우.
권도형	30세. 남자 배우.
김채경	28세. 여자 배우.
조승진	27세. 남자 배우.
한세희	26세. 여자 배우.
정미림	25세. 여자 배우.
박혜인	25세. 여자 배우.

때

현재

장소

대한민국, 서울

프롤로그

연습실. 싱크대. 테이블. 의자 몇 개. 탈의실. 고나연, 테이블에 노트북 펴놓고 작업 중이다. 나연, 한창 작업을 하다 어느 순간, 관객을 보고 말한다.

고나연　안녕하세요. 저는 고나연이라고 합니다. 저는 연극을 하고 있습니다. '시체들'이란 극단에 연출부로 들어가서 조연출로 열심히 경력을 쌓고 있습니다. 극단 이름이 재밌죠? 시체들. 관객들의 혼을 빼놓겠다는 정신으로 신체를 활용하여 무에서 유를 창조하자. 뭐 이런 의미로 저희 극단 대표님이 지었다고 합니다. 의미가 뭐 중요하겠습니까? 열심히 잘 하면 되죠. 극단에 들어온 지도 벌써 5년이 됐네요. 그동안 열심히 했습니다. 조연출만 아홉 작품을 했으니까요. 그런데! 드디어 올해, 제가 쓴 희곡으로 공연을 하게 되었습니다. '청춘은 개뿔'이란 제목인데요. 대표님은 제가 쓴 희곡을 읽고 이렇게 말했습니다. '나연아, 잘 썼다. 이번에 이 작품으로 공연하자.' 진짜 기절할 뻔했습니다. 작가수업도 정식으로 받은 적 없고, 그냥 어깨너머로 희곡을 썼던 제가 작가로 데뷔를 하게 됐으니까요. 게다가 우리나라 연극의 메카라고 불리는 대학로에서! 대표님이 직접 연출을 하신다고 조연출도 제가 하라고 하셨습니다. (좋아서 환호) 꺄아아! (갑자기 침울) 그런데 공연 3주 전, 연습이 한창이던 어느 날이었습니다. 연습실에 먼저 와서 대본을 수정하고 있없는데….

나연의 핸드폰 울린다.

1장

핸드폰 받고 통화한다.

고나연　네, 대표님. 저, 연습실이요. 왜요? 무슨 일 있으세요? (잠시 듣다
　　　　가) 아, 정말요? 오늘 발표 난 거에요? 그럼 어떡해요? 극장 대
　　　　관도 벌써 했잖아요. 아… 네, 알겠습니다. 그럼 먼저 연습하
　　　　고 있을까요? 네, 네. 대표님, 힘내세요. 아시죠? 저희가 있습
　　　　니다. 파이팅. 아, 대본이요? 수정하긴 했는데… 네, 리딩 하고
　　　　있겠습니다. 네, 다녀오세요.

전화 끊는 나연. 한숨.

고나연　아, 이러다 공연 취소되는 거 아니겠지?

나연, 한숨 쉬며 노트북 닫고 USB 뽑는데 시끌벅적한 소리가 들리고.
미림, 세희, 승진, 등장한다.

미림	(나연을 보고) 선배님, 안녕하십니까.
나연	안녕.

세희, 승진도 모두 이어서 나연에게 인사하고.

나연	그래.
승진	어? 선배님, 뭐 안 좋은 일 있으세요?
나연	아니야. 나 대본 좀 뽑아올게. 준비하고 있어.
세희	제가 갔다 올까요?
나연	됐어. 금방 와.

나연, USB들고 나가는데 시훈, 들어온다.

시훈	안녕.
미림	안녕하십니까.
승진	안녕하세요.
세희	안녕하세요.

시훈, 나가려는 나연을 보고.

시훈	대본 수정 했어?
나연	대충.
시훈	어디가?
나연	출력.

나연 퇴장하면 시훈, 후배들에게.

시훈   쟤 왜 저래?

미림   대본 수정이 잘 안 되는 거 아닐까요?

세희   그러게. 옷이나 갈아입자. 승진 오빠, 우리 먼저 갈아입을게.

승진   (탈의실 들어가려다) 어? 그래.

미림과 세희, 탈의실로 들어가고. 시훈, 승진에게 묻는다.

시훈   대사 다 외웠냐?

승진   아직요. 이번 주말까지 아니에요?

시훈   넌 대사 얼마나 된다고 그걸 못 외우냐?

승진   대본 또 수정할 거 같으니까 그렇죠.

시훈   연출님한테 혼나지 말고 미리 외워둬라.

승진   선배님, 사실 저 체력적으로 좀 힘들어요. 알바 끝나고 집에 가
         면 바로 곯아떨어진다니까요.

시훈   호프집? 그거 아직도 해?

승진   그럼요. 그거라도 해야 먹고살죠.

시훈   끝나고 집에 가면 몇 시야?

승진   새벽 2시쯤?

시훈   아침에 일어나서 외우면 되겠네.

승진   일어나면 12시에요. 밥 먹을 시간도 없어요. 지각 안하려면.

시훈   안자고 뭐해? 또 게임해?

승진   아니요. 그냥 자기 아까우니까… 인터넷 좀 하거나 넷플릭스

좀 보면 금방 날 밝더라고요.

시훈   아직 정신 못 차렸네. 공연 많이 남은 거 같지? 금방이다.

승진   선배님은 알바하면서 그 많은 대사 언제 다 외워요?

시훈   나 김밥집 관뒀어.

승진   진짜요? 언제요?

시훈   연습 시작하면서.

승진   왜요?

시훈   집중 안 돼서.

승진   괜찮으세요?

시훈   뭐가?

승진   월세랑 핸드폰 요금….

시훈   누나한테 빌붙었지. 우리 누나 투룸 살거든.

승진   그렇구나. 아, 좋겠다. 알바 안 해도 되고.

미림과 세희, 옷 갈아입고 나온다.

승진   미림아.

미림   어?

승진   너 커피숍 알바 지금도 하고 있지?

미림   어. 오늘도 하고 오는 길인데?

승진   우와, 진짜 그게 꿀알바다. 오전에만 딱 하고.

미림   대신 돈이 얼마 안 되잖아.

세희   (바닥에 먼지를 보고) 미림아, 청소기 한 번 돌리자.

미림   응.

승진은 탈의실로 들어가고. 시훈, 밖에서 옷 갈아입으려고 바지를 내리는데.

세희   (시훈을 보고) 선배님.
시훈   응?
세희   탈의실에서 갈아입으시면 안돼요?
시훈   그래.

시훈은 바지를 다시 올리고 탈의실로 들어간다. 세희와 미림은 청소기를 돌리기 시작한다. 진석이 헐레벌떡 등장한다. 인사하는 세희와 미림.

진석   (시계 보더니) 세이프! (세희에게) 야, 나 안 늦었다. 조연출 어디 갔어? 증인 해줘. 네가.
세희   뭘 이런 걸 증인까지 해요. 선배님 괜찮아요. 아직 다 안 왔어요.
진석   아냐. 시간을 지키는 건 나와의 약속이야.
미림   선배님, 제가 나연 선배님한테 전달할게요.
진석   오케이, 미림이 밖에 없다.
미림   참, 선배님. (가방에서 빨간 스카프 꺼내며) 여기….
진석   뭐야?
미림   (수줍게) 부탁하신 소품… 제가 집에 있는 거 갖다드린다고….
진석   아! 스카프? (받으며) 땡큐! 땡큐! 연출님 보여드렸어?
미림   아니요. 아직….

진석	알았어. 내가 이따 보여드릴게. 고맙다.

진석, 스카프 받고는 미림의 머리 쓰다듬고 탈의실로 들어간다. 마침 시훈, 승진이 나오며 인사 나눈다. 설레는 미림. 세희, 미림의 그런 모습 보며 뭔가 안다는 듯.

세희	좋냐?
미림	(당황) 뭘?
세희	아니야.

세희, 청소 마무리 하고 각자 몸 풀며 연습 준비하는데 심각한 표정의 성찬이 들어온다. 모두, 자리에서 일어나 깍듯이 인사한다. "안녕하세요."

성찬	(인사도 제대로 안 받고) 복만 형 아직 안 왔냐?
승진	연출님이요? 아직 안 오셨어요.
시훈	오오! 형, 오늘 일찍 오셨네요?
성찬	(무시하고) 조연출은?
세희	대본 출력하러 갔어요.
성찬	다 모여 봐.

심상찮은 느낌에 다들 모인다. 진석이 옷을 갈아입고 나온다.

진석	(성찬을 보고) 형, 왔어요?

성찬	일루 와. 너도.
진석	(분위기 감지하고) 왜? 무슨 일인데요?
성찬	(시계 확인하더니) 뭐야? 아직 안 온 놈들은? 누구 안 왔어?
세희	도형오빠랑 채경언니요.
승진	혜인이도 아직 안 왔네.

모두 성찬의 눈치를 본다. 성찬, 한숨. 잠시 침묵 이어지고. 헐레벌떡 뛰어오는 도형. 이어서 쫓아오는 채경.

도형	죄송합니다. 5분 늦었습니다.
채경	죄송합니다.

모두 말이 없고 도형, 탈의실로 가려는데 진석, 손짓으로 그냥 앉으라고 싸인 보내고 눈치 보며 모여 앉는 도형과 채경. 그때, 출력한 대본 들고 들어오는 나연.

나연	뭐야? 분위기 왜 이래요?
성찬	앉아 봐. (나연, 자리에 앉으면) 너 몰라?
나연	뭘요?
성찬	지원사업 발표난 거.
나연	아.
성찬	알아?
나연	알아요.
성찬	복만 형도 알아?

나연	대표님도 아세요. 좀 전에 통화했어요.
성찬	어쩔 거래?
진석	뭐야? 지원사업 떨어졌어?
나연	네.
시훈	헐.
진석	확실히 될 거라며? 대표님이 걱정 말라고 했잖아.
나연	대표님도 충격이 크신가 봐요.
성찬	지금 어디 있어? 복만 형.
나연	대출 알아보신다고… 은행에….
시훈	미치겠네.
성찬	공모 얼마짜리였지?
나연	2천만 원 정도요.
성찬	그 돈을 대출받는다고?
진석	어떡하나? 극장도 다 잡아놨는데.
성찬	내가 전화해볼게.

성찬, 핸드폰 꺼내어 번호누르기 시작한다.

시훈	박혜인 뭐야? 막내가 아직도 안 온 거야?
승진	미림아, 전화해봐.
미림	네.
나연	하지 마. 나한테 아까 카톡 왔어.
시훈	왜 늦는대?
나연	알바. 교대자가 늦게 온다고.

시훈	걔 무슨 알바 하지?
세희	베스킨라빈스요.

침묵.

승진	대신 아이스크림 좀 싸오라고 할까요?
진석	야.

분위기 심각. 성찬, 전화 안 받는지 다시 집어넣고.

성찬	안 받네.
나연	먼저 리딩 하라고 하셨어요. 늦게라도 오신다고.
성찬	야, 지금 리딩이 중요해? 공연이 엎어질지도 모르는데?
시훈	3주밖에 안 남았는데 엎어진다고요?
도형	아, 진짜… 어제 포스터 붙이고 전단 다 뿌렸는데.
채경	인터파크 티켓 예매도 오픈했어요.
성찬	인터파크는 취소하고 닫으면 그만이지. 몇 명되지도 않는 거 환불해주고. 어차피 예약자 대부분 지인이잖아.
세희	카페 프로모션도 있어요. 벌써 예약자 다 받았는데.
성찬	불가피한 사정으로 취소됐다고 해야지.
승진	전 부모님이랑 친척들 다 보러온다고 했는데….

대꾸 없이 바라보는 성찬. 눈치 주는 미림. 무안한 승진.

진석   지금이라도 극장을 싼 데로 옮겨서 하면 안 되나?

채경   맞아요. 극장 대관료만 천만 원이라면서요? 제작비 절반이잖
        아요.

시훈   2주 공연하는데 천만 원… 진짜 비싸긴 하지.

승진   전 찬성이요. 우리 그냥 다른 데로 옮겨서 하면 안돼요?

채경   좀 작은 극장은 2주 대관하면 삼, 사백인데. 진짜 너무 차이난
        다.

성찬   이미 다 홍보 나갔다고. 위약금도 물어야 되고.

진석   위약금 좀 물고 홍보 나간 거 다 정정하고 연락 다시 돌리고 하
        면 되죠. 그렇게라도 하는 게 낫죠. 난 취소는 아니라고 생각
        해요.

성찬   복만 형은 왜 이렇게 비싼 데를 잡은 거야?

나연   좀 좋은데서 하자고 선배님이 그랬잖아요. 총회 때. 다들 동의
        하지 않았나? 맨날 60석, 70석짜리 열악한 극장보다 로비도 있
        고 200석 짜리 좀 큰 데서 하자고. 그래서 대표님이 큰 맘 먹고
        잡은 거잖아요. 좋은 극장은 일 년 전에 대관 다 차버리니까 작
        년에 미리 계약한 거고.

        침묵.

성찬   지원사업 당연히 선정될 줄 알았지.

시훈   아니, 근데 너무하네. 우리 왜 떨어진 거예요? 우리 극단, 올해
        몇 년차지? 5년차?

채경   6년차요.

시훈	그래 6년차. 6년 동안 창작극 10편정도 했나?
나연	12작품.
시훈	그래? 그래. 12작품. 1년에 2작품 이상 꾸준히 했잖아. 젊은 극단 중에 이렇게 열심히 하는 극단 난 대학로에 별로 없다고 생각해. 도대체 어떻게 해야 지원금 받는 거야?
채경	제 친구네 극단은 4년밖에 안됐는데 올해 창작산실 선정돼서 아르코 소극장에서 공연하던데.
진석	작품 많이 했다고 지원금 주는 게 아니니까 그렇지.
도형	잘 만들어야 뽑아주죠.
시훈	야, 권도형.
도형	어?
시훈	그럼 우린 잘 못 만든다는 거야 뭐야?
도형	아니, 그게 아니라… 심사위원들이 좋게 평가를 해야 뽑아준다 뭐 이런 말이지.
시훈	좋은 평가의 기준이 뭔데?
도형	사실 우리 극단 작품은 좀 가볍잖아.
시훈	뭐가 그렇게 가볍니?
채경	선배, 왜 그래요?
도형	아니, 내 말은… 우리 극단 작품은 대중적인 코드가 강하니까… 좋고 나쁘고의 문제가 아니라, 심사위원들은 예술성을 따지니까 거기서 다른 극단들한테 밀리는 거 아니냐 이거야.
시훈	그럼 처음부터 그런 극단에 들어가지 왜 여기 들어왔어?
도형	지금 그 말이 아니잖아. 유치하게 왜 그래?
시훈	뭐?

도형	평론가들이 대부분 심사를 하니까 대중이 아닌 그들의 관점에서 작품을 봤을 때 부족해 보일 수 있다 이 말이지.
시훈	그러니까 우린 부족하다는 거잖아.
도형	이해를 못하네.
시훈	야, 권도형.
도형	그냥 내 생각을 얘기한 거야. 우리 극단이 문제라는 게 아니고….
성찬	야!

침묵.

| 성찬 | 너네 지금 뭐하냐? |

침묵.

나연	제가 작품을 잘 못 썼나 봐요. 그래서 떨어진 거 같아요.
성찬	넌 또 왜 그러냐?
나연	진짜예요. 전 그렇게 생각해요. 대표님이 쓰신 걸로 신청했으면 아마 됐을 거예요.
진석	아냐. 공모란 게 뽑힐 때도 있고 떨어질 때도 있고 뭐 그런 거지. 그런 말 못 들어봤어? 사람이 주는 상은 기대하는 거 아니라고. 승진아, 들어봤지?
승진	예? 아니요. 저는 처음….
진석	그래? 다들 처음 듣니?

다들 말이 없거나 고개 젓고.

미림   전 들어봤습니다.

진석   그래, 미림아. 역시 미림이가 귀가 밝네.

시훈   예? 그게 무슨 말이에요?

채경   그게 그 얘기가 아닌 것 같은….

진석   (말 자르고) 아무튼 모두 내 말 들어봐. 우리가 뭐 지금까지 지원
       금 못 받아서 연극 못 했냐? 없으면 없는 대로 하면 되지. 성찬
       이형, 연출님 오시면 그렇게 하자고 하죠. 극장을 좀 저렴한 극
       장으로 옮기든가 정 없으면 연습실에서 하죠. 뭐.

시훈   난 연습실 반대.

채경   저도요. 연습실에서 또 하느니 그냥 접는 게 좋다고 봅니다.

도형   저도요. 연습실은 싫어요.

나연   왜? 연습실에선 많이 해봐서?

       침묵.

진석   그러면 조금씩 걷을까?

성찬   얼마씩?

진석   뭐… 극장 대관료에 따라….

나연   다들 알바하면서 생활비 벌기도 빠듯한데 어떻게 걷어요? 그
       리고 올해 들어온 후배들은 무슨 죄에요.

진석   후배들 빼고 걷으면 되지.

성찬   그러니까 얼마씩 걷냐고.

진석   몰라요. 그냥 뭐 낼 수 있는 만큼….

성찬   됐어. 이번 공연 그냥 엎자. 내가 복만 형한테 말할게. 어쩌면
        복만 형도 그렇게 하는 게 좋다고 생각할 거야. 먼저 말 꺼내기
        힘들어서 주저할 수도 있고. 이번 아니면 하반기에 다시 기회
        봐서 올리면 되지. 다른 지원사업 또 알아보고. 연수단원들,
        너희는 어떻게 생각해? 너희도 얘기 좀 해 봐.

        승진, 세희, 미림… 셋은 말이 없다. 그때, 혜인이 들어온다.

혜인   (여기저기 꾸벅) 죄송합니다. 죄송합니다. 교대근무자가 늦게 와
        서… 죄송합니다.

성찬   됐어. 앉아.

혜인   네.

        혜인, 미림한테 무슨 분위기인지 눈짓하고 미림은 그냥 조용히 있으
        라는 듯 눈짓.

성찬   연수단원들, 어떻게 생각해?

미림   저는 어디서 하던 공연을 했으면 합니다.

승진   저도요.

세희   저는 선배님들 결정에 따르겠습니다.

혜인   저는 지금 무슨 상황인지 잘 몰라서….

성찬   혜인이는 나중에 동기들한테 듣고.

혜인   넵.

성찬   내 생각엔 복만 형 오기 전에 우리 의견을 하나로 모아서 전달해야 한다고 생각해. 우리 초창기에 지원금 한 푼 없이 공연할 때 복만 형이 대표란 이유로 혼자서 제작비 다 감당했잖아. 4년차 되면서 겨우 지원금 받기 시작하고 서울연극제에서 운 좋게 상도 받으면서 올해도 지원금 선정될 줄 알았던 건데… 이렇게 된 이상, 또 복만 형 개인사비로 할 순 없다고 봐. 어때?

아무도 대답이 없고. 그때 나연의 전화가 울린다.

나연   (받고) 네, 대표님. 네. 네? 아, 잠시 만요. (성찬에게) 대표님이 오늘은 연습 끝내고 해산하라고 하시는데요?
성찬   왜?
나연   오늘은 못 오실 것 같다고….
성찬   전화 줘봐.

성찬이 나연의 전화를 전달받고 통화하면서 밖으로 나간다. 걱정스러운 표정의 사람들. 나연, 출력해온 대본을 나눠준다.

나연   일단 이거 나눠줄게. 수정된 부분인데 받으세요.

모두 나연에게 대본 나눠 받는다.

채경   (도형에게) 선배, 왜 그래요?
도형   아냐.

진석	도형아, 음. 그래 네가 무슨 말인지 이 형도 알겠는데….
도형	죄송합니다. (시훈에게) 시훈 형, 미안해.
시훈	그래, 나도 좀 흥분했다.
성찬	(통화하다가) 나연아, 오늘은 그냥 끝내라. (계속 이어서 통화하며 퇴장)
나연	네. (모두에게) 여러분! 오늘은 연습 끝낼게요. 수정된 대본, 각자 읽어보는 걸로 하고 내일 모이겠습니다.
모두	네.
나연	지각하지 말고!

모두 다시 정리하기 시작한다.

시훈	채경아.
채경	네. 선배님.
시훈	너 야채곱창 좋아해?
채경	곱창이요? 저 완전 좋아하죠. 소주 한잔 먹고 캬! 최고죠.
시훈	야채곱창 새로 뚫은데 있는데 같이 갈래? 내가 쏠게.
채경	대박! 지금요?
시훈	응. 기분도 꿀꿀한데 시간되는 사람들끼리 가지 뭐.
도형	채경아, 너 오늘 집에 일 있다며?
채경	(도형의 말에 그제야) 아, 어쩌죠? 생각해보니까… 제가 오늘 집에 일이 있네요. 아이쿠.
시훈	그래? 그럼 뭐… 담에 먹으면 되지.
채경	혜인이랑 나연 언니한테 물어보세요.

시훈	됐어. 내일 봐.
도형	왜 나한테는 안 물어봐?
시훈	넌 짜샤… 술 안 마시잖아.
채경	죄송해요. 먼저 가보겠습니다.
도형	나도 갈게 형.
시훈	그래, 가라.

채경, 퇴장하고 도형 따라서 퇴장한다.

시훈	나연아.
나연	난 야채곱창 싫어.
시훈	그게 아니라….
나연	뭔데.
시훈	쟤들 요즘 너무 붙어 다니지 않냐?
나연	친하면 그럴 수도 있지. (정리하며) 혜인아, 너 자꾸 늦네. 습관 되면 곤란하다.
혜인	죄송합니다.
나연	너 이번 작품 대학로 입봉이라며.
혜인	네. 맞아요. 선배님도 작가 입봉이시잖아요.
나연	그렇지. 그런데 내가 하고 싶은 말은! 막내가 이렇게 자꾸 지각하면 안 되죠?
혜인	네, 선배님. 주의하겠습니다.
나연	그래.
시훈	나연아, 그럼 편의점에서 캔맥주 어때?

나연   그러시든가.

혜인, 관객을 향해 말한다.

혜인   안녕하세요. 신입단원 박혜인입니다. 연습시간에 또 늦었어
요. 알바를 관두던지 해야 할 것 같아요. 그런데 월세랑 생활
비 벌어야 하니까… 비싼 대학등록금, 부모님이 다 내주셨는
데 졸업까지 하고 또 손 벌릴 수는 없잖아요. 그래, 난 아직 스
물다섯밖에 안 된 젊은 청춘이니까! 아프니까 청춘이다!

나연   (대본 표지 읽으며) 청춘은 개뿔!

혜인   네?

나연   우리 이번 공연 제목. 괜찮지?

혜인   네.

나연   나 먼저 간다. (나가며) 아무리 생각해도 제목 잘 지었단 말이야.

혜인   안녕히 가세요. (다시 관객에게) 저는 광주가 고향입니다. 엄마
가 시장에서 건어물 하시면서 저를 키우셨어요. 저희 집이 풍
족한 편이 아니거든요. 그래서 한예종을 꼭 들어가고 싶었는
데… 한예종은 국립이라 등록금도 싸고 현장에서 활동 중인
유명한 선배도 많고 아무튼 소수정예니까. 그런데 역시 어렵
더라구요. 경쟁률 장난 아니고… 재수, 삼수 계속 떨어지고 이
러다 나이만 먹을 것 같아서 할 수 없이 지방에 모 대학 예술
대를 졸업했습니다. 3년제요. 졸업하고 극단에 합격해서 서울
에서 자취를 하겠다고 했을 때 엄마가 그러셨어요. 혜인아, 알
지? 엄마는 혜인이 항상 응원한다. 아프거나 힘들면 꼭 전화

해. 잘될 거야. (엄마 생각난 듯 울먹이며) 힝. 엄마, 걱정하지 마. 나 잘할게.

혜인이 말하는 동안, 모두 퇴장하고 세희만 남았다.

세희   혜인아. 뭐해?
혜인   응?
세희   불 끄게 나와.
혜인   응!

혜인, 서둘러 퇴장하고 세희가 불을 끄려다가 관객을 보고 말한다.

세희   헤헷. (예쁜 척) 전 한세희라고 하는데요. 음, 전 수원에 살아요. 뭐 그냥… 집은 좀 살아요. 아버지가 건물주거든요. 뭐 대단한 건 아니고 지방에 5층짜리 작은 거. 사실 제 명의로 된 집도 있어요. 부모님이 부동산 투자를 좀 하시는데 뭐 그건 됐고. 어릴 때부터 연예인이 꿈이었어요. 그래서 고등학교 때부터 기획사에 들어가서 아이돌 연습생 생활도 하고 그랬는데… 제가 노래랑 춤이 좀 되거든요. 진짠데 보여드려요?

미림, 들어온다.

미림   언니.
세희   (깜짝) 응?

미림	(뒷덜미 잡고) 가자.
세희	응. 제 얘긴 또 나중에. 호호.

세희, 미림에게 끌려가듯 퇴장하고 연습실 불 끄면서 암전.

2장

공원 벤치. 채경과 도형이 앉아있다.

도형	맞아.
채경	아니야.
도형	맞다니까.
채경	아니라니까.
도형	맞다고.
채경	아니라고.
도형	남자는 남자가 알아. 시훈이형, 너 좋아하는 거 맞아. 딱 보면 몰라? 너도 알잖아. 알면서 내가 신경 쓸까 봐 모르는 척하는 거지?
채경	….
도형	말해 봐. 아냐?
채경	그래, 오케이. 맞다고 치자. 내가 아니면 되는 거 아냐? 난 시훈 오빠 그냥 극단 선배로만 생각해. 아무 감정 없다고.

도형	그건 모르는 거야. 감정은 변할 수도 있잖아. 지금 네 마음이 그렇다고 앞으로 계속 그러란 법 있어?
채경	내가 이래서 극단에서 연애 안 하려고 한 거야. 맨날 보는 사람들끼리 신경 쓰고 불편해지는 거 정말 싫다고.
도형	채경아, 난 시훈이 형한테 네가 좀… 분명하게 했으면 좋겠어.
채경	뭘?
도형	여지를 주지 말라고.
채경	(가볍게) 헤어질래?
도형	아니.
채경	내가 무슨 여지를 줬는데?
도형	아까 야채곱창 사준다니까 뭐? (흉내) 완전 좋아하죠. 소주 한잔 캬! (한숨) 그런 식으로 자꾸 받아주지 말라고.
채경	아니, 선배가 맛있는 야채곱창을 사준다는데 좀 먹을 수도 있는 거지. 무슨 고백을 한 것도 아니고 그럼 뭐… 선배님, 왜 이러시죠? 왜 저한테 맛있는 야채곱창을 사주시는 거죠? 제가 제일 좋아하는 건 어떻게 아셔가지고! 흥, 이런다고 제가 넘어갈 거 같아요? 뭐 이럴까?
도형	김채경, 장난치지 말고. 난 시훈이 형이 너한테 그러는 게 싫어서 그래. 널 바라보는 눈빛도 싫고, 말투, 행동… 다 싫다고.
채경	또 이런다. 오빠, 내가 좋아하는 사람은 여기 지금 내 앞에 있는 권도형! 자기뿐이야. 시훈 선배 신경 쓸 필요 하나도 없어. 응? 아직도 모르겠어?
도형	알아. 안다고.
채경	근데 왜 그래. 불안해? 내가 막 갑자기 도망갈 거 같아?

도형	남자친구 있다고 해.
채경	뭐?
도형	시훈이 형한테 남자친구 있다고 하라고.
채경	싫어. 그럼 누구냐고 물어볼 거 뻔한데… 괜히 둘러대고 거짓말하기 싫어.
도형	좋아. 그럼 우리 그냥 까자.
채경	뭘 까. 사귄다고?
도형	어. 대표님한테도 말하고 극단 선배, 후배들한테도 다 말하자.
채경	안 돼. 절대 싫어.
도형	왜?
채경	오빠, 나 우리 극단 좋아. 이 극단에서 잘하고 싶다고.
도형	잘하면 되지. 그거 깐다고 뭐 못해?
채경	몰라. 싫어. 그리고 대표님이 커플 생겨도 6개월 전에는 말하지 말랬잖아. 우리 100일 막 지났어.
도형	그거야 단원들끼리 쉽게 사귀다 헤어지고 뭐 그러지 말라고 그냥 하는 말이지. 사귄다는데 뭐 어쩔 거야. 연애 금지는 아니잖아.
채경	불편한 거 싫어. 우리만 불편한 게 아니라 사람들도 우리 눈치 보고 신경 쓰고… 만약 헤어지기라도 하면? 싫어.
도형	안 헤어지면 되지.
채경	참네, 연애 처음 하세요? 그게 그렇게 맘대로 되셨나 봐요?
도형	나 너랑 결혼까지 생각하고 있어.
채경	헉.
도형	진짜야. 너 내가 지금….

채경	스탑.
도형	왜?
채경	이거 프러포즈 아니지?
도형	뭔 소리야.
채경	됐어. 3개월 사귀고 결혼 얘기하는 건 아닌 것 같아.
도형	(한숨) 하아, 알았어. 답답해서 그래.
채경	그리고···.
도형	또 뭐.
채경	아니야.
도형	뭐야. 말해.
채경	음··· 난 배우랑 결혼 안 할 거야.
도형	(어이없고) 왜?
채경	내가 배우 할 거니까.
도형	그게 뭐? 네가 배우 하는 게 뭐?
채경	됐어. 그만 얘기해.
도형	잠깐만. 그러면 나랑 연애는 해도 결혼은 안 하겠다?
채경	그래서 내가 처음에 안 사귄다고 했잖아.
도형	경제적인 거 땜에 그래?
채경	응. 둘 다 배우 하면 힘들어.
도형	내가 돈 벌면 되잖아.
채경	됐어. 아, 배고프다. 밥 먹으러 가자. 아님 술이나 먹던가.

채경, 휙 일어나 퇴장한다.

도형	야, 나 아직 얘기 안 끝났어. 김채경! (관객을 향해) 아, 어떡하면
	좋을까요? 제 나이 서른. 극단 시체들에 들어온 지 3년 지났고

야, 나 아직 얘기 안 끝났어. 김채경! (관객을 향해) 아, 어떡하면 좋을까요? 제 나이 서른. 극단 시체들에 들어온 지 3년 지났고 그동안 연극 몇 작품, 영화, 드라마 단역 조금 했습니다. 집에 선 결혼 얘기가 슬슬 나오고 있습니다. 아버지가 공무원이신데 퇴직이 얼마 안 남으셨거든요. 퇴직하기 전에 하나뿐인 아들놈 결혼했으면 하시는 거죠. 1년 연애하고 내년에 결혼했으면 하는데 쉽지가 않네요. 네, 제가 채경이를 아주 많이 좋아합니다. 저도 연애 몇 번 해봤는데, 결심했거든요. 제가 배우 하는 걸 좋아해주고 응원해주는 여자랑 결혼하겠다고. 채경이가 그런 여자거든요. 게다가 예쁘잖아요. 경제적인 문제! 그렇습니다. 채경이 마음 이해하죠. 연극? 먹고 살기 힘든 거 맞습니다. 하지만 전 자신 있거든요. 가끔 기업극도 하고, 아는 선배가 이벤트 회사에서 일도 가끔 주고… 정 안되면 노가다라도 하면 되죠. 젊은데 뭐든 못하겠습니까.

밖에서 채경의 소리.

도형

채경   오빠, 안 오고 뭐 해!

도형   갈게! 전 채경이한테 가봐야겠네요.

도형, 퇴장한다.

3장

편의점 앞, 간이 테이블. 시훈, 나연이 캔맥주를 마시고 있다. 이미 다 먹은 맥주 캔 몇 개가 놓여있다.

시훈   채경이가 그 역할을 해야 한다고 생각해. 나는.

나연   무슨 역할?

시훈   내 상대역. 생각해봐. 키도 나랑 제일 잘 맞고 캐릭터도 밝고 잘 어울리잖아.

나연   웃겨. 채경이만 밝아? 우리 애들 다 밝아. 미림이, 혜인이, 세희….

시훈   세희는 생각 없이 밝지.

나연   그럼 네가 대표님한테 말해. 왜 나한테 난리야?

시훈   네가 작가 겸 조연출이니까. 그리고 대표님, 너 예뻐하시잖아. 네가 말하면 들으실 거야. 어차피 채경이랑 미림이랑 비중도 비슷하고… 맞다. 아직 대본 수정중이고! 아씨, 진짜 말해보라고. 동기 좋다는 게 뭐냐? 하나뿐인 동기 부탁 좀 들어줘.

나연   됐어. 벌써 캐스팅 다 끝났는데 이제 와서 뭘 바꿔. 3주 남았는데!

시훈   아유, 진짜 답답하다. 넌 연출하겠다는 얘가 그렇게 캐릭터 보는 눈이 없어서 어뜩하냐? 그런 말 몰라? 연출의 반이 캐스팅이다.

나연   (뭔가 안다는 듯 쳐다보며) 쯧쯧. 인간아.

시훈	왜? 왜 그렇게 처다봐?
나연	솔직히 말해.
시훈	뭘?
나연	너 채경이 좋아하지?
시훈	(당황스럽지만 티내지 않고) 참네.
나연	맞지?
시훈	아니거든.
나연	내 눈 봐봐.
시훈	됐어. 보긴 뭘 봐.
나연	봐봐.
시훈	아, 됐다고.
나연	어? 못 보네. 못 봐. 좋아하네. 좋아해.
시훈	웃기시네. 진짜.

성찬, 맥주 캔 몇 개랑 과자 들고 나온다.

시훈	와! 선배님, 감사합니다. 잘 마실게요.
성찬	(한 캔 따서 벌컥 벌컥 마시더니) 목이 탄다. 목이 타.
나연	너무 걱정 마세요. 대표님이 극장 알아보시기로 했잖아요.
시훈	맞아요. 극장만 옮기면 제작비 큰 문제없다고 하셨는데. 힘내세요.
성찬	그게 아니고… 나 사실… 아, 난감하네.
나연	왜요?
시훈	뭔데요?

성찬	나 영화 캐스팅 들어왔거든.
시훈	오! 무슨 영화요? 상업 영화?
성찬	봉찬욱 감독 영환데….
시훈	예? 봉찬욱이요? 무뇌충, 봉찬욱?
성찬	응. 맞아.
시훈	우와, 우와! 해야지. 무조건 해야지!
성찬	이번에 신작인데 주인공 왼팔 부하래.
시훈	왼팔? 오른팔 아니고요?
성찬	몰라, 넘버 투 아니면 쓰리겠지.
시훈	아무튼! 근데요? 뭐가 문제에요? 하면 되죠.
성찬	그게… 아, 돌겠네.
나연	공연이랑 겹쳐요?
시훈	엑! 진짜요?
성찬	응. 촬영스케줄이.
시훈	오 마이 갓드!
성찬	주말까지 말해 달래.
시훈	와우… 스케줄 조정 안 된대요? 하긴 넘버 투, 쓰리 정도면 안 되겠지?
성찬	스케줄 안 된다고 하면 아마 다른 배우 섭외할 걸.
시훈	오, 지저스 크라이스트! 맙소사! 이건 재앙이야.
나연	그래서 그러셨구나. 대표님이 걱정 되서 그러신 게 아니었네요. 공연 취소하자고 한 거.
성찬	복만 형 걱정 되는 것도 사실이고, 복합적으로 그런 거지. 넌 또 말을 꼭….

나연	그런데 지금 대표님이 극장 옮겨서 공연 강행하겠다고 하니까 걱정되는 거잖아요. 그 기회 날아갈까 봐. 맞죠? 아니에요?
성찬	(한숨)
나연	선배님, 아무리 좋은 기회라도 이건 아니죠.
시훈	나연아, 그건 아니지. 배우한테 이런 기회가 자주 오는 것도 아니고… 봉찬욱 이래잖아.
나연	봉찬욱이든 박준호든! 성찬 선배님, 저도 알아요. 좋은 기회라는 거, 하지만 우린 같이 고생한 극단이고 후배 단원들도 극단 들어와서 함께 하는 첫 작품인데… 지난주에만 말했어도 괜찮다고 했을 거예요. 그런데 3주 전이고 말이 3주지, 지금 초연이라 대사도 아직 수정중이라 지금까지 한 거 다시 대타 구해서 맞춘다고 해도… 다른 배우들은요?
성찬	아직 수정중이니까 말하는 거지. 대사 픽스 되기 전이니까.

진석, 등장한다.

| 진석 | 무슨 일이야? (성찬에게) 형, 왜 그래요? |

다들 침묵. 진석, 시훈에게 묻는다.

진석	(시훈에게) 시훈, 말해봐. 뭐야?
시훈	아, 그게…. 성찬이형 영화캐스팅 돼서 이번 공연 같이 못하신다고….
진석	뭐? 형.

성찬, 가방을 챙겨서 가려는 듯.

성찬   먼저 갈게. 주말까지 고민 좀 해볼게. 복만 형한테는 아직 말
        하지 마.

시훈   내일… 연습 오시죠?

성찬   응.

성찬, 퇴장하려다 다시 들어와 자기가 먹던 맥주 캔을 가져간다.

진석   형!

털썩 앉는 진석. 시훈이 먹던 맥주를 벌컥 벌컥 마신다.

시훈   그거 제 꺼….

진석   너무하네.

시훈   네?

테이블 꽝 내려치는 진석. 깜짝 놀라는 시훈.

진석   한 팀이 뭐야? 한 극단이 뭐냐고! 식구 아냐? 함께 웃고! 함께
        땀 흘리고! 함께 나누고! (손에 들고 있던 캔을 보고) 아, 이거 네 꺼
        지? (내밀며) 자.

시훈   괜찮아요. 형, 드세요.

진석   왜?

시훈	함께 나눠요.
진석	뭔 소리야?
시훈	(도리도리)
진석	나연아, 그래. 네가 화낼 만 해. 인정.
나연	아니에요. 성찬 선배한테 제가 말은 그렇게 했지만… 왜 그 마음 모르겠어요. 연극은 한 달 연습, 한 달 공연해도 100만원 받을까 말까하는데 영화는 하루 찍고 백, 이백. 단역이 그 정돈데 성찬 선배정도 되면 몇 천 받을 거 아니에요.
시훈	게다가 감독이 봉찬욱. 허허, 세계적인 거장, 봉찬욱 감독의 차기작을 전 세계인이 기다리고 있거든. 이런 기회가 또 온다는 보장 없지. 이거 참. 나라면 2주 전이 아니라 당장 내일이 공연이라고 해도 빼고 싶….
나연	(노려보며) 야.
시훈	…겠지만 그럴 순 없지. 그럼! 의리가 있지. 성찬이형 진짜 너무하네.
진석	그래서 더블 하는 거 아냐. 매체 같이 하는 배우들은.
시훈	스케줄 조정이나 양해가 되니까 그게 좋긴 하죠.
나연	(발끈) 그럼 연극은 앞으로 다 더블 캐스팅해야 하는 거예요? 기회도 잡고 연극도 하고 다 하려면 그래야 되겠네요?
시훈	선택의 문제지. 왜 또 발끈하고 그래. 너 요즘 자주 그런다.
진석	그래야 된단 말이 아니고 배우 입장에선 그게 기회도 잡고 양쪽에 피해도 안 주고… 현실적으로 현명한 방법이다 그거지.
나연	그럼 2주나 한 달 하는 공연도 다 더블 캐스팅해야 하나? 아니, 제작자들 욕할 거 없어. 스케줄 다 조정해주고 그런 거 다 감

안하면서 캐스팅 하는 거 아냐. 그런데 뭐에요? 맨날 제작사만 욕하잖아. 제작사랍시고 하도 사기 치는 인간들이 많아서 그렇지 손해 보면서 힘들게 하는 극단, 제작사들 얼마나 많은데요.

침묵.

나연   죄송해요… 화내서….
진석   아니야, 괜찮아 이해해. 그런 말 들어봤냐? 우리나라 영화계는 연극계에 큰 빚을 지고 있다. 들어봤지?
시훈   형은 그런 말들을 어디서 듣는 거예요?
진석   들은 적 있어 없어?
시훈   없어요. 전 귀가 어둡습니다.
진석   으이그, 아직 멀었다. 멀었어. 이게 뭔 말이냐면, 우리나라에 이름만 말하면 다 아는 배우들… 무명시절에 힘들게 연극하면서 성장한 스타들 많잖아. 그렇게 잘 돼서 영화, 드라마 하면서 한류문화 확산에 큰 역할을 했다 이거지. 그런데 박수는 영화, 드라마가 다 받는다 이거지.
시훈   그렇죠. 이름만 말하면 아는 배우들 다 연극했잖아요. 송강호, 최민식, 김윤석, 황정민….
진석   설경구, 박해일, 유해진… 맞다. 너 예술인 증명 했냐?
시훈   작년에 했죠. 예술인 복지재단.
진석   오, 그래?
나연   쟤 지난달에 창작지원금도 받았어요.

진석	진짜? 300 받았어?
시훈	그럼요. 하하하.
진석	그럼 여기서 이러지 말고 2차 가자.

진석, 자리 정리하고 일어나려고 한다.

시훈	(붙잡으며) 아, 그거 얼마나 된다고.
진석	잠깐만. 그럼 서울연극협회는? 가입했어?
시훈	협회요? 아니요. 근데 그거 가입 꼭 해야 돼요?
진석	하라니까.
시훈	난 솔직히 진짜 모르겠어. 협회가입하면 뭐가 좋아요?
진석	야, 너 배우 평생 할 거라며?
시훈	그렇죠. 연극도 하고 매체도 하고. 근데 갑자기 협회얘기는 왜….
진석	아무튼 연극 평생 할 거면 협회 가입해서 연극인으로 딱! 응? 인정받고 떳떳하게! 뭐, 그런 거지.
시훈	뭐야. 인정받으면 뭐가 좋은데요?
진석	여러 가지 혜택이 있어. 지원사업 신청이라든지, 복지혜택 같은 거. 잘 모르니까 못 받는 거지. 그리고 서울연극제 참가하려면 필요하잖아. 참가인원 중에 협회원 50% 이상 돼야 참가할 수 있다고.
나연	그냥 간단하게 이렇게 생각하면 돼. 우린 대학로라는 연극 동네에 살고 있는데 이 동네가 잘돼야 우리도 연극 잘 할 수 있잖아? 협회나 복지재단, 공공기관들처럼 이 연극 동네를 위해 정

책을 펼치는 그런 곳들이 열심히 잘 하라고 가입하고 협조하면서 혜택도 받는 거야.

진석   (박수) 나연이가 나보다 낫다. 좋아.

시훈   한 잔 하시죠.

진석   그러자.

세 사람, 건배한다.

진석   (관객을 향해) 네, 그렇습니다. 저는 대학로에서 연극을 한 지 어느덧 7년이 지났습니다. 시체들 창단 멤버에요, 제가. 허허허. 예대 연극과를 졸업하고 현장에 나와서 연극 몇 편 하고 있는데 어느 날, 학교 선배인 복만 형이 연락이 왔죠. 야, 극단 만들 건데 같이 하자. 그게 시체들의 시작이었죠. 참, 우여곡절 많았습니다. 맨 땅에 헤딩하는 마음으로 젊은 배우들 몇몇이 모였는데… 그 나이 때에 저같이 연기 하는 사람은 아무도 없었어요. 제가 최고였어요.

조명, 어두워지기 시작한다.

진석   어라? 잠시 만요? 저기요?

완전히 암전되었다. 어둠 속에서 잠시 침묵.

진석   (소리) 지금 조명 사고 난 거 맞지?

시훈   (소리) 그런가?

나연   (소리) 다음 장면 준비하죠.

진석   (소리) 뭐야. 나 대사 좀 남았는데….

나연   (소리) 음악 주세요.

음악소리 들리고 퇴장.

4장

연습실. 한창 〈청춘은 개뿔〉 연습중이다. 큐빅이 여기저기 쌓여있다. 연출 테이블에서 고나연이 연습을 보고 있다. 극중극 장면. 시간적 배경은 미래. 공간은 허름한 지하 어느 창고. 도형, 승진, 세희, 미림, 혜인이 널브러져 있다. 허기지고 지친 모습이다. 진석, 시훈, 채경은 바깥쪽에 빠져서 연습을 보고 있다. 성찬은 보이지 않는다. 도형은 한쪽 팔에 깁스를 한 채, 구석에 기대고 앉아서 술을 마시고 있다. 승진은 나무를 깎으며 뾰족하게 만들고 있다. 세희는 미쳐버린 듯, 큐빅에 앉아 노래를 흥얼거리고 있다. 미림은 쓰러져 자고 있다. 혜인은 한 쪽 눈에 안대를 한 채로 책을 읽고 있다.

승진   (한참 나무를 깎다가 세희의 노래에 참다못해) 그 노래 좀 그만 부를 수 없어?

세희는 대꾸 없이 계속 노래를 흥얼거린다.

승진   (세희에게) 야, 내 말 안 들려? 듣기 싫다고!

세희, 더 크게 부른다.

승진   (벌떡 일어나며) 저 년이… 진짜 죽을라고!

승진, 일어나 절뚝거리며 혜인에게 가는데.

혜인   그냥 놔둬. 참기 힘들면 네가 나가든가.
승진   넌 닥치고 책이나 읽어.
혜인   (버럭) 우리 언니한테 손끝하나만 대봐! 네 한쪽 다리마저 부러
        뜨려줄 테니까. 평생 기어 다니고 싶으면 어디 마음대로 해보
        라고. 이 절뚝이 새끼야.
승진   (기가 찬다는 듯) 너 절뚝이라고 하지 말라 그랬지!
미림   왜 또 지랄들이야!

혜인에게 다가가다 멈칫하는 승진.

미림   대장이 한 말 벌써 잊었어? 소란피우는 것들은 싹 다 밖으로
        쫓아내겠다고 한 말? 살고 싶으면 쥐 죽은 듯이 납작 엎드리고
        있으라고. 대장이 구해다주는 식량이나 얻어먹는 절름발이랑
        애꾸 주제에… 혼자서 하루도 못 버티는 것들이.

승진	와 진짜… 내가 한참 어린년한테 이런 소리나 듣고… (미림에게) 야, 싸가지. 넌 예의를 어디다 갖다 팔아먹었냐? 아무리 싸가지 없다고 해도 이건 진짜… 너 몇 살이야?
미림	알아서 뭐하게?
승진	진짜 궁금해서 그래. 응? 스무 살은 넘었냐? 딱 봐도 내가 10살은 많아 보이잖아.
미림	나이 많이 처먹어서 좋겠다. 이 꼰대새끼야.
승진	(기가 차고) 허허.
세희	<u>호호호호호</u>. 빌어먹을 나이 따위 이제 무슨 소용이람? 늙은 놈이나 젊은 놈이나 부자나 가난뱅이나 다 부질없어. 전염병은 그런 거 따지지 않고 살아 숨 쉬는 모든 생물에게 오염되니까. 인간? 동물? 다 똑같아. 결국 모두가 공평한 세상이 된 거야. 푸하하하하하하하… (점점 웃음기 사라지더니) 배고파. 배고프다고. (혜인에게 가서) 혜인아, 나 배고파.
혜인	언니, 기다려. 사람들이 곧 식량을 구해올 거야.
승진	벌써 이틀이 지났어. 나가서 전염병에 걸려서 다 뒈져버렸을지 몰라. 아니면 저쪽 놈들한테 잡혔을 지도… 잠깐! 설마 우릴 버린 건 아니겠지? 맞아. 우린 짐만 된다고 생각하고 지들끼리 달아난 거야. 이런 제기랄!
미림	개소리 하지 마! 반드시 돌아온다고 했어. 우리 오빠, 나 버리고 절대 도망 안 가.

세희, 구석에서 술 마시고 있는 도형을 보고 성큼성큼 다가가 술병을 뺏는다.

도형	내 놔!
세희	(억지로 마시려고 술이 얼굴에 쏟아지고)
혜인	언니!

혜인이 다가가 말리려하고 도형은 세희를 밀치고 술병을 뺏어서 자리로 돌아간다.

혜인	언니, 정신 좀 차려 제발!
세희	배고프다고! 배고프단 말이야. (울기 시작하고) 엄마, 엄마 나 배고파! 엉엉.
승진	야, 네 미친 언니 좀 제발 어떻게 좀 해봐. 데리고 어디 멀리 꺼져버리던지!

쇠문이 열리는 소리가 들린다.

미림	오빠다. 오빠가 왔어.

미림, 문 쪽으로 뛰어가고 방독면을 쓴 세 사람, 들어와 방독면을 벗는다. 물건을 가득 채운 배낭을 맨 진석과 시훈이 채경을 붙잡고 있다. 미림이 달려가 시훈에게 안긴다. 바닥에 철퍼덕 던져지는 채경. 진석은 빨간 스카프를 목에 두르고 있다.

미림	오빠!
시훈	미림아, 별 일 없었어?

| 미림 | 응. (채경을 보고) 그런데 이 여자는 누구야? |

술을 마시던 도형이 채경을 보고 깜짝 놀라 달려온다.

| 도형 | 비켜! (채경의 얼굴을 확인하고) 채경아…. |
| 채경 | (그제야 도형을 알아보고) 오빠…. |

도형이 채경이를 끌어안는다.

| 혜인 | 뭐야? 잃어버렸다는 여친? |
| 세희 | (배낭을 뺏어서 뒤지며) 배고파. 배고파! |

가방을 다시 뺏는 진석.

진석	이리 줘!
세희	배고프다고. 밥! 밥! 밥 줘!
혜인	대장, 식량 못 구했어요?
진석	얼마 못 구했어. 이틀 동안 헤매다 겨우 찾은 거야. 아껴 먹어 야 돼. 그리고… (시훈에게) 시훈아.

진석, 시훈에게 눈짓하면 시훈이 도형을 밀치고 채경과 떼어놓는다.

| 도형 | 왜 이래? 뭐야! |
| 채경 | 도형 오빠! |

진석	이 여잔 우릴 공격했어. 아마 저쪽 일행들인 거 같아.
채경	아니야. 난 그놈들한테서 도망치던 중이었어. 그놈들이 날 잡으러 온 줄 알고 그랬던 거야. 이거 놔!
진석	당분간 가둬둘 거야.
도형	대장! 채경인 내 여자 친구야. 당장 놔 줘!
진석	옛날에는 그랬겠지. 네 여자 친구가 저놈들 편이 됐을지 어떻게 알아?
승진	맞아. 우릴 습격해서 식량을 뺏어간 놈들이야. 믿을 수 없어.
도형	잠깐만! 좋아. 그럼… 우리 둘이 떠날게.
미림	뭐?
도형	여길 떠나겠다고.
시훈	미친놈. 나가면 바로 뒈질 텐데. 아마 10미터도 못 가서 쓰러질걸?
도형	방독면 두 개만 줘. 그럼 멀리 사라질게. 부탁이야.
미림	그러자. 자기 발로 나가겠다는데 뭐. 식량도 부족하잖아. 입도 줄고 좋지.
혜인	안 돼.
승진	왜?
혜인	풀어줬다간 그놈들을 데리고 와서 우릴 습격할 지도 몰라.
도형	약속할게. 절대 그럴 일 없을 거야.
혜인	널 어떻게 믿어?
시훈	맞아. 믿으면 안 돼.
승진	나도 동의.
도형	좋아, 그럼 차라리 같이 가둬 줘. 부탁이야. 제발 함께 있게 해

쥐.

미림   지랄! 아주 눈물겨워 못 봐주겠네.

승진   사랑한다잖냐.

혜인   대장, 어쩔 거야? 결정해. 빨간 스카프를 가진 사람만이 결정
       할 수 있어. 그게 우리의 법칙이니까.

미림   그래, 대장. 결정해.

진석, 목에 두른 빨간 스카프를 풀러 손에 쥔 채 잠시 바라보다가 결
심한 듯.

진석   둘 다 내보낸다.

나연   다시요.

진석   둘 다 내보낸다.

나연   넘어 갈게요.

진석, 시훈에게 고개 끄덕이자 시훈은 채경을 놓아준다. 도형이 풀려
난 채경을 잡고 안는다.

채경   오빠.

도형   채경아, 걱정 마.

채경   살아 있어서 다행이야.

도형   이제 괜찮아.

도형, 채경과 키스한다. 입술이 닿는다. 그러자 시훈이 깜짝 놀라 도

형을 밀친다.

시훈   야! 너 뭐야? 너 방금 진짜 했지?

세희   와우.

미림   대박.

혜인   저도 봤어요.

진석   니네 뭐야? 연습인데 왜 진짜 해?

시훈   채경아, 괜찮아?

채경   ···.

도형   왜요? 할 수도 있죠.

시훈   (도형의 멱살을 잡으며) 너 이 새끼 진짜···.

나연   왜 이래!

진석   (멱살 떨어뜨리며) 야, 흥분하지 말고. 일단 놔.

도형   몰입해서 그랬어요.

시훈   뭐?

도형   연기에 몰입하다 보니까···.

시훈   말이 돼? 사전에 채경이한테 말했어? 배우가 몰입한다고 자기
          하고 싶은 대로 다 하면···.

채경   제가 하라고 했어요.

시훈   어?

모두 채경을 보고.

채경   공연 얼마 안 남았으니까 진짜처럼 하자고 제가 먼저 말했어

요. 도형 오빠한테.

모두 침묵.

나연	잠깐 쉬었다 하죠.
진석	그래, 그러자.

모두 해산한다. 채경, 밖으로 나간다.

나연	도형이 나 좀 봐.
진석	그래, 도형아. 일루 와봐.
나연	둘이 얘기 좀 할게요. 선배님.
진석	응. 그래. 난 담배 한 대 피우고 올게.

멋쩍은 진석, 퇴장한다.

나연	앉아.

도형, 앉으면.

나연	둘이 사귀니?
도형	….
나연	뭐, 대답 안 해도 되는데… 만약 사귀면 티내지 마. 연습하는 중에는. 키스한 거 갖고 말하는 거 아니야. 연애는 연습 끝나

면 해. 분위기 흐리지 말라고. 팀워크 좀 생각해줘.

도형   죄송해요. 누나.

나연   그래. 담배 한 대 피우고 와.

도형, 퇴장한다.

나연   아, 힘드네.

혜인, 들어온다.

미림   선배님 저희 들어가도 돼요?

나연   어, 들어와.

승진, 미림, 세희, 혜인, 시훈 들어온다.

시훈   나연아, 연출님 언제 오셔?

나연   좀 늦으신다고 했어요. 왜?

시훈   나 의상 가져온 거 봐주시기로 하셨는데….

나연   그냥 이대로 가.

시훈   그래? 어디 가?

나연   바람 쐬러.

나연, 시훈 퇴장한다.

세희	근데 연출님 너무 바쁘신 거 아냐? 얼굴을 통 볼 수가 없네.
승진	다른 작품이랑 두 탕 뛰시잖아.
미림	진짜?
승진	응. 제목 뭐더라? '사이보그 레볼루션'인가? 아무튼 프로덕션에서 제작하는 상업극인데 같이 하시잖아.
세희	아, 그 작품 또 하셔?
혜인	나 그거 작년에 봤는데. 엄청 재밌어.
승진	그런데 우리 공연 열흘 밖에 안 남았는데. 앵콜이면 우리한테 신경 좀 써 주시지.

시훈, 들어온다.

미림	연출님도 먹고 살아야지. 가정도 있으신데 프로덕션에서 하던 작품이잖아. 극단 작품은 아무리 만석 채워도 손익분기점 넘길 수가 없으니까 그렇게 돈 버셔야지.
승진	엥? 만석 채워도?
미림	그럼, 70석짜리 다 채우면 얼마 벌 거 같니? 70명 중에 지인 할인, 연극인 할인이 절반이고 프로모션 초대 10명 정도 포함하면 잘해야 사, 오십이야. 만석 채워도 하루에 그거 밖에 안 돼. 그런데 70석 소극장 대관료가 하루에 삼십 만원.
승진	헐.
세희	배우, 스텝들 페이 주고, 무대, 의상, 소품 제작비 나가고… 또 뭐야. 포스터 만들어서 홍보비? 무조건 마이너스지.
혜인	수익이 날 수 없는 구조야. 그래서 지원금 없이 극단들은 공연

을 계속 이어갈 수가 없어.

승진   그래서 상업극 티켓 값이 비싼 거야. 6만원, 7만원씩 하잖아.

혜인   게다가 회전문 관객들이 열 번, 스무 번씩 보러가잖아.

미림   우와, 같은 작품을? 근데 회전문 관객이 뭐야?

승진   같은 작품 계속 본다고. 회전문처럼 돌고 돌고 계속 입장.

혜인   몰랐어?

혜인   한 번 볼 때마다 도장 찍고 열 번 보면 한 번은 공짜.

세희   배우들 보러 가는 거지. 대부분 남자배우들 팬이잖아.

미림   아, 그렇구나. 난 지방에서만 연극해서 그런 거 하나도 몰라.

승진   맞아, 나도 지난번에 어떤 공연 보러 갔었는데 200석 매진 꽉
        찼는데 다 여자관객. 남자는 나랑 어떤 남자 둘이었어. 완전
        깜놀 했잖아.

세희   공연 끝나면 퇴근길이라고 줄 쫙 서서 팬들 한명씩 다 만나주
        는 거 못 봤어?

        나연, 들어온다.

혜인   공연문화가 점점 바뀌는 거 같아요. 어찌 보면 양극화 현상 같
        기도 하고. 결국 대학로도 자본구조에 의해 돌아가게 되는 거
        야. 잘 팔리는 배우들이 불려 다니는 거고.

승진   문제는 그 배우들이 회전문 관객들이 좋아하는 연기만 하는
        거지. 아이돌들이 연기하듯이.

세희   아이돌 중에도 연기 잘하는 사람 많아요. 성급한 일반화의 오
        류네요.

시훈	그렇구나.
승진	아, 세희 아이돌 했었지?
세희	연습생 5년 했어. 데뷔는 못했지만.
승진	아무튼 팬 있는 배우는 한 번에 두 개, 세 개씩 동시에 연습이랑 공연이랑 병행하잖아. 빈익빈 부익부가 공연계에도 적용되는 거지.
세희	그만큼 잘 만들잖아. 외국에서 라이센스 사와서 스토리도 좋고 완성도 뛰어나고. 관객들이 단순히 배우들만 좋아해서 여러 번 보는 거 아니에요.
혜인	회전문 관객들 까페에서 얘기하는 거 들어보면 공연을 많이 봐서 그런지 완전 전문가 수준으로 비평하던데.
세희	돈으로 검증된 라이센스 사오고, 잘나가는 연출, 스텝, 배우들 모아서 공연하는데 잘 만들어야지.
승진	맞아. 연극은 돈으로만 하는 게 아닌데. 가난한 연극이란 말도 있잖아.
미림	가난한 연극이 그 가난한 연극은….
혜인	난 그 인식도 문제라고 생각해. 왜 연극을 하면 가난하다고 생각해? 연극해서 돈 잘 버는 배우들 많아. 하루 공연하고 회당 50만원씩 가져가는 배우 얼마나 많은데.
승진	그러니까 그게 팬 있는 배우들이나 연예인들이 연극하면서 그렇게 받는 거지.
세희	그럼 팬 생기게 열심히 연기해.
승진	넌 오빠한테 싸가지 없이.
미림	자, 그만 하시죠. 그렇다고 우리 연극 안할 거 아니잖아요? 환

경 탓 할 시간에 더 연습하는 게 낫겠다.

승진   그래. 그냥 버티는 거지. 꾸준히 하다보면 좋은 날 있겠지. 세희 오빠한테 말조심하고 연수단원 화이팅!

세희, 혜인, 승진, 미림 탈의실로 들어간다.

시훈   쟤들 이번에 입봉 하는 애들 맞니?

나연   그러게.

채경, 들어온다. 세희, 탈의실에서 나온다.

세희   조연출님, 스토리 얘기가 나와서 말인데… 저희 빨간 스카프 빼면 안돼요?

나연   왜?

미림, 혜인, 승진, 탈의실에서 나온다.

세희   좀 유치하지 않아요? (미림, 혜인에게) 너넨 어때?

혜인   (눈치 보며) 그, 글쎄?

미림   전… 잘 모르겠어요.

세희   뭐야? 아까 동의해놓고 이러기야?

나연   (시훈에게) 네 생각은 어때?

시훈   뭐, 좀 닭살이긴 하지.

진석과 도형, 들어온다.

나연   마침 왔네. 진석 오빠가 넣자고 한 거니까 같이 얘기해.

진석   응? 뭐가?

시훈   빨간 스카프요.

진석   그게 왜?

시훈   세희, 얘기해.

세희   아, 그게… 꼭 빨간 스카프에 의미를 부여할 필요가 있나 해서
       요. 대장이란 캐릭터가 좀 멋있어야 되는데 빨간 스카프를 하
       니까 좀 촌스러운 것 같고….

시훈   그건 스카프 때문이 아니고 형 때문 아니야? 하하하.

       모두 눈치 보며 소극적 웃음. 시훈, 시큰둥한 반응에 멋쩍어 하고.

진석   음, 내 생각을 말해 볼게. 난 빨간 스카프의 의미를 권력의 상
       징으로 본 거야. 대장이란 위치는 그 집단을 이끌고 책임지는
       사람이잖아. 그런데 그런 권한을 한 사람에게 부여하는 것은
       대장이란 위치가 어떤 강압이나 대물림이 아닌 모두의 합의에
       의해 선정된 것이며 그런 민주적인 의미의 상징물이 필요하다
       는 거지. 뭐랄까? 음… 그래, 메타포! 너네 메타포 들어 봤지?

나연   오브제 말씀하시는 거 같은데.

진석   아, 오브제! 맞다. 오브제. 고마워. 나연아.

미림   (손을 든다)

나연   응. 미림이 왜?

미림	제 생각엔… 나중에 시훈 선배님이 빨간 스카프를 넘겨받고 새로운 리더가 되잖아요? 새로운 권력의 흐름을 빨간 스카프를 통해 확실히 보여주는 거라고 생각합니다.
세희	야, 이 배신자.
미림	응? 왜?
시훈	말이 나와서 하는 얘긴데, 제목이 왜 '청춘은 개뿔'이야?
나연	왜?
시훈	제목이랑 내용이 좀 안 맞지 않나? 청춘 얘기를 하려면 지금 현재를 배경으로 하면 되지 굳이 가상의 미래를 배경으로 할 필요가 있냐 이 말이지.
세희	사실 저도 좀 그렇게 생각해요.
채경	지금 공연 열흘 남겨놓고 할 얘기는 아닌 것 같은데….
시훈	아니, 꼭 이번 공연 얘기가 아니라… 나중에 재공연 들어갈 수도 있잖아. 다음에 바꾸더라도 어울리는 제목으로 바꾸는 게 중요하다고 생각하니까….
진석	난 제목 마음에 드는데? 그리고 내용도 매력 있다고 생각해.
미림	맞아요. 전 이 작품 좋아요. 재밌어요.
시훈	재미가 문제가 아니라 우린 의미를 항상 생각해야지. 주제의식을 간과하지 말고, 내 동기 입봉작이니까 더 잘 나왔으면 하는 마음에서 하는 말이야. 솔직한 생각 말할 수 있는 거잖아. 우리 극단이 소통이 어려운 극단도 아니고.
나연	그럼 연습 초반에 리딩 할 때 말했어야지. 왜 열흘 남겨놓고 이제 와서 이러는데?

나연의 심각한 표정. 모두 나연을 바라보며 침묵. 잠시 고민하다 입여는 나연.

나연   내가 가까운 미래를 배경으로 설정한 이유는… 지금 우리의 현실을 극단적으로 보여주기 위해서야. 그래, 알지. 지금 우리 세대가 맞이한 현실도 힘들고 어렵다는 거. 하지만 현실을 그대로 드러내면 극적인 사건을 가져오기 보다는 푸념만 늘어놓을 것 같았어. 취업난, 경제난, 꿈에 대한 목표… 우리 청춘들이 하는 이 고민들 다 모르는 것도 아니고, 관객들이 이 이야기를 돈 내고 여기까지 와서 또 듣고 싶을까? 미래를 배경으로 한다고 해서 전혀 딴 세상 이야기가 아니라 그들의 삶과 생존을 위한 투쟁, 갈등은 계속 지속된다는 걸 보여주고 싶었어.

       침묵.

시훈   그런 뜻이 있었구나. 몰랐어, 나연아.
진석   그래, 복만 형도 그 점을 좋게 봤으니까 이 작품으로 공연하자고 했겠지.
미림   저는 청춘은 개뿔이란 제목이 반어적이라서 좋았어요. 다들 청춘은 아름답다고 하는데 그 익숙함과 고정관념을 깨는 것 같고.
승진   동의합니다.
혜인   동의합니다.
도형   저도요.

시훈	나도 싫다는 말은 아니었어.

혜인, 나연을 쳐다본다.

나연	혜인이 왜?
혜인	제가 우리 극단을 좋아하는 이유는 창작극을 한다는 점이에요. 우리 얘기를 한다는 거죠. 전 나연 언니가 작가로 그 이야기의 스타트를 끊었고 그 작품에 함께 참여하는 것만으로 의미가 있다고 생각해요. 좀 부족하고 못하면 어때요? 처음부터 잘 하는 사람 없잖아요. 계속 꾸준히 하다보면 점점 잘하게 되겠죠. 아니, 잘 못해도 상관없어요. 그게 목적은 아니니까.
시훈	음, 아주 좋은 발언이야. 그렇다면 우리 막내의 목적은 뭐지?
혜인	그냥 좋은 거죠. 연극하는 게. 배우로 무대에 서는 게 행복한 거죠.
세희	저도 행복합니다.
채경	저도요.

미림, 또 손든다.

나연	그냥 얘기해도 돼. 미림아.
미림	아, 네. 저는….

성찬, 들어온다. 컵라면 한 박스 들고.

성찬	안녕!
모두	안녕하세요.
성찬	응, 안녕. 뭐야? 또 심각한 상황에 내가 나타난 거야?
나연	아니에요.
진석	(박스 보고) 뭐에요. 형답지 않게 뭘 또 사왔대요?
성찬	아니 뭐 미안하기도 하고.
나연	걱정 마셔요. 제가 잘 전달했어요.
시훈	나연이가 대본 수정했어요. 선배님 대사 나눠먹기 했어요. 다들 좋아하던데요? 대사 늘었다고. 하하. 아니야?
성찬	그래, 다들 이야기 들었겠지만… 그래도 갑자기 훅 빠져서 미안하기도 하고 아무튼 잠깐 들렀어.
승진	선배님, 파이팅입니다.
세희	저희가 선배님 몫까지 잘 하겠습니다.
성찬	나연이한테 제일 미안하지 뭐.
나연	됐네요.
성찬	(도형을 보고) 권도형.
도형	네.
성찬	뭐 안 좋은 일 있었어? 표정이 어두운데?
도형	아니에요.
성찬	힘들지 뭐. 나중에 형이랑 소주 한 잔 하자.
도형	네.
성찬	연습들 해. 난 사라질게.
진석	벌써요? 복만 형 좀 있으면 올 텐데 보고 가시죠.
성찬	통화했어. 지방 촬영 있어서 바로 출발해야 돼.

승진	오, 지방 촬영.
시훈	그게 뭐야? 자기 방에서 촬영하는 건가?
세희	우리 시훈 선배님, 어뚝하지?
혜인	안아드리자.
채경	난 반대.
성찬	나 첫 공연 보러 올게. 다들 시파티 필참이다. 연극의 3요소가 뭐라고?
시훈	시파티, 엠티, 쫑파티!
승진	어? 제가 들은 거랑 다른데요?
혜인	오빤 뭔데?
승진	청테이프, 흑막, 타카!

모두 웃고.

성찬	아니, 연수단원이 벌써 그걸 알아버렸네. 얘들아, 하나만 기억해. 너희들은 시체들이야. 살아 숨 쉬는 그날까지. 극단 시체들 파이팅!
모두	파이팅!

성찬, 퇴장한다. 따라서 배웅하는 단원들. 나연, 미림만 남고.

나연	(미림에게) 참, 미림이 뭐 얘기하려다 끊겼네?
미림	아니에요. 별 얘기 아니에요.
나연	그래. 언제든지 할 말 있으면 해.

미림   네.

나연, 퇴장하고 미림, 관객을 향해 말한다.

미림   저는 지방에서 고등학교 때부터 연극을 했습니다. 학교가 아
         닌 그 지역의 기성극단에서 단원들을 모집한다는 공고를 보고
         무작정 찾아갔습니다. 청소부터 포스터 붙이는 일까지 열심히
         극단 생활을 했습니다. 어릴 때부터 배우가 꿈이었기에 그런
         기회가 왔다는 것이 정말 기쁘고 설레었습니다. 그런데… 제
         꿈은 악몽이 되고 말았습니다. 그 극단 대표는 지금 교도소에
         있습니다. 몇 해 전, 세상을 떠들썩하게 만들었던 그 사건으로
         당시 함께 극단 생활을 했던 언니들과 함께 고소를 했고 그 대
         표는 실형을 선고받았습니다. 그때의 충격으로 집에만 틀어박
         혀 시간을 보냈습니다. 나는 이렇게 배우를 못하게 되는 건가?
         포기해야 하는 건가? 그러다 시체들의 단원모집 공고를 보고
         지원했습니다. 정말 마지막 도전이라고 생각했는데 합격! 연
         락받고 얼마나 울었는지 모릅니다. 저는 대학도 가지 않았거
         든요. 극단의 선배, 동기들 대부분 대학에서 연기를 전공했지
         만 전 고졸이라 사실 기대도 안했는데… 어쨌든, 제가 선배들
         이 다 있는 자리에서 손을 들고 하고 싶었던 이야기는… 그냥
         이렇게 함께 하고 있는 게 좋다는 말을 하고 싶었습니다. 하고
         싶은 것이 있다는 것, 그리고 그 일을 내가 하고 있다는 것…
         제가 그토록 바라던 일을 하고 있어서 좋다는 말을 하고 싶었
         습니다. 암전.

암전.

5장

리허설 중이다. 관객은 공연 중인지 리허설 중인지 아직 알지 못한
다. 세찬 바람소리가 들린다. 모래로 뒤덮인 사막 어디쯤이라고 생각
하면 되겠다. 극중 마지막 엔딩장면이다. 큐빅이 가득하고 시훈이 큐
빅을 모래언덕처럼 넘어 등장한다. 시훈은 목에 빨간 스카프를 매고
있다. 큐빅 맨 위에 서서 멀리 내려다보며 외친다.

시훈   (감격) 찾았다.

뒤를 이어 승진이 큐빅 산을 넘어 등장한다.

승진   드디어 도착했어. 우리가 드디어….

웅장한 음악이 들려오기 시작한다.

시훈   전 세계에 이름 모를 전염병이 창궐하고 그저 살기 위해 몇 년
         을 지하에서 숨어 지냈는데… 대장이 옳았어. 모두 다 끝났다
         고 생각했는데….
승진   저곳이 대장이 말하던 그 곳 맞죠? 엘도라도! 우리를 구원해

줄 희망의 도시!

시훈　　그래.

승진, 뒤쪽을 향해 외친다.

승진　　여기야! 빨리! 엘도라도를 찾았어!

미림, 도형, 채경, 혜인, 세희가 큐빅 섬을 넘어 등장하기 시작한다.

미림　　여기였어.
도형　　이제 살았어.
채경　　그래.

모두 한참을 바라본다.

승진　　(무언가 발견하고) 저, 저기! 누군가 우릴 보고 손을 흔들고 있어!

모두 손을 흔든다. 하지만 선뜻 다가가지 못한다.

혜인　　여긴 안전하겠지?
세희　　제발 그러길.
승진　　자, 이제 어떡하지?
도형　　대장이 결정해야지.

모두 시훈을 바라본다.

혜인　　그래. 이제 네가 우리의 대장이니까.

미림　　결정해. 오빠.

잠시 고민하던 시훈.

시훈　　진석 대장이라면 어떻게 했을까?

승진　　갔겠지. 손 흔드는 저 사람을 향해.

혜인　　그래, 아무것도 하지 못하던 우리를 여기로 데려온 사람이니
　　　　까.

미림　　그랬겠지.

시훈　　우리는 두려워했어. 부모, 형제, 친구… 사랑하는 많은 이들을
　　　　눈앞에서 잃었기 때문이야. 하지만 대장은 우리에게 가르쳐주
　　　　었어. 모든 게 사라지고 남은 것 하나 없었지만 포기하고 좌절
　　　　하기엔 아직 이르다는 걸. 그래, 어쩌면 지금이 새로운 인류의
　　　　새로운 시작일지도 몰라. 가자. 다시 시작하자. 우리를 위해
　　　　희생한 대장을 위해서라도 난 나아가겠어.

승진　　나도.

미림　　좋아.

도형　　(채경에게) 가자.

혜인　　언니.

세희　　응.

모두 고개 끄덕이며 객석을 바라보며 암전.
박수소리와 함께 객석에서 나연이 외친다.

나연(소리)   커튼콜 갑니다. 조명 주세요!

무대 밝아지면, 모두 커튼콜. 나연, 박수친다. 그제야 리허설이었음을 관객도 알게 된다. 진석, 등장해 커튼콜 함께 한다. 나연, 무대 위로 올라간다.

나연   오케이! 모두 모이세요. (오퍼실 향해) 지금 관객 입장 몇 분 전이죠?

오퍼실에서 누군가 외친다. "5분 전입니다!"

나연   자! 관객 입장 5분 전이에요. 시간이 없으니까 코멘트는 제가 따로 전달할게요! 5분 후에 파이팅 하겠습니다! 빨리 준비하세요!

모두   네!

배우들, 분주하게 공연준비 시작하고 나연은 배우와 스텝들에게 리허설에서 체크한 부분을 각자 전달하느라 정신없다. 5분 동안 리얼하게 공연 준비하는 모습을 사실적으로 보여준다. 어느 순간, 객석에서 성찬이 등장한다.

성찬	준비 잘 하고 있나?
모두	안녕하세요.
나연	선배님! 오셨어요?
성찬	응, 안녕! 난 뭐 계속 인사만 하는 거 같아. 대표님은?
나연	아직요.
시훈	대표님만 계속 찾으시는 것 같네요.
성찬	아, 이 형 정말 연출이 자꾸 어딜 가는 거야? 얘들아, 나 신경 쓰지 말고 준비해. 나 객석에 앉아 있을게.

성찬, 객석 빈 곳에 앉고 정신없는 5분의 시간을 다 보내고 나면, 나연의 핸드폰이 울린다.

나연	(전화 받고) 네, 대표님! 아, 진짜요? 안 돼요. 너무해요. 네, 알겠습니다. 시작 전엔 오시는 거 맞죠? 네네! 준비하겠습니다. (전화 끊고 시간 확인하더니) 자, 다들 모여주세요. 파이팅 하겠습니다!

의상 차려입고 분장 마친 배우들 무대로 모인다.

나연	다 모였나요?
모두	네.
나연	방금 대표님이랑 통화했는데 먼저 파이팅하고 관객 입장하라고….
채경	이럴 줄 알았어.
시훈	첫 공연인데 너무 하신다 진짜!

진석	이번 공연하면서 복만 형 얼굴을 볼 수가 없네. 정말.
나연	거의 다 오셨대요. 다들 소품 체크 했죠?
미림	앗! 진석 선배님, 스카프요!
진석	아, 맞다. 스카프! (시훈에게) 네가 하고 있었잖아.
시훈	아까 바로 줬잖아요. 형한테.
진석	아, 맞다. 어디다 뒀지?
미림	짠! (품에서 스카프를 꺼내며) 화장실에 놓고 가셨던데요.
나연	(노려보고) 오빠.
진석	미안, 미안. 아 내 정신… 아까 화장실 갔다가….
나연	자, 시간 없어! 손 모으시고!

모두 손 모은다.

세희	(오퍼실 향해) 조명오퍼, 음향오퍼! 오세요!
나연	그래! 빨리 와!
혜인	진행 도우미도 오세요!

실제로 조명오퍼, 음향오퍼 등의 모든 스텝 단원들 무대로 올라가 합류한다.

나연	진석 오빠, 연출님 안 계시니까 한마디!
진석	에이, 조연출이 해야지.
나연	오빠가 해줘. 나 이런 거 못해.
진석	알았어. 첫 공연이니까 긴장하지 말고….

그때 객석에서 들리는 소리.

복만   뭐야? 뭐야? 나 빼고 파이팅 하는 거야?

승진   연출님이다!

도형   빨리, 빨리!

성찬   형!

실제 연출이 객석에서 등장해 무대로 올라간다.

나연   연출님! 한 말씀!

실제 연출이 한마디 한다. 그 한 마디는 현장에서 라이브로 연출에게
맡긴다. 모두 다 같이 파이팅 외친 후, 모두 퇴장한다. 실제 연출이
나연에게 말한다.

연출   나연이, 수고했다.

연출, 퇴장한다. 무대 위에 나연 혼자 남는다.

나연   우리는 극단 시체들입니다. 우리는 연극을 하고 있습니다. 여
기 무대에서. 우리가 연극을 하고 있다는 것을 아는 사람은 많
지 않습니다. 맞습니다. 어쩌면 죽어있는 것처럼 보일 수도 있
습니다. 시체들처럼요. 하지만 우리는 살아있습니다. 숨을 쉬
고 있습니다. 우리는 계속 호흡할 것입니다. 우리만의 호흡법

을 익힐 때까지 그렇게 계속 나아갈 것입니다. 언제나 늘 그래 왔듯이. 하우스 음악 주세요!

서서히 막.

시체들의 호흡법

밀정리스트

건달은 개뿔

불편한 너와의 사정거리

타임택시

건달은 개뿔

등장인물

박춘배	남, 38세. 복수를 꿈꾸는 자.
구영창	남, 38세, 춘배의 친구이며 배신자.
김덕만	남, 35세, 보스의 오른팔.
유회장	남, 47세, 피라미파 조직의 보스.
제임스	남, 48세, 구룡파 보스.
만복이	남, 42세, 피라미파 중간 보스.
여희	여, 35세, 팜므파탈의 여인.
피라미들	뺀찌, 쌍칼, 오함마
구룡파들	용이, 향이
변사	극을 안내하는 인물.
그 외	양아치, 용팔이, 노가리, 사시미

때

현재

장소

대한민국, 서울

프롤로그

바닥에 사각형의 라인이 그려져 있고 주위에 큐빅이 둘러있다. 극이
시작되면 변사가 등장한다.

변사   누아르의 뜻! 범죄와 폭력 세계의 비정한 삶을 다룬 범죄물.
건달의 뜻! 하는 일 없이 빈둥빈둥 놀거나 게으름을 부리는
짓. 또는 그런 사람. 그런데 주먹 좀 쓴다 하는 놈들의 세계에
선 건달이 멋진 사나이 중의 사나이의 의미로 사용되기도 함.
그럼, 여기서 배우 등장!

배우들, 등장하여 큐빅 위에 앉는다.

변사   자, 그럼 이렇게 썰만 풀 것이 아니라 도대체 뭐 누아르 연극을
한다는 건지 어디 한번 까보기 전에! 주의사항! 이 공연에 등장
하는 흉기들은 특수 제작된 매우 안전한 소품들이니 걱정하지
마시길! 또한 등장인물의 성격상 과도한 욕설이 난무하더라도
현실적인 연기를 위함이니 너그러이 이해해주시길 바라며 불
쾌해하지 마시길! 자! 그럼 건달은 개뿔! 진짜로 까보자!

큐빅에 앉아있던 배우들 두 패로 나뉘어 서로 대치한다. 한쪽에는 피
라미파(만복이, 뺀찌, 쌍칼, 사시미, 영창)가 반대편 쪽에는 구룡파(용이, 향이)
가 있다. 만복이의 외침과 동시에 싸움이 시작된다.

만복이   덮쳐!

싸움이 연속적으로 펼쳐지며 전체 싸움의 주요 장면만 보여준다. 마지막에 제임스가 만복이를 제압하는 장면으로 이어진다.

만복이   (겁에 질려) 잠깐만… 잠깐만!

춘배가 등장한다.

박춘배   (만복이를 향해) 형님!

이어서 유 회장이 등장하여 총으로 제임스를 쏜다. 쓰러지는 제임스. 연속적으로 용이와 향이에게 총을 쏘는 유 회장. 용이와 향이 쓰러진다.

제임스   유 회장!

탕! 제임스의 머리를 향해 총을 쏘는 유 회장. 그대로 죽는 제임스.

박춘배   형님, 이렇게까지….
유회장   춘배야.
박춘배   예?
유회장   1년만 푹 쉬다 와. 금방 빼줄 테니 걱정하지 말고.

유 회장, 총을 춘배에게 건네주고 퇴장한다. 영창, 춘배와 눈이 마주치자 시선 피하며 전환. 무대 밝아지면 가운데 홀로 서 있는 춘배. 어딘가에서 울려 퍼지는 소리.

"이름 박춘배. 특수폭행, 살인 혐의로 징역 10년에 처한다."

박춘배   뭐? 10년! 10년이라고? 안돼⋯ 안돼!

당황한 표정의 박춘배. 변사가 등장해 외친다.

변사   1장! 춘배의 심판!

1장 — 춘배의 심판

장면1.

교도관 가방을 던져주고 나간다. 교도소 철문이 열렸다 닫히는 소리. 춘배가 가방을 들고 서 있다. 나레이션 소리와 대사가 뒤섞여서 들린다.

박춘배   (소리) 싸늘하다. 나를 반겨주는 것은 오직 바람과 낙엽뿐. (대사) 내 나이, 서른일곱. 운명을 거슬러야 한다면 기꺼이 거슬러야

하고 심판할 자는 반드시 심판해야 한다. (소리) 그 또한 내 운명을 거부하는 것이며 나를 스스로 심판하는 것이다.

춘배, 퇴장하고 영창이 등장하여 무대 가운데 선다.
엘리베이터 문 열리는 소리.
영창이 통화하며 엘리베이터 밖으로 나온다.

구영창 준비 다 됐어? 오늘 VIP들 잘 모셔야 해. 특히 박 사장이랑 김 검사는 특별히….

춘배가 들어와 구영창과 마주친다.
멈칫하고 자세히 바라보는 구영창.

구영창 (통화 끊으며) 너… 박춘배!

박춘배 오랜만이다.

구영창 야! 언제 나왔어? 나오면 나온다고 연락 좀 하지! 반갑다. 이게 얼마 만이지? 한 7년 됐나?

박춘배 10년.

구영창 아, 벌써 그렇게 됐구나. 10년이라! 고생 많았다.

박춘배 얘기 들었다. 형님들 은퇴하고 네가 이제 넘버2 라며?

구영창 그게… 뭐 그렇게 됐다. 너 들어가고 나서 이런저런 일이 많았어. 회오리파, 에네르기파, 쪽파, 대파… 하여튼 싹 다 정리하면서 형님들 칼 맞고 대가리 터지고 뭐… 말도 마라. (건물 올려다보며) 어때? 회사 많이 커졌지? 여기서 이러지 말고 우리 어디

가서 소주나 한잔할까?

박춘배	회장님 안에 계시지?

건물 안으로 들어가려는 춘배를 붙잡는 영창.

구영창 잠깐만. 회장님이 지금 좀 바쁜 일이 있으셔서… 다음에 인사
드리는 게 어때?

박춘배 회장님한테 볼일이 좀 있어서….

구영창 그래? 같이 가자. 친구야.

영창이 앞서서 안내한다. 둘 사이의 묘한 긴장감. 엘리베이터 문 열
리는 소리. 엘리베이터가 네모난 조명으로 표현되고 그 안에 춘배와
영창이 타고 있다. 말없이 앞만 바라보고 있는 두 사람.

박춘배 영창아.

구영창 어?

박춘배 왜 그랬냐?

구영창 뭐가?

박춘배 친구끼리 그러면 안 되는 거잖아. 아무리 생각해도 널 용서할
수가 없다.

구영창 무슨 소리야?

박춘배 날 왜 배신한 거냐?

구영창 배신이라니….

갑자기 품에서 칼을 꺼내 드는 영창, 춘배를 뒤에서 찌르려고 한다.
엘리베이터 안에서 둘의 사투가 시작된다. 어느 순간, 서서히 암전된
다. 무대 밝아지면 영창의 가슴에 칼이 꽂혀있고 춘배가 엘리베이터
밖으로 나온다.

박춘배   (소리) 느껴라. 욕망을 위해 친구를 버린 고통을 만끽해라. 밀려
         드는 후회는 온전히 너의 몫이다.

         어둠 속에서 엘리베이터 열리는 소리가 들린다. 엘리베이터 문 닫히
         는 소리 들리고 퇴장하는 춘배.

         장면2.

         피라미파의 뺀찌, 쌍칼, 오함마가 등장해 누군가를 기다린다. 춘배가
         등장해 그들과 마주친다.

뺀찌   오랜만입니다. 형님.
박춘배   뺀찌구나? 누군가 했네.
쌍칼   춘배형! 잘 지냈어? 감방에서?
박춘배   쌍칼, 면회 좀 오지 그랬냐.
쌍칼   그러게. 우리가 좀 많이 바빴네.
박춘배   (오함마를 보고) 넌 처음 본다?
오함마   반갑습니다. 형님. 오함마 인사드리겠습니다.
박춘배   오함마. 허허. 참. 도대체 너희들 이름은 왜 다 그 따구냐?

오함마	말씀 많이 들었습니다. 이빨 빠진 호랑이 새끼 한 마리 기어 나
	온다던데….
빼찌	함마야, 형님들 얘기하는데 어디서 끼어들고 있어.
오함마	죄송합니다.
빼찌	(춘배에게 다가가) 이빨 빠진 호랑이, 이제 필요 없는데. 무슨 일로
	오셨습니까?
박춘배	회장님, 안에 계시지?

춘배, 뚫고 지나가려는데 앞을 막아서는 오함마와 쌍칼.

빼찌	오늘은 좀 곤란한데. 회장님이 바쁘셔서.
박춘배	비켜라. 죽고 싶지 않으면.
쌍칼	어쩌지? 죽기는 싫은데 비키기도 싫어서.

춘배, 돌아서다 갑자기 쌍칼을 공격하며 싸움이 시작된다. 어느 순
간, 모두 느리게 움직이며 춘배의 소리가 들린다.

박춘배	(소리) 그래, 지켜야겠지. 여기가 너희들의 전부니까. 나도 여기
	가 전부였던 시절이 있었다. 그런데 아니더라. 의리? 명령?

다시 싸운다. 어느 순간, 다시 느리게 움직이면 소리가 들린다.

박춘배	(소리) 너희는! 구더기다. 뇌도 없고 그저 숨만 쉬며 뒹굴거리는
	구더기!

싸움 계속 이어진다.

박춘배   싹 다 태워주마. 이 더러운 구더기들아!

다시 싸우기 시작하고 어느 순간, 느린 움직임 반복.

박춘배   (소리) 더럽다. 구더기들을 처리하며 묻을 수밖에 없는 내 손의
촉감이. 나에게 달려드는 이 구더기들의 악에 받친 모습들이
추악하고 혐오스럽다.

다시 싸우기 시작하고 어느 순간, 느린 움직임 반복.

박춘배   (소리) 가장 더러운 것은 내가 이 구더기들과 이 똥통에서 함께
살아왔다는 것이다.

다시 싸운다. 춘배가 오함마의 허리를 꺾자 비명을 지르는 오함마.
이어서 춘배가 쌍칼의 얼굴을 무차별적으로 가격하자 도망가며 외치
는 쌍칼.

쌍칼   잠깐만, 잠깐만! 지금까지 테스트였습니다! (바닥에서 뒹굴거리는
오함마를 보며) 우리 함마 허리 어떡해요? 저희가 졌습니다. 안으
로 들어가시죠. (춘배 들어가려고 하는 순간, 품에서 칼을 꺼내 덤비며) 가
긴 어딜 가!

춘배, 방어하며 칼을 막고 쌍칼의 눈을 손가락으로 찌른다. 고통스러워하는 쌍칼.

쌍칼   아악! 내 눈! 내 눈!

겁에 질려 쳐다보는 뺀찌가 떨어진 칼을 주워 춘배를 공격하려다 눈이 마주치자 깜짝 놀라 칼을 던져버리고 아픈 척 다시 드러눕는다.

박춘배   야.
뺀찌   예?
박춘배   이리 와.

뺀찌가 춘배에게 다가가 열중쉬어 자세를 취한다. 춘배가 다시 뒤돌아 가려는 순간, 뺀찌가 춘배에게 달려든다. 다시 방어하고 뺀찌의 팔을 붙잡는 춘배.

뺀찌   잠깐만, 팔! 팔!

결국, 춘배는 뺀찌의 팔을 부러뜨린다. 비명을 지르는 뺀찌.

박춘배   꺼져라. 구더기들에게 인간의 몸뚱이는 과분하다.

춘배 퇴장한다. 뺀찌와 쌍칼, 오함마 고통에 겨워 뒹굴거리며 암전.

장면3.

기계음으로 문이 열리는 소리. 유 회장과 김덕만이 춘배를 기다리고
있다.

박춘배   회장님.

유회장   춘배야. 결국 이렇게 만나네. 궁금하겠지. 너한테 왜 그랬는
         지. 나 대신 왜 네가 징역을 살아야 했는지, 왜 너에게 누명을
         씌웠는지, 그게 왜 하필 너였는지! 그 대답이 듣고 싶은 거지?

박춘배   아니. 하나도 안 궁금한데.

유회장   그럴 리가. 10년을 그 안에서 썩으면서 얼마나 이를 갈았을지
         내가 모를 것 같아?

박춘배   그래서 교도소에서 그렇게 나를 죽이려고 애들을 풀었냐?

유회장   그게 무슨 소리지? 난 모르는 일인데? 오해가 있었던 모양이
         다. 춘배야.

박춘배   오해? 교도소에서 날 죽이려 했던 놈이 있었거든? 끝까지 말
         안 하다 입이 찢어지기 직전에 불더라고. 유 회장. 네가 시켰
         다고.

김덕만   아닌데. 내가 시켰는데.

박춘배   넌 뭐야? 처음 보는 놈은 빠져라. 죽고 싶지 않으면.

김덕만   초면에 이놈 저놈 하는 꼴을 보니 형님도 크게 될 분은 아닌 것
         같습니다.

박춘배   유 회장 시다바리하는 놈한테 이놈 저놈 하지 무슨 말이 필요
         할까?

김덕만	좋은 말도 많은데 시다바리라뇨?
박춘배	잘 들어. 내가 10년간 감방에서 가장 많이 뱉은 말이 뭔 줄 알아? 내가 왜 그렇게 살았을까! 내가 왜! 너도 곧 그렇게 될 거야.
김덕만	건달이 뭐라고 생각하십니까?
박춘배	뭐?
김덕만	저는 폼이라고 생각합니다. 그런데 말입니다. 형님은 폼을 잃었어요. 건달의 자격을 상실한 거죠.

유 회장의 핸드폰이 울린다.

유회장	덕만아.
김덕만	예, 회장님.
유회장	대충 빨리 끝내.
김덕만	예.
유회장	(전화 받고) 왜?
김덕만	한 가지 더.
유회장	저녁?

덕만이 춘배와의 결투를 위해 겉옷을 벗기 시작한다.

김덕만	누구나 화려한 복수를 꿈꾸죠. 그런데 그 복수라는 게… 응?

춘배의 날아 차기 한방에 쓰러지는 덕만. 유 회장, 뒤돌아 통화하다

덕만을 본다.

유회장   야, 덕만아. 너 짬뽕 먹을… (쓰러져있는 덕만을 보고 다시 통화하며)
          하나만 시켜. 하나만 시키라고! (통화 끊고 다시 춘배에게) 이야, 살
          벌하네. 살벌해.

춘배가 유 회장에게 달려들고 유 회장이 총을 꺼내어 춘배의 다리를
쏜다. 비명을 지르며 쓰러지는 춘배.

유회장   깜짝이야. 이 새끼 이거… 싸움 좀 한다고 기고만장하더니 빌
          빌대는 꼴 좀 보게. 춘배야. 네가 열아홉 살 때 날 찾아왔잖아.
          조직에 들어오고 싶습니다! 이러면서. 사나이들의 세계! 받아
          만 주시면 뭐든 시키는 대로 열심히 하겠습니다! 기억나? 그래
          서 난 그냥 시킨 거야. 그런데 이제 와서 왜 지랄이니? 응? 그
          때 그냥 누명 씌워서 죽여 버릴걸! 그랬으면 이런 일 없었을 텐
          데. 하여튼 이 정이란 게 문제야. 정 때문에 항상 일을 그르쳐.
          할 수 없지. 이제라도 가라.

다시 총을 쏘려는 유 회장. 순간, 춘배가 날렵하게 피하며 유 회장과
몸싸움을 하기 시작한다. 결국, 춘배가 유 회장의 발등을 쏘고 총을
빼앗아 겨눈다.

유회장   잠깐만! 잠깐만! 추, 춘배야… 난 그래도 널 살려줬어. 널 그때
          죽일 수도 있었는데 살려줬다고! 생각해봐. 그래도 널 이만큼

키워준 사람이 누군지! 나야! 그런데 실컷 키워줬더니 은혜도 모르고 날 죽이겠다고? 사나이들의 세계에 들어오고 싶다고 먼저 찾아온 게 누군데!

박춘배 (소리) 그래… 그랬었지. 사나이들의 세계. 허세에 도취해 약자를 억압하고 착취했지! 짐승보다 못한 인간이 되어 많은 이들을 괴롭히고 불행하게 만들었지.

유회장 춘배야. 내가 이렇게 사과할게. 내가 나쁜 새끼다. 내가 죽일 놈이야! 미안하다. 진짜 내가 미안해. 우리 이거 다 없던 일로 하자. 우리 좋았잖아. 네가 나 친형처럼 좋아했잖아. 총 내려놔. 우리 건달이잖냐.

박춘배 건달?

유회장 그래, 건달! 건달끼리 이러지 말자. 응?

박춘배, 총 내려놓고 실성한 듯 웃기 시작한다.

박춘배 그래, 그랬지.

유회장 그래! 우리 그랬잖아! 너 생각나는구나?

박춘배, 계속 웃고 있지만 눈에선 눈물이 흐른다.

박춘배 하하하. 맞아.

유회장 그래 인마!

박춘배 그땐 그런 게 건달인 줄 알았으니까. 하하하.

유회장 너 왜 그렇게 웃고 그러냐. 무섭게. 아무튼 나 안 쏠 거지? 춘배야?

춘배는 계속 웃는다. 실성한 듯, 미친 듯이.

유회장   그만 웃어. 그만 좀 웃으라니까. 너 계속 웃을 거면… 난 갈게.
           응? 춘배야, 나… 간다? 고맙다.

유 회장, 퇴장하고 춘배가 유 회장을 따라 나간다. 이어서 세 발의 총
소리가 들리고 비명 들린다. 다시 비틀거리며 등장하는 박춘배. 무대
가운데에서 쓰러진다.

박춘배   건달은… 개뿔.

자기 머리에 총을 쏘고 그대로 쓰러져 죽는 춘배. 변사, 등장해 외친
다.

변사   2장! 영창의 배신!

암전.

2장 — 영창의 배신

장면1.

용팔이   잡아!

노가리   거기 서!

용팔이   야 이 새끼야!

교복을 입은 열아홉 살의 구영창이 쫓기듯 등장한다. 막다른 골목에
몰린 듯 당황하는 구영창. 이어서 쫓아오는 용팔이, 노가리가 영창을
발견 못 하고 뛰어서 지나간다. 구영창, 다시 달아나려는데 뒤쫓아
온 양아치가 영창을 발견한다.

양아치   형! 이 새끼 여기 있어!

구영창, 도망가려는데 양아치가 영창을 붙잡고 막아선다. 노가리와
용팔이 되돌아오며 구영창, 궁지에 몰린다.

노가리   헉헉. 달리기 잘하네?

용팔이   어유, 숨차. 쟤 맞아?

양아치   맞아. 이 새끼 말고 한 새끼 더 있는데.

용팔이   우선 저 새끼 먼저 조지지 뭐.

양아치   넌 이제 죽었다.

구영창	치사하게 형을 데려오냐?
양아치	너 우리 형 누군지 모르지? 유명한 조폭이시다.
용팔이	하하하. 어훙!
구영창	아, 그러서? 조폭이고 뭐고 다 덤벼.
노가리	어린놈의 새끼가 겁이 없네.
용팔이	어디 한두 군데 부러져봐야 정신 차리지. 응?

용팔이를 향해 달려드는 영창. 용팔이와 노가리가 2:1로 영창을 때려 눕힌다.

| 용팔이 | 이 새끼가 뒤질라고! |

용팔이가 영창을 다시 때리려는데 지나가던 만복이가 이들을 발견한 다.

| 만복이 | 어이! 용팔이냐? |

만복이를 보고 깜짝 놀라서 90도로 인사하는 용팔이와 노가리.

노가리	형님!
만복이	노가리도 있었네?
용팔이	안녕하십니까!
만복이	너희 여기서 뭐 하냐?
용팔이	(순한 양이 되어) 별거 아닙니다. 그냥 어떤 새끼 좀 혼내주고 있

었습니다.

만복이   왜?

용팔이   (영창을 가리키며) 그러니까 이 새끼가요… (양아치에게) 야, 너 이리
         와봐. (만복이에게) 얘가 제 동생인데요… (양아치에게) 인사드려.
         우리 형님이셔.

양아치   (엉거주춤) 안녕하세요.

용팔이   똑바로!

양아치   (꾸벅) 안녕하세요!

만복이   그런데?

용팔이   (영창이 가리키며) 그러니까 이 새끼가 제 동생을 때려서요… 저
         희가 좀 혼내주고 있었습니다. 예. 하하하.

만복이   용팔아.

용팔이   예?

만복이   (주먹으로 용팔이의 가슴을 치며) 용팔아. 이런 고삐리 한 놈을 셋이
         서… 우리가 깡패냐?

용팔이   아닙니다.

만복이   깡패야?

용팔이   아닙니다!

만복이   이 한심한 새끼들. 니네 어디 가서 피라미파라고 하지 마. 저
         기… 구룡파라고 해. 알겠어?

용팔이   예.

만복이   (노가리에게) 너도 이리 와. 새끼야.

용팔이가 노가리의 정강이를 걷어차고 노가리, 아파한다. 그때 춘배

가 등장한다.

박춘배　니네 뭐냐?

양아치　형! 저 새끼야! 이 새끼랑 나 같이 팬 새끼!

만복이　넌 또 뭐냐?

박춘배　치사하게 4대1로 싸우냐?

만복이　(손가락으로 짚어가며 세어보고) 응? 난 아닌데?

박춘배　(무시하고 영창에게 여유 있게 다가가며) 영창아, 괜찮냐?

구영창　어. 뭐 하러 왔어?

박춘배　친구니까. 다쳤어?

구영창　괜찮아.

박춘배　쉬고 있어. 내가 알아서 할게.

구영창　너 혼자?

만복이　알아서? 뭘 알아서?

박춘배　4대1이든 10대1이든 상관없으니까 다 덤벼.

만복이　난 아니라니까!

박춘배　닥쳐!

달려드는 춘배.

만복이　(여유 있게 피하며) 어쭈, 어쭈!

만복이는 뒤로 물러나서 구경하고 노가리, 용팔이와 2대1로 싸우는
춘배.

춘배와 영창이 힘을 합해 모두 제압하고 구경하던 만복이가 손뼉 치
며 좋아한다.

만복이   이야, (춘배에게) 네가 잘한다. 네가 잘해!

춘배와 영창이 만복을 노려보며 다가온다.

만복이   뭐야? 아, 2대 1? 괜찮겠어? 누구 먼저?

영창이 먼저 만복에게 달려들고 여유 있게 제압하는 만복.

박춘배   영창아!

이어서 달려드는 춘배도 제압하는 만복, 춘배에게 싸대기를 연속으
로 때린다.

만복이   (때리고) 느려. (때리고) 느려! (때리고) 느리다고.
구영창   춘배야!

달려드는 영창을 뒤돌아차기 한 방으로 기절시키는 만복. 그제야 전
의를 상실하고 바라보는 춘배.

만복이   꿇어.
박춘배   ….

| 만복이 | 꿇어. 이 새끼야. |

춘배, 무릎을 꿇는다.

| 만복이 | 너 좀 하는구나? (명함 꺼내어 툭 던지며) 생각 있으면 연락해. 나 아무한테나 명함 안 준다. (노가리와 용팔이에게) 따라와. 이 새끼들아. |
| 용팔이 | 예, 형님. |

유유히 퇴장하는 만복이. 용팔이, 노가리, 양아치 따라서 퇴장한다.

| 박춘배 | 괜찮냐? |
| 구영창 | 응. 괜찮아. |

영창, 명함을 주워 살펴본다.

| 박춘배 | 그거 뭐냐? |

명함을 유심히 살펴보는 두 사람.

장면2.

영창과 춘배, 옥상에서 대화 중이다.

구영창	이야, 야경 죽인다. 이 동네가 좀 못 살아도 경치 하난 끝내 줘. 그렇지?
박춘배	….
구영창	어떡할 거야?
박춘배	뭘?
구영창	연락할 거야?
박춘배	명함?
구영창	어.
박춘배	몰라.
구영창	하여튼 새끼… 깡이 없어서… 그냥 하자. 까짓거. 우리도 해보자. 건달.
박춘배	….
구영창	아까 그 형 봤잖아. 싸움 졸라 잘하더라. 멋있지 않냐?
박춘배	말이 건달이지 조폭이야.
구영창	춘배야. 우리 졸업하고 할 것도 없잖아. 피라미파야. 완전 유명해. 동대문, 종로 꽉 잡고 있다고! 용문고 짱 먹은 형이랑 경기상고 짱도 거기 들어갔대. 그런 피라미파가 우리한테 스카웃 제의를 한 거라고.
박춘배	뭐 어쩌라고?
구영창	머리가 안 돌아가냐? 우리 인생에 진정한 기회가 온 거라고. 우리도 사나이답게! 폼나게 살아보자!
박춘배	폼은 지랄… 어떻게? 뭐… 양복 빼입고 벤츠 타고?
구영창	그렇지! 팔목에 롤렉스 딱 차고! 금목걸이 빡 하고!
박춘배	미친 새끼.

구영창	어디 그뿐이야? 룸빵 가서 연예인보다 더 예쁜 계집애들 옆에 딱 끼고! 발렌타인 20년산 뒤지게 처마시고! 돈 뿌리고 노는 거야. 씨팔! 인생 뭐 있냐?
박춘배	네가 인생이 뭔지는 아냐?
구영창	모르지. 그러니까 겪어봐야지.
박춘배	겪어보고 아니면?
구영창	관두면 되지.
박춘배	….
구영창	그렇지? 내 말 맞지?
박춘배	일리는 있네.
구영창	그럼 베팅하자.

고민하는 춘배.

구영창	춘배야. 응? 응? 응?
박춘배	진짜 확….
구영창	알았어. 하지 마. 하지 마.
박춘배	콜.
구영창	(화색) 오케이!

영창과 춘배, 하이 파이브 한다. 암전.

장면3.

유 회장, 가운을 몸에 걸친 채 앉아있고, 여희가 유 회장의 뒤에 서서 어깨를 마사지하고 있다. 만복이와 사시미 등장한다. 뒤이어 영창과 춘배가 따라온다.

만복이   회장님, 제가 말씀드린 놈들입니다.

유 회장, 손짓하자 영창과 춘배가 유 회장 앞에 서서 인사한다.

춘배,영창   처음 뵙겠습니다!

구영창   구영창이라고 합니다.

박춘배   박춘배라고 합니다!

유회장   열아홉이라고?

춘배,영창   예!

유회장   그래서?

박춘배   예?

유회장   그래서 뭐?

춘배와 영창, 머뭇거리는데 만복이가 눈치 주자 다시 외친다.

박춘배   조직에 들어오고 싶습니다!

유회장   꼬마야. 너 조직이 뭔지 아니?

박춘배   사… 사나이들의 세계요!

구영창   받아만 주시면 뭐든 시키는 대로 열심히 하겠습니다!

유회장   여희야.

여희	네, 회장님.
유회장	네가 보기엔 어때?
여희	(잠시 살펴보더니) 귀여운데요?

유 회장, 영창과 춘배에게 다가간다. 긴장하는 두 사람.

유회장	난 말이야. 함부로 사람을 들이지 않아. 사람은 겪어보지 않으면 알 수가 없거든. 방금 한 말 행동으로 증명해 봐.
춘배,영창	열심히 하겠습니다!

유 회장, 퇴장한다.

만복이	들어가십시오. 형님.

여희, 따라 나간다. 영창과 눈이 마주친다. 여희의 뒷모습을 한참이나 바라보는 영창. 만복, 지갑에서 카드를 꺼내 사시미에게 준다.

만복이	애들 옷 좀 사 입혀.
사시미	예, 형님.
만복이	(춘배의 등을 두드리며) 잘해봐.

만복, 퇴장한다.

장면 3-1

유 회장과 여희, 어딘가에서 대화 중이다.

여희   아까 걔네들 너무 어리지 않아요?

유회장   다 그렇게 시작하는 거야. 그놈들 눈빛이 마음에 들어.

여희   또 그놈의 눈빛. 그럼, 제 눈빛은요?

유회장   말해 뭐해.

유 회장, 여희에게 뜨겁게 키스하며 암전.

장면4.

무대가 두 공간으로 나뉘며 영창과 춘배의 독백이 각각 반복적으로
이어진다. 점점 건달의 세계에 익숙해지는 영창과 춘배의 모습.

영창, 빌려준 돈 받으러 온 상황.

구영창   아이쿠, 사장님! 얼굴 뵙기가 이렇게 힘들어서야 원. 날짜가 벌
                써 한참을 지났는데 뭐야. 설마 아직도 돈을 못 구했어? 어쩌
                려고 이래 진짜! 사장님, 각서 쓰고 싶어? 뭐기는! 신체 포기각
                서지. 좋게, 좋게 해결합시다. 예?

춘배, 나이트 진상 처리하는 상황.

박춘배   사장님! 취하셨으면 이만 들어가셔야죠. 남의 영업장에서 깽

판 치지 마시고… (한 대 맞은 듯) 아! 이 양반이 말로 하니까… (멱살 잡고) 자, 이제부터 쌍방입니다.

춘배, 누군가 때리는 시늉하며 퇴장. 이어서 영창이 룸살롱에서 행패 부리는 장면.

구영창   너 이름이 뭐냐? 화란이? 오빠랑 연애 한번 하자. 응? 발렌타인? 시켜! 20년? 아니 500년짜리 시켜! (앞을 보고) 뭐야? 화란이 왜? 미친… 화란이 지금 나랑 있는 거 안 보여? 여기가 구룡파 구역이면 뭐? 난 피라미파 구영창이야. 야, 실장 오라고 해! 실장 부르라고!

춘배, 길거리 포장마차 철거하러 왔다가 옛 선생님을 만난다.

박춘배   여기냐? 머저리들이 포장마차 하나 처리 못 해서. (누군가에게) 사장님! 여기 자릿세 안 내시면 장사 못하시는… (멈칫하고 다시 얼굴 확인하고) 선생님… 선생님이 왜 여기… (무리에게) 철수해. 철수하라고. 선생님 잘 지내셨죠?

장면5.

영창과 춘배, 옥상에서 대화한다.

구영창   진짜라니까. 나 일부러 깽판 치러 간 거야. 시비 걸러. 전쟁하려면 명분이 있어야 할 거 아냐. 그래서 내가 일부러 간 거야. 명분 만들려고.

박춘배   왜 전쟁해야 하는데?

구영창   뭐?

박춘배   구룡파랑 왜 그래야 하냐고.

구영창   너 바보냐? 전쟁을 왜 하긴. 걔네 관리하는 업소 우리가 다 먹으면….

박춘배   이게 네가 원하던 거야?

구영창   뭔 소리야?

박춘배   사나이들의 세계? 폼나게 사는 거?

구영창   너, 뭔 일 있었냐?

박춘배   아냐. 됐다.

구영창   너 어제 그 중딩 때 담임… 그 선생 때문에 그러는 거야?

박춘배   ….

구영창   새삼스럽게 시팔… 그런 적 한두 번이야? 난 자릿세 받으러 갔다가 전 여친도 만났다. 닥치는 대로 던지고 부수고 막 그러고 있는데 누가 딱 들어오더니 "아빠! 니네 뭐야!" 그러는데 어? 목소리가 익숙하네? 딱 봤지. 두둥! 전 여친인 거지. 어떡해? 카악 퉤! 차라리 잘됐다. 그년 나 찼을 때 어디 잘 사나 보자! 내가 그랬거든. 좆도 시팔! 꼴좋다! 그래서 더 때려 부쉈지. 크크큭! 야, 쌍칼 새끼는 어릴 때 집 나간 엄마도 만났대. 졸라 웃기지 않냐? 크큭!

박춘배   ….

구영창   (경치 보며) 이야, 그리고 보니 이 옥상 진짜 오랜만이네. 야경 하

나는 여기가 죽어! (어깨동무하며) 너랑 나랑 여기서 우리 건달 되
자고 결심했잖아.

박춘배   ….

구영창   벌써 6년 전인가?

박춘배   ….

구영창   춘배야. 조금만 더 가보자. 인생 뭐 있냐? 사나이답게! 폼나게
살다 폼나게 가는 거지. 폼생폼사! 몰라?

박춘배   (가면서) 연락할게.

구영창   춘배야, 나 너한테 고백할 거 있다.

박춘배   뭔데?

구영창   나… 여희 좋아한다.

박춘배   누구?

구영창   여희.

박춘배   (흠칫 놀라) 미친 새끼….

구영창   사실 처음 봤을 때부터 반했었어.

박춘배   돌았냐? 회장님 여자야.

구영창   알아. 그래서 지금까지 너한테 말도 못 하고 조용히 짜져 있었
잖아.

박춘배   그런데 지금은 왜 말해?

구영창   (눈치 살피며) 여희도 나 좋아하는 거 같아.

박춘배   돌겠네. 너 그러다 뒤져. 병신아.

구영창   알아. 나도.

박춘배   어쩌려고? 어?

구영창   몰라. 시팔, 어떻게든 되겠지. 너만 입 다물고 있으면 되잖아.

장면6.

유 회장, 만복이, 춘배와 영창이 회의 중이다.

만복이   구영창! 이 미친 새끼야! 네가 뭔 짓을 했는지 알아?

구영창   언제까지 구룡파 새끼들 눈치나 보고 있을 겁니까?

만복이   우린 뭐 걔네 좋아서 그런 줄 알아? 너 때문에 지금 전쟁 나게
           생긴 거 몰라?

구영창   그럼 전쟁하시죠! 오히려 지금이 기회 아닙니까?

만복이   (멱살 잡으며) 이 새끼가 뚫린 입이라고….

유회장   뭐 하는 짓들이야!

만복이, 영창의 멱살을 놓고 자리에 앉는다.

유회장   영창아. 이 세계에도 룰이라는 게 있다. 한번 피를 보기 시작
           하면 끝까지 가는 게 이 바닥이야.

구영창   회장님 강한 놈이 살아남는 게 이 바닥 아닙니까? 구룡파 놈들
           보다 우리가 훨씬 세력도 크고 애들도 많습니다. 룰이라는 건
           새로 정하면 그만입니다. 먹어버리시죠! 구룡파 새끼들!

유회장   자신 있냐?

만복이   회장님!

구영창   믿어주십시오.

유회장   춘배는? 어떻게 생각해?

박춘배   우리 애들도 많이 다칠 겁니다.

| 구영창 | 어쩔 수 없는 출혈은 감수해야죠. |
| 유회장 | (잠시 고민하다가) 됐어. 생각해볼게. 다 나가. |

만복이와 춘배, 퇴장한다. 구영창, 나가려다 다시 돌아온다.

| 구영창 | 회장님. |
| 유회장 | 왜? |

구영창, 품에서 권총을 꺼내어 내민다.

구영창	이거···.
유회장	너··· 이거 어디서 났어?
구영창	회장님 드리려고 제가 어렵게 구했습니다.

유 회장, 총을 받는다.

| 구영창 | 충성을 다하겠습니다. |
| 유회장 | 충성은 인마··· 여기가 군대야? 이 듬직한 새끼. 하하하. |

유 회장, 기분 좋아 보인다. 암전.

장면7.

어둠 속에서 들려오는 세 발의 총소리. 그리고 제임스의 외침.

제임스	유 회장!

총소리와 함께 제임스 쓰러지고 무대 밝아진다. 프롤로그 장면. 춘배
와 영창, 유 회장, 제임스 이렇게 네 명만이 등장해있다.

박춘배	형님, 이렇게까지….
유회장	춘배야.
박춘배	예?
유회장	1년만 푹 쉬다 와. 금방 빼줄 테니 걱정하지 말고.

유 회장, 총을 춘배에게 건네주고 퇴장한다. 암전.

장면8.

엘리베이터 문 열리는 소리. 춘배와 영창의 마지막 결투 장면이다.
말없이 앞만 바라보고 있는 두 사람.

구영창	(소리) 이 새끼… 도대체 왜 나타난 거지? 설마 복수하려고? 혹 시 내가 배신한 걸 아는 건 아니겠지? 만약 그렇다면… 넌 오 늘 나한테 죽는다.
박춘배	영창아.
구영창	어?
박춘배	왜 그랬냐?
구영창	뭐가?

박춘배	친구끼리 그러면 안 되는 거잖아. 아무리 생각해도 널 용서할 수가 없다.
구영창	(소리) 알고 있다. 시발놈. 죽여야겠다. 일대일로 붙으면 승산이 있을까? 당연하지. 네가 감방에서 썩는 동안 난 수많은 전쟁을 치러냈으니까! (대사) 무슨 소리야?
박춘배	날 왜 배신한 거냐?
구영창	배신이라니….

갑자기 품에서 칼을 꺼내 드는 영창이 춘배를 뒤에서 찌르려고 한다. 엘리베이터 안에서 둘의 사투가 시작된다. 결국, 영창이 춘배의 허벅지를 칼로 찌른다. 쓰러지는 춘배.

구영창	깜짝 놀랐네. 이 시발놈이… 춘배야, 감방에서 단련 많이 했구나? 그럼 뭐하니? 난 그동안 놀았나? 그냥 돌아가라. 그래도 우리가 친구였잖아.
박춘배	영창아….
구영창	왜.
박춘배	하나만 물어보자.
구영창	뭘?
박춘배	나한테 누명 씌우기로 한 게 너냐? 네가 설계한 거야?
구영창	거참 답답하네. 이제 와서 그게 뭐가 중요해? 이미 다 지난 일인데? 엉?
박춘배	다 지난 일?
구영창	그래 새끼야. 어디 가서 조용히 살아. 눈에 띄지 말고. 그럼 죽

이진 않을게.

엘리베이터 문 열리고 영창이 밖으로 나온다. 문이 닫히려는 순간,
춘배가 힘을 내서 문을 열고 영창을 끌고 다시 엘리베이터 안으로 들
어간다. 다시 싸우는 두 사람. 춘배가 영창의 목을 조르며 묻는다.

박춘배　대답해! 너야? 유 회장한테 네가 그러자고 했어?
구영창　그래….
박춘배　왜! 왜 그랬어! 왜!
구영창　넌 내 비밀을… 너무 많이 아니까.
박춘배　뭐?

다시 싸움이 이어지고 춘배가 결국 칼을 영창의 가슴에 박아넣는다.
엘리베이터가 도착하고 문이 열리는 소리. 춘배, 가방을 들고 퇴장한
다. 엘리베이터에 홀로 남아 죽어가는 영창.

구영창　(소리) 이게 아닌데. 이렇게 허무하게 갈 수 없는데… 10년 전
　　　　에… 10년 전에 저 새끼를 죽였어야 했는데… 이런 시… 팔.

변사, 등장해 외친다.

변사　3장! 유 회장의 전쟁!

3장―유 회장의 전쟁

장면1.

피라미파와 구룡파가 보스들을 중심으로 대치하고 있다.

유회장	그래서? 이 누추한 곳까지 행차하셨다? 우리 구룡파 보스, 제임스 형님께서?
제임스	인규야. 이러지 말자. 몇 년간 잘 지내다 또 왜 이러냐.
유회장	몇 년간 잘 지내다 왜 이러십니까. 애들끼리 뭐 시비 좀 붙고 토닥거리고 그럴 수도 있죠. 그냥 넘어가면 될 일 같은데.
제임스	그냥 넘어갈 일이 아닌 것 같아서 말이야. 잘못했는데 사과를 안 하잖아.
유회장	(뒤에 서 있던 영창에게) 영창아.
구영창	예, 회장님.
유회장	사과 안 했냐?
구영창	예.
유회장	왜?
구영창	잘못한 게 없어서 안 했습니다.
유회장	들으셨죠? 다 이유가 있네요.
제임스	인규야. 애들 내보내고 둘이 얘기하자.
유회장	싫은데 어쩌죠?
제임스	뭐?

유회장	내가 형님이 시키면 뭐 시키는 대로 해야 합니까?
제임스	너 정말 무서운 게 없구나?
유회장	세월이 많이 지났죠.
제임스	인규야.
유회장	인규야, 인규야 씨발! 이름 부르지 말고 유 회장이라고 부르라고! 아직도 내가 네 아래로 보여?

용이가 유 회장에게 다가가려 하자 제임스가 손을 들어 앞을 막는다.
피라미파들, 언제라도 신호만 떨어지면 달려들 듯 분위기 싸늘하다.
제임스, 자리에서 일어나 유 회장을 코앞에서 노려본다.

유회장	왜?
제임스	작정을… 했네?
유회장	글쎄?
제임스	알았다.

돌아서는 제임스. 함께 퇴장하는 구룡파들.

| 유회장 | 멀리 안 나갑니다. 시발. |

장면2.

새벽. 귀뚜라미 소리가 들려온다. 뺀찌와 쌍칼이 회사 입구에서 드럼통에 불을 쬐며 보초를 서고 있다.

뺀찌	진짜?
쌍칼	예, 한때 전설이었대요.
뺀찌	너 누구한테 들었어?
쌍칼	만복이 형님한테요. 어? 마침 형님 저기 오시네. 직접 물어봐요.

만복이 등장한다. 뺀찌와 쌍칼, 90도 인사한다.

뺀찌	형님!
뺀찌,쌍칼	오셨습니까!
만복이	보초 잘 서고 있냐? 별일 없지?
쌍칼	개미 새끼 한 마리도 안 보이는데요.
만복이	(바닥 가리키며) 어? 저거 개미 아냐? 이 새끼 구라 치네?
쌍칼	에이 참.
만복이	잘하란 얘기야. 인마. 구룡파 새끼들 언제 덮칠지 모르니까 긴장 빡! 알지?
쌍칼	알죠. 그날 진짜 분위기 어우! 지금 생각해도 쫄리네. "아직도 내가 네 아래로 보여?" (엄지 치켜세우고) 우리 회장님 포스가… 와우!
만복이	어우, 춥냐.
뺀찌	형님. 그런데 제임스가 옛날에 싸움을 그렇게 잘했다면서요?
만복이	쌍칼 이 새끼, 또 그새 나불나불… 어이구, 궁금해?
뺀찌	예. 직접 보셨어요?
만복이	봤지. 나 고등학생 때… 형들이 가끔 머릿수 채우러 나오라고

	연락이 오면 끼고 그랬거든. 회장님이랑 제임스랑 왕십리파에 함께 있을 때였는데….
빽찌	왕십리파! 알죠! 옛날에 완전 유명했던….
만복이	그렇지. 이쪽 세계도 또 계보가 있어요. 그 얘기 시작하면 우리나라 역사 다 훑어야 해. 김두한, 시라소니… 2공화국, 3공화국… 아무튼! 왕십리파랑 개봉파랑 한 100명이 붙은 거야.
쌍칼	와, 100명!

한쪽에서 제임스와 떼거지들이 대치한다.

만복이	100명이 싸우면 진짜 어떤 느낌인 줄 아냐? 아군이고 적군이고 이건 뭐 잘 보이지도 않아. 무조건 막 패는 거야. 열심히 패다 보면 우리 편이고 뭐 그래. 개판 5분 전이지. 뭐.

제임스와 떼거지들, 슬로우로 싸우기 시작한다.

빽찌	형님도 같이 싸우신 거예요?
만복이	그렇지. 보통 머릿수가 많으면 쫄아서 한쪽이 포기하거나 도망가고 뭐 그러거든? 그날도 그럴 줄 알았지. 그런데 웬걸? 한판 붙었네? (떼거지 무리 중 한 명이 만복이를 때리려 하자) 깜짝이야!

만복이도 슬로우로 싸우는 무리에 동참한다.

쌍칼	그럼 적당히 눈치 봐서 잘 피하면 되겠네요.

만복이	(함께 싸우고 피하면서) 그렇지. 이렇게 샤샤샥 잘 피하면 돼. (피하면서) 이렇게 샤샥! 봤냐? 그러면 몇 대 안 맞고 뭐 그러는데… 응? 저쪽에서 뭐가 훅훅 날아가는 거야. 뭐지? 하고 보니까… 너 추풍낙엽이라고 들어봤지?
빼찌	예.
만복이	사람이 낙엽처럼 날아다니는 건 또 처음 봤네?
빼찌	에이, 거짓말.
만복이	진짜야 이 새끼야. 총알보다 빠르고 번개처럼 샤샤샥 번쩍! 다 쓰러지는 거야.

갑자기 떼거지들 낙엽처럼 쓰러지고 그 뒤에 서 있는 제임스.

쌍칼	완전 무협영화네요?
만복이	말도 마라. 와 진짜… 난 그때 처음 봤어. 사람의 몸에서 빛이 나는걸.

제임스의 뒤에서 빛이 쏟아져 나오고 눈이 부시다.

빼찌	으악!
쌍칼	내 눈!

쓰러져있던 떼거지들도 눈이 부셔서 제임스를 쳐다보지 못하고 고통스러워한다. 갑자기 사라지는 빛. 그러자 만복이가 촬영이 끝난 듯 떼거지들과 악수한다.

만복이	수고하셨습니다. 잘하시네.
떼거지들	감사합니다. 자주 불러주세요.
만복이	예, 예. 다들 식사하고 가세요.

떼거지들, 큐빅에 다시 앉는다. 만복이와 뺀찌, 쌍칼은 쪼그려 앉아 불을 쬐며 이야기 나눈다.

뺀찌	대박이네요.
쌍칼	그런데 형님은 왜 구룡파로 안 가고 피라미파로 들어왔어요?
만복이	또 사연이 있지. 아, 이 얘기하면 또 한 트럭인데… 너 우리 회장님이 싸우는 거 봤냐?
쌍칼	아니요.
만복이	회장님이 왜 안 싸우는지 알아?
뺀찌	왜요?
만복이	(두리번거리더니 조심스럽게 들릴 듯 말듯) 졸라 못해.
뺀찌	예?
만복이	졸라 못해.
뺀찌	싸움 졸라 못해요?
만복이	(화들짝 놀라) 이 새끼가 미쳤나봐!
뺀찌	아, 죄송합니다.
만복이	그런데 어떻게 저 자리에 올라갔을까? 회장님은 뇌가… 그냥 이건 뭐! 완전 제갈공명이야. 비상하거든. 제임스는 몸을 잘 쓰고 회장님은 머리를 잘 쓰고! 둘이 같이 있을 때 왕십리파는 그냥 뭐 전설이었지. 이 바닥을 싹 쓸어버렸어. 천하통일! 엉?

근데 이게 무슨 운명의 장난이야? 둘이 한 여자를 동시에 사랑하게 됐네!

쌍칼   캬아! 하필!

빼찌   혹시! 그 여자가 여희?

만복이   아니.

빼찌   그럼, 누군데요?

만복이   말해도 안 믿을 거 같은데… 유명한 홍콩 여배우였어.

쌍칼   예? 홍콩 여배우?

만복이   응. 너넨 모를걸? 장백지라고….

빼찌   에이, 뻥.

만복이   진짜야. 새끼야. 우리나라에서 제작하는 영화에 특별출연하러 와서… 그때 왕십리파가 영화도 투자하고 그랬거든. 하여튼 둘 다 장백지 실물을 보고 완전 뻑이 간 거지. 그때부터 둘이 서로 차지하겠다고 죽이네, 살리네… 잠깐, 내가 이 얘기 하려고 한 게 아닌데?

빼찌   예?

만복이   뭐더라.

정적.

쌍칼   (생각난 듯) 아! 형님이 왜 구룡파 안 가고 피라미파로 들어왔는지!

만복이   맞다. 맞다! 음… 제임스의 구룡파는….

제임스, 등장해 한쪽에 선다.

만복이   나랑 스타일이 좀 안 맞아.

제임스가 만복이를 노려본다.

만복이   (제임스와 눈 마주치자) 어머, 깜짝이야.

만복이가 놀라 흠칫하면서 불 가까이 넘어지자 뜨거워하며 호들갑을
떤다.

만복이   앗 뜨거워. 이거 치워! (드럼통을 만지고) 으악! 뜨거워!
빼찌   괜찮으세요?
만복이   됐어. 됐어! 아무튼! 거긴 애들 많이 뽑지도 않아. 적어. 그런데
           엘리트만 뽑지. 거기… 용이라는 제임스의 오른팔이 있고!

용이, 등장해 제임스의 오른쪽에 선다.

만복이   향이라는 제임스의 왼팔이 있거든?

향이, 등장해 왼쪽에 선다.

만복이   향이는 또 여자야. 싸움 졸라 잘해.

향이가 멋진 액션 동작을 선보인다.

뺀지,쌍칼 우와.

박수치는 뺀찌와 쌍칼. 제임스와 용이도 향이가 뿌듯한 듯 박수치며
격려한다.

만복이 웬만하면 상대 안 하는 게 좋아. 거긴 좀 뭐랄까? 칭찬도 없어.

제임스와 용이가 만복이의 말에 머쓱한 듯 칭찬을 멈추고 선다.

만복이 좀 삭막하지. 아마 단톡방도 없을걸? 뭐 하여튼 그래. 야, 살면
서 응? 농담 따먹기도 하고 여유 있게 좀 즐기고 회식도 하고
그래야지. 그게 뭐냐. 걔넨 말도 없고 표정도 없고 뭐 그런다?
아무튼 별로야. 난 피라미파가 좋아. 그러니까 열심히 하란 말
이야. 새끼들아.

뺀찌,쌍칼 예, 형님.

조명 점점 어두워진다.

만복이 뭐야? 갑자기 왜 어두워지냐?

뺀찌 야! 야!

어둠 속에서 들리는 소리.

만복이	야, 신경 쓰지 마. 잠깐 정전됐나 보지 뭐. 어우, 하도 이빨을 털었더니 출출하다. 라면이나 때릴까?
빼찌,쌍칼	감사합니다!
만복이	그래, 사 와. 아냐, 됐어. 안 먹을래. 살쪄. 보초 잘 서. 간다.
빼찌,쌍칼	예. 형님! 들어가십시오!

어둠 속에 탕탕탕탕! 총소리 네 발 들리고 나면. 이어서 들리는 어둠 속 소리.

박춘배	(소리) 형님, 이렇게까지….
유회장	(소리) 춘배야.
박춘배	(소리) 예?
유회장	(소리) 1년만 푹 쉬다 와. 금방 빼줄 테니 걱정하지 말고.

장면3.

유 회장과 여희가 대화하고 있다. 여희는 잔에 와인을 따르고 있다.

여희	왜 하필 춘배예요?
유회장	얼마 전에 우연히 그놈 눈을 봤어. 뭔가 느낌이 싸한 거야. 뭐지? 눈빛이 변했더라고. 7년 전에 나를 찾아왔던 그 눈빛이 아니었어. 눈은 마음의 창이야. 눈이 변하면 마음이 변한 거야. 직감했지. 아! 짖으라면 짖고 물라면 물! 시키는 대로 다 하던 개가 어느 날 돌변해서 주인을 물 수도 있겠구나! 키워준 은

혜도 모르고 말이야.

여희   그냥 버릴 수도 있었잖아요.

여희, 와인 따른 잔을 유 회장에게 건넨다.

유회장   (잔을 받고) 버린 거야. 그런데 쓸모 있게 버린 거지. 똥을 길바닥
에 싸면 그냥 더럽고 냄새만 나겠지만 밭에다 싸면 매우 유용
한 거름이 되듯이! 알차게 버린 거지. 일석이조! 하하하.

여희   총까지 사용할 줄은 몰랐어요.

유회장   왜?

여희   여긴 대한민국이니까. 총은 우리한테 안 어울리잖아요. 여기
가 미국도 아니고.

유회장   내가 총을 어디서 구했는지 알아?

여희   글쎄요.

유회장   영창이가 줬어. 녀석, 총은 또 어디서 구했는지….

여희   어디서 구했냐고 안 물어봤어요?

유회장   뭘 물어. 밀수로 들어왔거나 무기 파는 애들한테 불법으로 샀
겠지. 국내에 들어와 있는 외국 무기상들 있잖아.

여희   제임스가 그렇게 싫었어요? 죽일 만큼?

유회장   여희야.

여희   네. 회장님.

유회장   내가 널 왜 좋아하는지 알지?

여희   알죠.

유회장   뭔데?

여희	질문하지 않아서요.
유회장	맞아. 그런데 오늘은 왜 그럴까? 여희답지 않게.
여희	최근에 많은 일들이 있었으니까… 죄송해요. 회장님 옆에서 많은 것을 듣고 보게 되면서 나도 모르게 생각이 많아졌나 봐요.
유회장	이해해. 요 며칠간 많이들 죽거나 사라져버렸으니… 그럴 수 있지.
여희	(잔을 내밀며) 마셔요. 술잔에 다 털어 넣고 그냥 잊기로 해요. 나도 그럴게요.

유 회장, 여희와 건배하고 와인을 벌컥벌컥 마신다. 그 모습을 바라보는 여희.

여희	어때요? 보르도 1등급 5대 샤또 중 하나인 무통 로췰드에요. 맛 괜찮죠?
유회장	좋은데? 달지도 않고 입 안을 적시는 느낌이 아주 좋아.

유 회장, 여희에게 다가와 뒤에서 끌어안는다.

여희	또 왜 이러실까?
유회장	여희는 여전히 아름다워. 변함없는 한 송이 꽃처럼.
여희	회장님이 좀 지켜주세요. 시들지 않게.

갑자기 표정 일그러지며 목을 잡고 고통스러워하는 유 회장.

| 유회장 | 욱…. |
| 여희 | 회장님? 왜 그러세요? |

유 회장, 바닥에 쓰러진다. 당황하는 여희.

여희	회장님! 회장님! (밖을 향해) 밖에 아무도 없어요? 회장님이… 회장님!
유회장	119… 119….
여희	네? 119 부르라고요? 알겠어요! 잠깐만요. 그런데 어쩌죠? 전화 못 하겠어요. 119를 부르면 회장님이….

서서히 돌변하는 여희.

| 여희 | 다시 살아날 수도 있잖아요. 그럼 안 되거든요. 그냥 이렇게 죽어야 모든 일이 계획대로 되는 건데. 그런데 진짜 신기하다. 이렇게 효과가 바로 나타나는구나. 나도 처음 써보는 거라 되게 조마조마했거든. |

| 유회장 | 너… 네가… 네가 감히 날…. |

유 회장, 총을 찾으려고 책상으로 기어간다.

| 여희 | 어디 가? 왜? 총? 거기 있잖아. 서랍 안에. |

유 회장, 서랍에서 총을 꺼낸다.

여희   (팔 벌리며) 그래, 이제 쏴봐.

유 회장, 총을 쏘는데 총알이 없다. 찰칵찰칵!

여희   총알 내가 미리 빼놨어. 그 정도 준비도 안 했을까 봐? 네가 총 어디에다 두는 지 내가 뻔히 아는데.

다시 바닥에 쓰러지는 유 회장.

여희   (가까이 다가가 발로 건드리며) 아직 숨이 붙어있는 거 맞지? 얼마나 걸리려나? 2분? 5분? 어때? 기분이? 막상 죽는다니까 두렵고 그래? 내가 옆에 있어 줄게. 마지막 가는 길 외롭지 않게. 함께한 세월이 5년이나 넘었는데. (총을 집어 들고) 누가 시켰는지 궁금하지? 영창이? 덕만이? 만복이? 아니. 시킨 사람 없어. 그냥 내가 죽이는 거야. 그러니까 누가 시켰냐가 아니라 왜 죽였냐고 물어야겠지. 내가 왜 널 죽이는 걸까? 옛날에 네가 내 부모나 형제… 가족을 죽였나? 그건 좀 식상하다. 그렇지? 아니면 내가 새로운 보스가 되고 싶어서? 그것도 아니야. 그럼, 뭘까? 나 깨달았어. 내가 제임스를 진정으로 사랑했다는 걸. 네가 제임스를 죽이고 나서야 알게 됐지. 그래서 결심했어. 당신을 죽이기로. 제임스를 위해서.

그때, 유 회장이 서서히 일어난다. 깜짝 놀라는 여희.

여희   뭐, 뭐야. 어떻게….

유회장   진짜네. 날 죽이려 한다는 게.

유 회장, 남아있던 와인 잔의 와인을 여유 있게 마셔버리고 주머니에서 총알을 꺼내어 총안에 넣고 장전한다.

유회장   그래서 나도 미리 총알을 챙겨놨어.

여희, 그제야 달아나려고 하는데 유 회장이 뒤에서 총을 쏜다. 맞고 쓰러지는 여희. 유 회장, 여희의 머리채를 잡아끌고 다시 데려온다. 비명 지르는 여희, 숨을 헐떡인다.

유회장   내가 말했잖아. 제임스는 이제 만나지도 말고 네 기억 속에서 지우라고. 뭐? 제임스가 죽고 나서 제임스를 얼마나 사랑하는지 알게 됐다고? (여희의 머리채를 잡고) 아니. 넌 항상 사랑하고 있었어. 난 항상 기다렸고! 어떻게 알았냐고? 네 눈… 네 눈을 보면 알 수 있어. 날 바라보는 너의 눈빛… 난 진심이었는데… 난 진심으로 널 대했는데… 여희야. 단 한 순간도 없었어? 날 진심으로 사랑한 적이? 말해봐. 응?

여희, 죽어가며 웃는다.

유회장	나와 함께 하는 그 시간 동안… 단 한 순간도 행복했던 적이 없었어?
여희	죽여….
유회장	뭐?
여희	그냥… 죽여.

유 회장, 슬프다. 여희의 머리채를 잡고 있던 손을 놓는다. 무언가 괴로운 듯 고민하더니 돌아서서 여희를 쏜다. 총을 맞고 쓰러지는 여희.

유회장	(소리) 네가 물었지. 제임스를 죽여야 할 만큼 싫었냐고. 아니. 너 때문에 죽인 거야. (대사) 제임스가 사라지면 네가 날 사랑하게 될 거라고 생각했어. 내 착각이었어. 오히려 넌 날 죽이려 했으니까. 여자는 참… 알 수가 없다.

서서히 죽어가는 여희. 그녀 앞에 무릎 꿇고 앉아 흐느끼는 유 회장.

장면4.

유 회장이 춘배에게 총을 맞고 죽어가는 장면. 춘배가 총을 겨누고 있고 유 회장이 뒷걸음질 치고 있다.

유회장	춘배야, 너 왜 이러냐. 응?

총소리. 탕!

유회장   악! 야 이 개새끼야!

총소리. 탕!

유회장   박춘배!

총소리. 탕! 유 회장, 쓰러지고 춘배, 퇴장한다. 헐떡거리며 죽어가는 유 회장.

유회장   (소리) 그래, 난 알고 있었어. 이렇게 허무하게 갈 거란 걸. 내가 숱하게 죽인 놈들과 나 역시 별다를 게 없다는걸. 다 그렇게 허황된 욕망을 좇다 갑자기 이렇게 가버리는 거지. 알면서… 벼랑 끝을 향해 달리고 있다는 걸 알면서 돌이킬 수 없었어. 스스로 통제할 수 없는 상태란 걸 알고 있었거든. 그렇다면 돌진하는 수밖에. 이왕 가는 거… 멋지게… 여희야… 보고 싶다.

변사, 등장해 외친다.

변사   4장! 파멸의 여희!

4장─파멸의 여희

장면1.

공원 벤치. 제임스가 신문을 펼쳐서 보고 있다. 여희가 등장해 옆에
선다. 제임스는 계속 신문을 보고 있다. 얼굴을 가리고.

여희   유 회장이 알게 됐어요. 내가 당신의 여자였다는 걸. 사람을
           시켜서 저에 대해 알아본 모양이에요.
제임스   ….
여희   '모든 게 다 끝났구나.'라고 생각했는데… 유 회장이 진심으로
           절 사랑한다고… 계획적으로 접근했든 우연이든 상관없대요.
           자기 옆에만 계속 있어 달래요.
제임스   ….

여희, 대답 없는 제임스를 잠시 바라보다 옆에 앉는다.

여희   당신한테 가서 말하래요. 앞으로 둘이 만나지 않길 바란다고.
           이젠 과거의 여자일 뿐이니까. 제가 헤어졌다고 말했거든요.
           지금도 어딘가에서 보고 있을지도 몰라요.

제임스, 그제야 신문을 내린다. 고뇌하는 표정의 제임스.

여희	제임스… 내가 유 회장에게 접근했던 건 모두 다 당신을 위해서였어요. 당신과 유 회장의 관계… 항상 부딪히는 두 사람을 보며 내가 당신을 위해 할 수 있는 일은 유 회장을 파멸시키는 것뿐이라고 생각했어요. 우린 비록 헤어졌지만… 아니, 정확히 말하면 당신에게 버림받은 거죠. 하지만 당신에게 도움이 되고 싶었어요.
제임스	유 회장을 사랑해?
여희	난 여전히 당신을 사랑해요.
제임스	….
여희	당신이 그만두라면 그만둘게요. 유 회장을 떠날게요.
제임스	네가 선택해. 네 인생이니까. 그리고 난… 너에게 스파이 되라고 한 적 없어.

제임스, 떠나려고 하는데 여희가 일어나 제임스의 팔을 붙잡는다.

여희	제임스.
제임스	넌 여기에 어울리지 않아.

제임스, 퇴장한다. 홀로 남은 여희, 제임스의 뒷모습만 바라볼 뿐.

장면2.

헤어드라이어기 소리가 들린다. 구영창, 팬티차림으로 침대에서 자고 있다. 침대 옆에는 핸드폰이 놓여있다. 핸드폰 울리는 소리. 헤어드라이어기 소리 멈추더니 무대 밖에서 들리는 여희의 목소리.

여희   자기야, 전화 받아.

영창, 잠에서 깨어 핸드폰 확인하더니 받는다.

구영창   (통화) 왜? 회장님이? 알았어. 11시까지 와. 파라다이스 호텔.

영창, 전화 끊고 일어나 기지개를 켠다. 등에 가득한 문신이 확연히
드러난다.

구영창   아유, 귀찮아.

여희가 방금 샤워를 마친 듯 젖은 머리를 말리며 등장해 화장대 앞에
앉는다.

여희   회장님이 왜? 찾아?
구영창   (바지를 입으며) 같이 점심 먹자고. 이번 사업 때문에 할 말 있나봐.
여희   조심해. 특히 나랑 있을 때, 괜히 쳐다보지 말고. 그러다 걸린
            다.
구영창   당연하지. 회장님이 알게 되면….
여희   다 끝나는 거야. 자기나 나나.
구영창   그러면 뭐… (뒤에서 안으며) 외국으로 뜰까. 우리 둘이?
여희   지구 끝까지 쫓아올걸?

여희, 침대로 가서 앉는다.

구영창   죽여 버리지 뭐. 어떤 새끼든. 직접 쫓아오진 않을 거 아냐. 바
          쁘신 양반께서.

영창, 여희의 무릎을 베고 눕는다.

여희   유 회장이 직접 오면? 유 회장도 죽일 수 있어?
구영창   아무리 유 회장이라도 날 잡아 죽이려 든다면 별수 있어? 내가
          먼저 살아야지.
여희   귀여워. 역시 내가 남자 보는 눈이 있다니까.
구영창   밖에서 자주 들어. 그런 말.
여희   호호호. 자기야.
구영창   응?
여희   거기 맨 밑에 서랍 열어봐.
구영창   또 뭘 준비했어? 나 돈 많다니까.
구영창   (서랍을 열고) 이거 뭐야?
여희   총.
구영창   (놀라며) 이거… 어디서 났어?
여희   오다 주웠다.
구영창   장난하지 말고! 어디서 났냐고?
여희   제크한테 샀어.
구영창   러시아 무기상?
여희   응. 선물이야. 자기한테 주는 선물.

구영창	진짜? 이거… 진짜 나 주는 거야? 와, 죽인다. 하하하.
여희	유 회장 죽일 때 쓰라고.
구영창	(눈빛 달라지고) 자기야, 나 유 회장 진짜 죽여 버릴까? 피라미파 보스 한 번 해봐?
여희	못할 거 없지.

여희, 영창에게 안긴다. 같은 듯 서로 다른 곳을 바라보는 두 사람의 표정이 의미심장하다.

장면3.

피라미파와 구룡파의 전쟁. 프롤로그 장면이다. 압축해서 보여주었던 장면을 모두 보여준다. 안개 낀 새벽녘. 싸우는 소리 들리며 건달들, 등장한다. 용이와 빤찌, 쌍칼이 먼저 싸우며 등장하고 이어서 사시미, 영창, 만복이가 등장한다. 반대쪽에서 향이도 등장해 대치한다.

만복이	향이 오랜만이다.
향이	우리 다신 안 보기로 하지 않았나?
만복이	그게 내 뜻대로 되야 말이지.
향이	어쩌냐. 오늘도 네 뜻대론 안될 텐데.

긴장이 흐르고 어느 순간, 만복이의 외침으로 긴 액션이 펼쳐진다. 마지막에 제임스가 등장해 모두를 쓰러뜨린 만복이와 1:1 대결을 펼치고 결국 제임스가 만복이를 제압한다.

| 만복이 | 잠깐만… 잠깐만! |

제임스가 만복이의 얼굴을 발로 걷어차고 춘배가 등장해 외친다.

| 박춘배 | 형님! |

제임스가 돌아보고 공격하려는 순간, 유 회장이 총을 겨누며 등장해 제임스를 향해 쏜다. 쓰러지는 제임스. 이어서 유 회장이 용이와 향이까지 쏴 죽인다. 이 모든 상황이 순식간에 벌어진다.

| 제임스 | 유 회장! |

탕! 마지막으로 제임스의 머리를 향해 총을 쏘는 유 회장. 그대로 쓰러져 죽는 제임스. 모두 놀라 쳐다본다. 여유 있게 제임스가 죽었는지 확인하는 유 회장. 주머니에서 손수건을 꺼내 총을 닦으며 지문을 지운다.

박춘배	형님, 이렇게까지….
유회장	춘배야.
박춘배	예?
유회장	1년만 푹 쉬다 와. 금방 빼줄 테니 걱정하지 말고.

유 회장, 총을 춘배에게 건네주고 퇴장한다. 영창, 춘배와 눈이 마주치자 시선 피한다. 여희가 어디선가 뛰어나와 제임스를 보고 주저앉

아 오열하기 시작한다.

여희   제임스!

암전.

장면4.

만복이와 뻰찌, 쌍칼, 오함마가 누군가를 기다리고 있다. 영창이 나
타나 이들을 보고 깜짝 놀란다.

만복이   영창아. 빨리빨리 다녀라 좀.

구영창   만복이 형님! 아니, 다들 웬일이야? 야, 쌍칼! 우리 둘이 보기로
한 거 아니었어?

쌍칼   그게 좀… 그렇게 됐습니다.

만복이   (씨익 웃으며) 왜? 둘이 뭐하기로 했는데?

구영창   쌍칼이 술 사겠다고 해서요. 아유, 우리 형님 또 서운하셨구
나. 이렇게 된 거 뭐 다 같이 가시죠. 제가 쏘겠습니다.

다들 시큰둥하고.

구영창   왜? 안 좋아? 표정들이 왜 그래?

만복이   어이, 구영창.

구영창   예?

만복이	네 뜻대로 구룡파 싹 쓸어버리니까 좋아? 세상이 다 네 것 같고 뭐 그래?
구영창	무슨 말씀이세요?
만복이	구룡파가 관리하던 클럽이랑 나이트… 다 네가 관리하게 해달라고 했다며?
구영창	아, 그거는 형님은 지금 맡아서 하시는 것도 좀….
만복이	좀 뭐?
구영창	관리가 잘 안되니까….
만복이	뭐 이 새끼야?
구영창	아니, 힘들어하시는 거 같아서 제가 회장님께 먼저 말씀드린 거죠. 형님, 부담 안 되시게 제가 잘….

만복, 영창의 따귀를 때린다.

만복이	너 이러다가 나 밟고 올라서겠다. 응? 와, 정말… 그 말 듣고 내가 씨발, 졸라 당황스럽더라. 널 어쩌면 좋니? 응? 널 어떡하면 좋을까? 넌 이제 끝났어. 내가 확실한 증거를 잡았거든. 얼마 전에 너 구룡파 제임스 만났지? (쌍칼에게) 야, 사진 줘봐.

쌍칼, 사진 꺼내서 만복이에게 건넨다.

만복이	(사진 받아서 내밀며) 어이없네. 전쟁 중에 상대편 대가리를 따로 만나?

구영창　　형님 그거는….

만복이　　그리고 그 총 회장님한테 네가 줬다며? 내가 그 얘기 듣고 결
　　　　　심했다. 그동안 고생 많았다. 곱게 가자. 어떻게? 발목 하나 정
　　　　　도로 할까?

　　　　　오함마, 품에서 신문지로 감싼 회칼을 꺼낸다. 영창, 무릎을 꿇는다.

구영창　　형님! 죄송합니다!

만복이　　아니다. 옛정이 있지. 씨발. (가운뎃손가락을 내밀며) 요 가운데 있
　　　　　는 손가락 하나 정도로 해줄게. 애들아. 내가 직접 할 테니까
　　　　　너희는 옆에서 잡고 있어. 뭐해 안 잡고?

　　　　　만복이를 붙잡는 뺀찌와 쌍칼.

만복이　　아니, 날 잡지 말고 이 새끼 잡으라고 이 병신들아.

　　　　　뺀찌와 쌍칼이 그대로 잡고 있자 당황하는 만복.

만복이　　뭐, 뭐야. 야, 쌍칼… 이거 안 놔? 야!

쌍칼　　　(뒤에서 다리를 가격하며) 시끄러워!

　　　　　쌍칼의 공격에 주저앉는 만복이.

구영창	킥킥킥! 아이 나 이 미친 새끼. (오함마에게) 야.
오함마	(만복이에게) 죄송합니다. 형님!

오함마, 발로 만복이의 얼굴을 걷어찬다.

만복이	구영창… 너 이 새끼… 왜? 왜?
구영창	왜긴 뭘 왜야? 아까 네 입으로 다 말하더구만. 밟고 올라서려고 그런다.

영창, 칼로 만복을 연속으로 찌른다. 만복 쓰러진다. 구영창, 피 묻은 손을 만복의 옷에 닦는다.

구영창	형님, 제임스 만나면 안부 좀 전해주세요. (들고 있던 칼을 건네며) 애들아.
모두	예.
구영창	잘 묻어드려라. 깔끔하게.
모두	예.

빼찌와 쌍칼, 만복이를 질질 끌고 나가고 오함마, 따라 나가며 퇴장한다. 멀리 바라보는 구영창. 그제야 등장하는 여희.

여희	너무하네.
구영창	뭐가?
여희	만복이는 손가락만 자르겠다고 했는데 자기는 아예 죽여 버렸

잖아.

구영창   저 새끼는 살려두면 안 돼. 반드시 복수할 새끼거든.

여희   (뒤에서 영창을 끌어안으며) 이제 한 사람만 남았네? 우리 자기 보스 되는 거?

구영창   자기야.

여희   응?

구영창   나 보스 안 해도 돼.

여희   (당황하며) 갑자기 그게 무슨 소리야.

구영창   난 넘버2면 만족해. 대가리가 되면 골치만 아파져. 난 이 정도 가 딱이다.

여희   그래서 내가 준 총을 유 회장한테 준 거야?

구영창   왜? 화났어?

여희   아냐. 됐어. 그만 가자.

여희, 퇴장한다. 영창, 여희의 뒷모습을 한동안 바라본다.

장면5.

유 회장이 쓰러져 있다가 일어나 여희를 쏴 죽이는 장면. 여희, 죽어 가며 웃는다.

유회장   나와 함께 한 그 시간 동안… 단 한 순간도 행복했던 적이 없었 어?

여희   죽여….

유회장   뭐?

여희   그냥… 죽어.

유 회장, 슬퍼하다 갑자기 돌아서며 여희를 쏜다.
가슴에 총을 맞고 쓰러지는 여희.

유회장   제임스가 사라지면 네가 날 사랑하게 될 거라고 생각했어. 내 착각이었어. 오히려 넌 날 죽이려 했으니까. 여자는 참… 알 수가 없다.

서서히 죽어가는 여희. 그녀 앞에 무릎 꿇고 앉아 흐느끼는 유 회장.
그때, 영창이 여희가 들고 있던 똑같은 와인 병을 들고 등장한다.

구영창   회장님. 뒤처리는 제가 하겠습니다.

유회장   이제 너밖에 없구나. 여희, 잘 보내줘라.

유 회장, 들고 있던 총을 영창에게 건넨다. 유 회장, 퇴장한다.

구영창   미안해. 자기야. 이게 낫다고 판단했어. (손에 든 와인 병을 보며) 똑같은 거, 구하느라 고생 좀 했다. (여희에게 총을 겨누다가 내리며) 뭐, 급할 거 없지. 그래도 마지막인데.

영창, 여희가 들고 있던 와인을 마신다. 그 사이, 여희의 나레이션.

여희   (소리) 난 왜 유 회장 곁을 떠나지 못했던 걸까? 난 왜 제임스를 잊지 못했던 걸까? 난 왜 이 세계의 여자로 살아야 했을까… 왜 난 항상 그들의 꽃으로 살길 원했을까? 변하지 않는 꽃은 없다. 변하지 않는 꽃은 단지 조화일 뿐. 난 살아있길 원했을 뿐인데.

구영창, 들고 있던 총으로 여희를 쏜다. 탕!

변사, 등장해 외친다.

변사   폭력은 동물의 방법이며 비폭력은 인간의 방법이다. 간디. 쿠키 영상! 아니, 쿠키 무대? 오케이! 쿠키 무대! 건달의 자격!

쿠키 무대―건달의 자격

한강 공원 계단. 덕만과 뺀찌, 쌍칼이 한강을 바라보며 소주를 마시고 있다. 덕만은 머리에 붕대를 감고 목에 깁스하고 있다. 뺀찌는 팔에 깁스했고 쌍칼은 눈에 안대를 하고 목발을 짚고 있다.

김덕만   이야! 역시 한강이 최고야. 하늘엔 조각구름 떠 있고 강물엔 유람선이 떠 있고! 애들아. 너넨 건달이 뭐라고 생각하냐?

안주 먹다가 멈칫하고 서로 눈치 보는 빼찌와 쌍칼.

김덕만   괜찮아. 말해봐.

빼찌   깡패?

김덕만   넌?

쌍칼   주먹?

덕만이 주먹으로 치려고 하자 움찔하는 쌍칼.

김덕만   난 말이야. 건달은 폼이라고 생각한다.

빼찌   아, 가오!

김덕만   그렇지. 가오. 하지만 일본말 쓰지 말고! 좋은 우리나라 말이
         있잖아.

쌍칼   짜세?

김덕만   그렇지, 짜세야! 짜세!

빼찌   자세!

김덕만   자세 말고 새끼야. 짜세!

빼찌   같은 말 아니에요?

김덕만   다르지. 봐봐. (일어서서) 자세는 그냥 이렇게 (어설프게) 바보처럼
         서 있는 거고! 짜세는 (멋진 포즈로) 이렇게 멋지게 서 있는 거야.
         이게 같아? 야, 쌍칼!

쌍칼   예?

김덕만   네가 말해봐. 이게 같아 보여? 어?

쌍칼   아니요.

김덕만	그렇지. 서 있는 모양이 다르잖아. 그러니까 건달은 이 짜세! 폼이 있어야 한다는 거야! 그게 바로 건달의 자격이다! 멋지게 살다 멋지게 가는 거지. 알겠어?
빼찌, 쌍칼	옙!
김덕만	먹어. 이 새끼들아.

빼찌와 쌍칼, 다시 안주 먹는다.

김덕만	나 김덕만은 진정한 짜세를 찾기 위해 노력해왔다. 건달의 자격을 갖추기 위해! (한숨) 하지만 난 자격이 없는 것 같아.
빼찌	왜요 또?
김덕만	너 몇 년 됐냐?
빼찌	뭐가요?
김덕만	이쪽 세계에서 몇 년 됐냐고.
빼찌	11년 됐습니다.
김덕만	(살짝 놀라 쌍칼에게) 넌?
쌍칼	저도 11년이요.
빼찌	동기에요. 얘랑 저랑.
김덕만	그랬구나.
빼찌	형님은요?
김덕만	나? 알 거 없어.
빼찌	얼마나 됐는데요.
김덕만	알 거 없다니까.
빼찌	알려줘요. 좀.

김덕만	8년 6개월.
빼찌	….
쌍칼	….
김덕만	난 늦게 시작했잖아. 나이도 더 많고. 왜? 기분 꼬아?
빼찌	아니요.
쌍칼	아닙니다.
김덕만	아무튼… 생각해보니까 난 그런 짜세가 안 나오는 거 같다 이거야. 이제 와서 자격이 없단 생각이 드는 거지. (눈물 훔치며) 고향 가서 그냥 당구장이나 차릴까.

모두 말이 없이 소주만 한잔한다.

쌍칼	근데 춘배형, 싸움 진짜 많이 늘었더라.
빼찌	그러게. 감방에서 훈련 많이 했나 봐.
쌍칼	맞아. 그런 사람이 짜세가 나오는 거지.
김덕만	싸우긴 뭘 잘 싸워?
빼찌	예?
김덕만	말하고 있는데 공격하는 게 그게 건달이야? 그건 건달로서 자격상실! 어? 파워는 내가 더 쎄! 그래! 나 맷집 약해! 그게 약점이야! 맞기 전에 먼저 때렸어야 했지! 만약 그랬으면 그 새긴 그대로 아작! 바로 끝장! 알아? 앞으로 한 번만 더 내 앞에서 그 새끼 얘기 꺼내면… (한숨 쉬고) 진짜 가만 안 둬. 알겠어?
빼찌, 쌍칼	옙.
김덕만	근데 이 새끼는 왜 이렇게 안 와?

빼찌	(멀리 보고) 아, 저기 옵니다.
쌍칼	야! 함마야! 빨리 와! 막내가 빠져가지고….

오함마, 휠체어를 타고 등장한다. 열심히 손으로 바퀴 밀면서. 무릎 위에 받침대가 있고 그 위에 끓인 라면이 있다.

쌍칼	뭘 이렇게 오래 걸려?
오함마	죄송합니다. 줄이 너무 길어서….
쌍칼	아, 비키라고 하면 되지.
오함마	보시다시피 제가 몸이 불편해서… 이제 제 말 안 들어요. 헤헤헤.
빼찌	됐어. 일루 줘.
김덕만	역시! 소주엔 라면이지. 먹어. 이 형님이 쏘는 거야.
쌍칼	감사합니다.
빼찌	잘 먹겠습니다.
쌍칼	야, 근데 하나만 시켰어?
오함마	예?
김덕만	하나면 됐지. 새끼야. 안주로 먹는 건데.
쌍칼	(쓸쓸한) 아, 예.
김덕만	막내야. 자꾸 심부름시켜서 미안하다.
오함마	아닙니다.
김덕만	그래도 네가 바퀴 달렸으니까 우리 셋보다 빨리 갔다 올 거 아냐.
오함마	맞습니다. 헤헤.
김덕만	그리고 참! 의사는 뭐래? 걸을 수는 있대?

오함마	예, 뭐… 재활훈련만 꾸준히 하면 기적이 일어날 수도 있다고 하더라고요.
김덕만	그래, 사람 일은 모르는 거야. 힘내.
오함마	예, 헤헤.
김덕만	새끼, 뭐 좋다고 헤헤거려. (소주 원샷하고 건네며) 한잔해. 새끼야.

소주 받는 오함마.

| 오함마 | 그런데요. 그 형님, 싸움 진짜 잘하시더라고요. |

표정 굳는 덕만. 라면 먹다 멈추고 눈치 보는 뺀찌와 쌍칼.

| 오함마 | 아니 왜… 그 춘배 형님이요. 와 진짜… 비켜라. 죽고 싶지 않으면. 그때 안 비켰다가 넷 다 병신 된 거 아니에요. 하하하! |

덕만, 서서히 자리에서 일어나고 쌍칼과 뺀찌, 자리를 피한다.

김덕만	막내야.
오함마	네?
김덕만	이 꽉 물어라.
오함마	이를요? 왜….

덕만이 오함마의 얼굴을 때리기 시작한다. 퍽퍽 소리 나면서 막 내린다.

시체들의 호흡법

밀정리스트

밀정 리스트

불편한 너와의 사정거리

타임택시

전달은 개뿔

등장인물

김충옥   33세. 남. 의열단 조직원.

정설진   28세. 남. 의열단 조직원.

최태규   35세. 남. 의열단 조직원.

신화진   29세. 남. 의열단 조직원.

이명순   27세. 여. 의열단 조직원.

박경식   33세. 남. 충옥의 친구. 종로경찰서 경부보.

때

1929년.

곳

경성, 의열단 은신처

1장

경성, 의열단의 낡고 허름한 은신처. 흩어져있는 상자들. 창고로 사용하는 곳으로 보인다. 신화진, 이명순, 최태규가 누군가를 기다리고 있다.

신화진　무슨 일이 생긴 건 아니겠지?

이명순　….

신화진　예정보다 이틀이 지났잖아. 마지막으로 전보 온 게 언제라고?

이명순　지난주에 톈진에서 보낸 전보가 마지막이에요. 사정이 생겨서 지체되는 것일 수도 있어요. 이삼일만 더 기다려보시죠.

최태규　혹시 전보 내용이 일본 놈들에게 발각된 건 아니겠지?

신화진　그렇다면 이미 종로 바닥에 순사들이 쫙 깔렸을 겁니다.

이명순　그럴 리 없어요. 전보는 암호문으로 되어있어서 절대 발각될 일 없습니다.

최태규　그럼 검문에 걸렸을 수도 있잖아. 총이랑 폭탄도 잔뜩 갖고 있을 텐데….

신화진　그럼 끝장이죠. 어쩌면 이곳을 불었을지도 모르고.

최태규　만약 그렇다면 우리도 위험할 수도 있어. 여기서 마냥 기다리는 게 능사는 아닌 것 같아. 흩어지자.

이명순　아니요. 충옥 동지는 절대 그럴 분이 아닙니다. 차라리 자결했으면 했지 절대로 우리를 배신할 사람이 아니에요.

최태규　알지. 충옥이를 내가 왜 모르겠어. 나와 십수 년을 호형호제하며 지낸 사이야. 하지만 일본 놈들의 고문이 점점 더 잔혹해지고 있는 마당이니 걱정이 되는 거지.

신화진　아무리 나라를 위해 혈서를 쓰고 맹세를 한 의열단 단원이라고 해도 극한의 고통을 겪게 되면….

정적.

최태규　충옥이는 그런 일이 없길 바라야지.

이명순　잠시 지체되는 것일 뿐, 반드시 돌아올 겁니다.

신화진　명순이 네가 어떻게 확신할 수 있어?

이명순　….

최태규　됐어. 우선 기다려보자.

노크 소리 들린다. 깜짝 놀라는 세 사람. 품에서 권총을 꺼내어 문 쪽으로 다가가는 화진. 태규가 고개 끄덕이자 화진이 나지막이 묻는다.

신화진　누구시오.

김충옥　(나지막이 문 너머 소리) 나 김충옥일세.

문 열리는 소리 들리고 충옥과 설진이 가방을 들고 들어온다.

신화진　오셨군요! 걱정했습니다!

최태규　충옥이! 무사히 돌아왔구만.

김충옥　형님! 좀 늦었습니다.

최태규   다행이네. 옆에 계신 분은…?

김충옥   아, 인사하십시오. 우리와 같은 의열단원 정설진 동지입니다.

정설진   안녕하십니꺼. 내는 정설진이라고 합니데이. 경성 의열단 여
          러분과 함께 임무를 수행하고자 내려왔지예.

신화진   고향이 경상도시구만?

정설진   예, 대구출신입니다.

최태규   난 최태규요.

신화진   난 신화진이라고 합니다.

정설진   반갑습니데이.

김충옥   (명순을 가리키며) 이쪽은 우리 경성 의열단의 여성동지 이명순.

이명순   처음 뵙겠습니다.

최태규   자, 그럼… 무기는 어찌 되었나?

김충옥, 주위를 쓱 둘러보더니 들고 있던 가방을 테이블 위에 올려
놓는다. 모두 긴장된 표정. 충옥이 가방을 열자 권총 4자루와 탄알이
무수히 보인다.

신화진   이게 모두 몇 발이나…?

김충옥   800발이 조금 넘습니다.

최태규   800발!

이명순   폭탄은요?

충옥이 설진을 바라보자 설진이 고개를 끄덕이고는 자신이 들고 있
던 가방을 테이블 위에 올려놓고 열어서 보여준다. 수류탄 3개와 네

모난 폭탄 1개가 보인다.

정설진   (가리키며) 여기 3놈은 소형이고 이 네모난 놈이 화력이 좀 쎈 녀
        석 아인교.

김충옥   건물 두 층쯤은 날려버릴 화력이죠.

최태규   해냈구만. 충옥이 자네가 해낼 줄 알았어.

김충옥   이게 다가 아닙니다.

신화진   그럼? 뭐가 또 있습니까? (설진에게 눈짓)

정설진   예.

설진, 품 안에서 서류 몇 장을 꺼내어 충옥에게 건넨다.

김충옥   (서류 건네받고 내밀며) 김원봉 단장이 주신 밀서입니다.

최태규   밀서?

이명순   (서류 받아 보며) 이건….

김충옥   군자금 모금 명부. 여기 적힌 명단대로 이 밀서를 들고 가면 독
        립운동에 필요한 자금을 지원받을 수 있습니다.

이명순   (서류를 훑어보며) 경성출판조합, 우진인쇄 박경식 선생, 대흥유
        통 마창국 회장… 항일운동을 지원하는 재산가들의 명단이네
        요.

김충옥   임시정부에 군자금 모금 의사를 밝힌 인사들 스물네 명의 명
        단입니다. 이 명단대로 자금을 확보한다면 당분간 우리의 무
        력투쟁을 이어갈 수 있을 겁니다.

신화진   이 명단을 어떻게 구했습니까?

김충옥	김원봉 단장이 김구 선생께 직접 받으셨다네.
최태규	이 명단이 유출되면 모두가 위험해지는 걸세. 충옥이, 자네 목숨을 걸고라도 그 명단을 지켜내야 할 것이야.
김충옥	암요. 절대 발각되어선 안 되는 중요한 서류지요. 안 그래도 요즘 임시정부 내에 밀정이 있다는 정보가 있어서 다들 긴장하고 있는 눈치입니다.
신화진	임시정부 내에요?
김충옥	응.
최태규	허허, 참.
이명순	설마 우리가 거사를 준비한다는 정보가 유출된 건 아니겠죠?
김충옥	(고개 저으며) 그럴 일은 없어. 임시정부 사람들 그 누구도 몰라. 이번 거사에 대해 알고 있는 사람은 여기 우리 외에 딱 세 사람뿐이야.
신화진	그게 누굽니까.
김충옥	김원봉 단장과 이태준 선생 그리고 김구 선생님만이 거사에 대해 알고 있지.
최태규	이태준 선생이라면?
김충옥	몽골에서 의사로 활동하시며 군관학교를 설립하고 독립운동 자금을 임시정부에 지원해주시는 독립운동가시죠. 정말 고마운 분입니다.
정설진	이 폭탄도 이태준 선생 소개로 만난 헝가리 사람이 제조해준 폭탄입니다.
이명순	임시정부 내에도 밀정이 있다는 얘긴 정말 충격적이네요.
신화진	전국적으로 밀정들이 판을 친다는 얘긴 들었는데 그곳 상해

임시정부까지! 정말 분통이 터지네. 이렇게 앞잡이들이 도처에 깔려있으니 원!

최태규   일본 놈들의 술수가 도대체 어디까지 뻗치려는지….

김충옥   의열단 중에도 밀정이 있다는 말이 있습니다.

잠시 침묵. 모두 설진을 슬쩍 바라본다.

김충옥   아, 여기… 설진 동지는 정말 믿어도 좋습니다. 김원봉 단장께서 특별히 임명해주신 친구입니다. 그리고 여기 오는 길에 신의주 쪽에서 한 차례 위기가 있었는데 그때 설진 동지 덕에 놈들을 따돌릴 수 있었습니다.

최태규   그래서 예정보다 좀 지체가 되었구만.

김충옥   네, 맞습니다.

이명순   이 총과 폭탄들, 군자금 모금을 위한 밀서까지… 그 머나먼 상해에서 여기까지 오시느라 얼마나 힘이 드셨습니까. 정말 대단하십니다. 설진 동지도 정말 고생 많으셨습니다.

정설진   김원봉 단장님이 저를 충옥 동지에게 붙여주신 이유가 바로 이런 거 아입니까. 제 임무에 충실했을 뿐입니데이.

이명순   끼니는 좀 채우셨습니까? 순사들 피해 오느라 험한 산길을 헤치고 오셨을 텐데 뭐라도 좀 갖다 드릴까요?

김충옥   아니. 그보다… 앞으로의 거사에 대한 논의가 필요할 듯하네. 바로 말씀 나누시는 게 어떻습니까?

신화진   충옥 동지도 참… 성질도 급하시구려. 숨이라도 좀 돌리시죠. 오자마자 허기도 좀 채우시고….

김충옥 이렇게 다들 모이는 것도 목숨을 걸고 행하는 일인데 한시도 지체할 수 없죠. 예정보다 이틀이나 늦게 도착한 만큼 서둘러야죠. 사이토 총독이 일본으로 떠나는 날도 다음 주로 코앞에 닥쳤잖습니까.

모두 긴장된 표정으로 서로 바라보며 침묵.

최태규 충옥이 말이 맞네. 그러지.

김충옥 예, 그럼 바로 거사 이야기로 넘어가지요. 이미 설진 동지와 함께 세운 계획이 있습니다. 설명해드리게.

정설진 제가 말씀드릴께예. 그동안 우리 의열단은 부산경찰서와 밀양경찰서, 조선총독부에 폭탄을 투척하며 일본 고관에 대한 암살과 중요관공서 폭파를 시도해왔습니다. 1921년 김상옥 열사가 종로경찰서에 폭탄을 투척하고 일본인 경부를 비롯해 수십 명을 사살한 것이 최고의 성과로 언급되고 있지예. 그러나 1924년 동경 니쥬바시 사쿠라다몬에 김지섭 동지가 천왕이 살고 있는 궁성에 폭탄 투척 의거를 실패한 이후 지금까지 5년이 지나도록 어떤 시도도 못 하는 것이 참으로 안타까운 상황입니데이.

김충옥 항간에는 의열단이 해체되었다는 소문이 들리는 것도 다 이런 이유에서죠.

이명순 특히 1923년 김시옥, 황옥, 권동산 동지가 시도했던 사이토 총독 암살계획이 밀정 김재진에 의해 실패한 게 타격이 컸던 탓이죠.

신화진   김재진 그 새끼가 그런 매국노일 줄이야!

정설진   그때 그 일로 죽거나 잡혀간 우리 의열단원이 12명입니데이.
          피라미 한 놈이 모든 일을 망쳐놓은 셈이지요.

김충옥   당시 우리 의열단의 핵심이었던 동지들이 그렇게 죽거나 감옥
          에 갇혀버렸으니 다시 의거를 준비하는 데 시간이 걸릴 수밖
          에 없었다는 거 다들 알고 계시죠. 이제 우리가 그 침묵을 깨고
          무력 항쟁을 이어가야 하는 겁니다.

          모두 침묵.

최태규   그래, 알지. 아무튼 사이토 총독 암살이란 계획엔 변동이 없다
          는 거지? 자네가 상해로 떠나기 전에 모두 결정한 사항 아닌
          가.

신화진   생각 같아선 당장 일본으로 넘어가서 천황을 죽이고 싶지만
          김지섭 동지가 실패한 것처럼 그 삼엄한 경비를 뚫는다는 게
          참 쉽지 않은 일이니 사이토 총독 암살만이 가장 큰 성과일 테
          니까.

김충옥   맞아. 사이토 총독에 대한 암살은 변함이 없어. 하지만 장소와
          시기에 대한 신중한 선택이 필요하지.

이명순   사이토 총독이 다음 주에 일본 고위 간부회의에 참석하기 위
          해 서울역에 나올 때 움직이기로 한 거 아닌가요? 우린 충옥
          동지가 경성에 도착하기 전에 시간을 아끼자고 이미 서울역
          주변을 살펴두었습니다.

김충옥   아니. 그 전에 움직인다.

신화진   그 전에?

김충옥   3일 후, 종로경찰서.

최태규   3일 후라고?

김충옥   1921년 김상옥 열사가 폭탄을 투척했던 종로경찰서. 그곳에 사이토 총독 집무실이 있습니다. 이 폭탄은 어차피 건물 두 층은 날려버릴 파괴력이 있으니 총독 집무실의 층수만 알아내서 폭탄을 던지면 됩니다.

최태규   왜 계획을 바꿨는지 물어봐도 되겠나?

모두 충옥을 바라본다.

김충옥   (잠시 생각하더니) 김원봉 단장과 김구 선생님의 뜻입니다. 만약 종로 경찰서 폭탄 투척이 실패로 끝나게 되면 바로 이어서 서울역에서 암살을 시도하라고 말씀하셨습니다.

신화진   단 한 번의 시도에 전부를 걸지 마라. 그 뜻이구만.

정설진   이미 너무 많은 의열단원을 잃었기 때문아인교.

김충옥   만약 실패하더라도 도주로를 파악해둔다. 이것이 이번 거사의 핵심입니다.

이명순   살아야지요. 살아야 또 싸울 수 있으니까요.

잠시 침묵.

신화진   난 찬성이요. 뭐 다음 주까지 질질 끌 필요 있나요?

이명순   저도 함께하겠습니다.

모두 최태규를 바라본다.

최태규 좋아. 하지. 구체적인 계획도 다 세워졌겠지?
정설진 각자 역할 말씀하시는가 보네.
김충옥 그럼요. 우리가 모두 힘을 합해야 합니다.

결의에 찬 모두의 표정.

암전.

2장

허름한 국수집. 허름한 나무 테이블 하나.
충옥이 혼자 국수를 먹고 있다.
드르륵 문 열리는 소리와 함께 박경식이 등장해 충옥 옆에 앉는다.
서로 아는 척도 안 하는 두 사람.

박경식 아줌마, 여기 국수 하나. 따뜻하게. 알지요?

열심히 국수만 먹는 충옥.

박경식 상해엔 이런 국수가 없지? 아마?

김충옥	악명 높은 대(大) 종로경찰서 다무라 경부보님께서 어쩐 일로 이런 허름한 국숫집까지 다 행차하셨습니까? 월급도 꽤 받는 걸로 아는데 비싸고 기름진 고기나 드시러 가시지.
박경식	내 아무리 맛난 고기를 먹어도 이 집 국수 맛을 잊을 수가 없어서 말이야. 자네도 이 집 18년 단골 아닌가.
김충옥	19년.
박경식	아, 그런가?
김충옥	해 바뀌었잖아.
박경식	그렇지. 허허. 정확하네.

그제야 고개를 돌려 경식을 쓱 바라보는 충옥.

김충옥	(피식 웃으며) 나 김충옥이야. 잊었어?
박경식	안다. 인마. 의열단 경성 조직원 김충옥.
김충옥	쉿.
박경식	걱정 마. 여긴 아무도 몰라. 이 구석진 허름한 국숫집까지 일본 놈들이 밥 먹으러 올까 봐?
김충옥	그래도 앞으로 장소를 바꾸는 게 좋을 것 같아.
박경식	왜?
김충옥	보는 눈이 많은 곳이니까.
박경식	그러니까 더 의심을 못 하지.
김충옥	아무튼 장소는 계속 바꾸는 게 좋아.
박경식	알겠다. 이놈아.
김충옥	어때?

박경식	뭐가?
김충옥	경부보로 승진하니까 뭐가 더 잘 보여?
박경식	나한테 일본 앞잡이 하라고 시킨 놈이 누구더라?
김충옥	믿을 만한 놈이 들어가야 하니까. 내 친구 경식이는 믿을 수 있거든.
박경식	그래, 네가 그랬지. 정보가 중요하다고. 나 언제까지 해야 하냐. 이 짓. 창씨개명까지 하고. 쪽바리 놈들한테 굽실거리고. 이게 뭐하는 건가 싶다.
김충옥	오히려 더 좋아할까 봐 난 걱정인데. 달콤한 돈과 권력에 물들까 봐.
박경식	의심받지 않기 위해 어쩔 수 없이 같은 민족, 동포들을 탄압해야 하는 심정이 미쳐버릴 것 같아.
김충옥	더 큰 일을 도모하기 위함이니 조금만… 조금만 더 부탁해.
박경식	그래. 그래야지.

잠시 침묵.

박경식	넌? 상해 쪽은? 이상 없고?
김충옥	응.
박경식	김구 선생은? 만났어?
김충옥	김원봉 단장만.
박경식	물건은?
김충옥	받아왔어.
박경식	고생했네.

김충옥	내일모레 총독 일정은?
박경식	내일모레? 다음 주 서울역이라며?
김충옥	계획이 수정됐어.
박경식	어디로?
김충옥	종로경찰서.
박경식	(놀라서 크게) 뭐?
김충옥	쉿.
박경식	내일모레?
김충옥	응. 내일모레 총독 일정 알려줘.
박경식	출근.
김충옥	좋아.
박경식	폭탄이야?
김충옥	(고개 끄덕인다.)
박경식	집무실 3층 아니면 회의실 2층 둘 중 한 군데 있을 거야. 만약 둘 다 없으면 로비에서 신호 줄게. 직접 올 거지?
김충옥	동지들과 함께.
박경식	그렇군.

잠시 침묵.

김충옥	뭐 또 있어?
박경식	아니.
김충옥	그날… 로비에서 위로 올라가지 마.
박경식	왜?

김충옥	폭탄이 좀 쎄. 이왕이면 밖으로 나가 있어.
박경식	그래.
김충옥	갈게.
박경식	충옥아.
김충옥	응?
박경식	너 꼭 살아라. 너 죽으면 안 돼. 너 죽으면 나를 증명해줄 사람이 없어지는 거야. 그러면 난⋯.
김충옥	진짜 매국노로 역사에 남게 되겠지.
박경식	나 싫다. 그거.
김충옥	걱정 마. 나 안 죽는다. 절대. 이 나라 독립을 보는 그날까지 반드시 살아남는다.

김충옥, 자리에서 일어나 퇴장한다. 심각한 표정의 박경식.

암전.

고요한 정적이 암전 속에 이어지다 갑자기 폭탄 터지는 폭발음이 들린다. 이어지는 비명과 총탄 소리 외침, 점점 작아지며 무대 밝아진다.

3장

경성, 의열단 은신처. 다리에 총을 맞고 피를 흘리는 신화진을 이명순이 부축하며 등장한다.

이명순 조금만 참아요. 조금만.

명순, 화진을 상자에 앉히고 벽에 기댈 수 있게 한다.

이명순 상처 좀 봐요.

명순, 화진의 다리 상처를 살핀다.

이명순 다행이에요. 총알이 스치고 지나갔어요.
신화진 젠장! 나 때문이야. 내가 폭탄을 제대로만 던졌어도….
이명순 자책하지 말아요. 상황이 좋지 않았어요. 화진 동지 탓이 아니에요.
신화진 당황했어. 계획대로라면 보초가 두세 명밖에 없어야 했는데 갑자기 몰려나오는 바람에… 정확히 던져야 할 시기와 방향을 놓쳐버렸어. (괴로워하며 얼굴을 감싸고) 아!
이명순 다행히 충옥 동지가 두 번째 폭탄을 잘 던졌잖아요. 사이토 총독에게 분명히 피해가 있을 거예요.
신화진 확인하지 못했잖아.

이명순	연기가 자욱해서… 그리고 순사들도 너무 많았어요. 잘못하면 다 죽을 수도 있었다고요.
신화진	다른 동지들은? 무사히 빠져나왔을까?
이명순	순사들과 총격전을 펼치다 흩어졌으니 아마 따돌리고 올 거예요.
신화진	태규 형님이 던진 세 번째 폭탄은 왜 불발된 거지?
이명순	글쎄요. 폭탄마다 불발탄이 종종 있으니까.
신화진	이 거사를 위해 몇 개월을 기다렸는데! 젠장!
이명순	아직 사이토 총독이 어떻게 됐는지 모르잖아요. 그리고 만약 실패했다 하더라도 며칠 뒤에 서울역에서 또 기회가 있고요.
신화진	충옥 동지 쪽 위치에서 보였을 거야. 사이토 총독이 폭탄에 충격을 받았는지 어땠는지.
이명순	일단 치료부터 좀 할게요. 잠시만 기다려요.

명순, 구급약을 찾는다. 화진에게 다가와 치료해준다.
거뭇한 그을음이 얼굴에 묻은 충옥이 다급히 들어온다.

| 이명순 | 오셨군요! |

충옥, 다짜고짜 화진에게 달려들어 멱살을 잡는다.

김충옥	말해! 폭탄을 왜 그때! 그쪽으로 던진 거야! 어?
신화진	난 그게….
김충옥	내가 신호를 줄 테니까 기다리라고 했잖아!

이명순	당황했대요. 계획과 달리 상황이 바뀌니까 다들 당황할 수밖에 없었어요.
김충옥	사이토 총독이 놀라 숨어버렸잖아! 조금만! 조금만 더 기다렸어도!

나무 상자를 걷어차는 충옥.

신화진	죄송합니다.
이명순	사이토 총독은…?
김충옥	달아났어.
이명순	아.
김충옥	거사는 실패야.

모두 침묵.

김충옥	태규 형님이랑 설진이는?
이명순	아직 안 왔어요.
김충옥	두 사람이 같은 방향으로 갔어. 순사들이 그쪽으로 가장 많이 쫓아갔어. 어쩌면 붙잡혔을지도 몰라.
신화진	우리도 위험해요.
이명순	네?
신화진	(두려움에 떨며) 여기 버리고 떠야 해. 이쪽으로 몰려올지도 몰라. 빨리요. 당장 여기를 벗어나야 한다고!
이명순	화진 동지! 가만 있어요. 기다려야 해요. 살아도 같이 살고! 죽

어도 같이 죽는 거예요.

신화진 만약 우리 중에 밀정이 있다면?

김충옥 뭐?

신화진 그래도 같이 살고 같이 죽는다고?

이명순 왜 그렇게 생각해요? 왜 우리 중에 밀정이 있다고 생각하죠?

신화진 세 번째 폭탄이 터지지 않았어. 태규 형님이 던진 폭탄!

이명순 지금 태규 동지를 의심하는 거예요?

신화진 우리 정보랑 달랐잖아. 사이토 총독은 분명히 2층이나 3층에 있을 거라고 했고 순사들은 대부분 2층에 있을 거라고! 그런데 갑자기 로비에서 우루루 올라왔어. 태규 형님과 설진 동지가 순사로 위장 안 했으면 바로 총에 맞아 죽었을 거야. 순사로 위장하면 자신은 총에 맞지 않는다는 걸 알고 있었던 거야. 뭔가 이상하지 않아? 우리 정보를 태규 형님이 흘린 거야. 그렇지 않다면 이렇게 상황이 달라질 수가….

충옥, 화진의 얼굴을 주먹으로 때린다. 쓰러지는 화진. 이어서 화진의 멱살을 잡고 한 손을 치켜드는 충옥.

이명순 그만! 다리를 다쳤어요!

충옥, 화진을 멱살을 놓는다.

김충옥 확실한 증거 없이 심증만으로 서로 의심하는 거! 그게 바로 분열의 시작이야. 우린 지금… 약해져선 안 돼.

| 신화진 | 알겠습니다. |
| 김충옥 | 일단 기다리자. |

모두 침묵.
충옥, 화진의 다리를 살핀다.

김충옥	어때? 통증은?
신화진	견딜 만해요.
김충옥	지금 의원에게 갈 순 없어. 그건 일본 순사들한테 잡아가라고 하는 거나 다름없어.
이명순	이미 경성지역 의원들 주위에 잠복하고 있을 거예요.
김충옥	태규 형님의 작은 아버지께서 의원이셨어. 우선 응급처치만 하고 태규 형님을 기다려보자.
신화진	싫습니다.
김충옥	뭐?
신화진	저 솔직히 태규 형님을 못 믿겠어요. 태규 형님의 도움을 받고 싶지 않습니다.
김충옥	다시 한번 말하지만! 확실한 증거를 찾기 전까지 절대 의심을 입 밖으로 꺼내지 마라. 만약 네 말대로 태규 형님이 밀정이라면 아니… 그 누구라도! 일본 놈들의 밀정임이 밝혀지면 내가 가장 먼저 그자를 처단할 테니까. 알겠어?

고개 끄덕이는 화진. 그때, 밖에서 문 두드리는 소리 들린다.
깜짝 놀라는 세 사람. 충옥, 가슴에서 권총을 꺼내어 들고 문 앞에 선

다.

김충옥   누구시오.

최태규   (소리) 어서 문 여시게. 날세. 태규.

충옥, 문을 연다. 순사 복장을 한 태규가 들어온다.

김충옥   다친 데는 없습니까?

최태규   난 괜찮아. 다들 괜찮나?

이명순   화진 동지만 총알이 다리를 스쳤고 그 외엔 괜찮습니다.

최태규   다행이군.

김충옥   설진이는?

최태규   설진 동지? 아직 안 왔어?

김충옥   같이 가지 않았습니까?

최태규   흩어질 때 따라온 것 같긴 한데 바로 총격전이 벌어져서 미처
          챙기지 못했어.

김충옥   예?

최태규   왜?

김충옥   아닙니다. 꽤 많은 숫자의 순사들이 그쪽으로 갔는데… 걱정
          이 돼서요.

최태규   설진이와 내가 순사 옷을 입고 있어서 아마 우리가 그랬다고
          는 생각 못 했을 거야. 나를 쫓아오는 순사는 없었는데. 혹시
          설진 동지 쪽으로 순사들이 쫓아간 걸까?

이명순   그럼 설진 동지의 행방은 전혀 모르시는군요.

최태규	그렇지. 바로 헤어졌으니.

태규, 화진의 다리를 보고.

최태규	화진이, 자네 다리를 다쳤구만.
이명순	탄알이 스친 것 같아요.
신화진	다행히 심하진 않습니다.
최태규	아니야. 그래도 찢어진 부위를 봉합하지 않으면 상처가 곪을 수 있어. 탄알 독이 퍼질 수 있지.
김충옥	형님, 작은아버지께서 의원 하신다고 하지 않았나요?
최태규	외과 전문은 아니시지만, 이 정도 봉합은 할 수 있을 거야.
김충옥	그럼 부탁 좀 드려도 될까요?
최태규	그러지. 화진이 나와 함께 가세.

대꾸 없이 망설이는 화진.

최태규	화진아 왜? 외과 전문이 아니라서 걱정돼?
신화진	아니요. 그런 건 아니고….
김충옥	화진 동지.

충옥, 화진을 보며 고개를 가로젓는다. 그제야 고개 끄덕이는 화진.

신화진	알겠습니다. 그렇게 하시죠.
이명순	함께 갈까요?

김충옥	아니야. 지금 몰려다니면 오히려 눈에 띄기 쉬워.
최태규	나와 화진이만 가는 게 좋을 것 같네.
김충옥	그럼 부탁 좀 드리겠습니다.
이명순	다음 계획을 정하고 가시는 게 어떻습니까. 다시 모이기까지 일이 어떻게 될지 모르는 판이니. 충옥 동지는 설진 동지를 계속 기다릴 건가요?
김충옥	그래야지.
이명순	그럼 우리는 어떡할까요? 여기를 버리고 다른 장소에서 만날까요?
신화진	내일 저녁에 우리 집에서 다시 모이는 게 어떻겠습니까? 이 정도면 하루만 치료받고 집에 누워 있으면 될 것 같은데.
김충옥	삼판동에 있는 저희 삼촌 집에서 모이겠습니다.
최태규	삼판동?
김충옥	예. 서울역 근처로 가는 것이 다음 주 거사를 기약하기 용이할 것입니다.
최태규	다음 주에 서울역에서 거사할 수 있겠나? 오늘 일로 경비가 더욱 삼엄해질 텐데 말이야.
김충옥	알아보겠습니다. 일단 내일 만나서 얘기 나누시죠.
신화진	갑자기 이런 말씀을 드려서 좀 이상할 수 있는데… 충옥 동지는 어디서 정보를 얻습니까?
김충옥	뭐?
신화진	이번 거사도 그렇고 다른 곳에서 알아 오는 정보가 믿을 만한 것인지 의심이 돼서 그렇습니다.
최태규	그렇긴 해. 종로 경찰서에 순사들 배치도 달랐고 인원수도 정

보와 달랐어.

김충옥 　정보가 틀렸던 게 아니라 오늘 당일 갑자기 바뀐 겁니다.

모두 어색한 침묵.

이명순 　이번엔 충옥 동지를 의심하는 겁니까?

최태규 　이번엔…이라니?

김충옥 　(태규에게) 아닙니다. (모두에게) 어제까지 모두 같이 확인하지 않
　　　　았습니까. 정확한 정보였고 이상 없었습니다. 거사 직전에 바
　　　　뀐 겁니다.

신화진 　충옥 동지의 정보통 누군지 말해주시면 안 되겠습니까?

김충옥 　뭐?

최태규 　사실 우리끼린 충옥이 자네 정보통에 대해서 예전부터 궁금해
　　　　왔던 게 사실이야. 하지만 자넨 절대 밝히지 않으니까. 알지.
　　　　왜 말하지 않는지도 알지만… 뭐, 그 정보통이 믿을만한 건지
　　　　궁금한 거야. 자네를 의심한다는 게 아니라 자네의 정보통이
　　　　의심스럽다는 얘기지. 오해는 하지 말게나.

김충옥 　(약간 감정적으로) 믿을 만한 정보통입니다. 확실합니다.

모두 침묵.

김충옥 　정보통의 문제가 아니라 다른 이유가 있을 겁니다. 저도 좀 알
　　　　아보고 내일 만나서 다시 논의하기로 하겠습니다.

최태규 　그래, 알겠네. 내일 삼판동에서 보세.

태규, 화진을 부축하며 퇴장한다.

명순, 문을 닫고 태규와 화진이 가는 것을 확인한 후.

이명순   오라버니.

김충옥   그래. 넌 좀 괜찮은 거야?

이명순   네.

잠시 침묵.

이명순   오라버니… 어떻게 들릴지 모르겠지만… 화진 동지와 태규 동
지의 말이 틀린 건 아니에요. 충분히 의심할 만해요. 정보가
샌 것은 맞는 것 같아요.

김충옥   그럴 리가 없어… 어떻게 된 건지 모르겠어.

이명순   저한테는 말해줄 수 있지 않나요?

김충옥   뭘?

이명순   경찰서 정보요. 순사들 위치와 인원에 대한….

김충옥   그게 잘못된 정보가 아니라고 했잖아. 오늘 당일 바뀐 거라니
까.

이명순   정보가 잘못된 게 아니라 사람이 잘못된 것일 수 있으니까.

김충옥   무슨 뜻이지?

이명순   정보는 바뀔 수 있어요. 정보를 전달하는 사람이 마음이 바뀌
면 그 정보는 시점에 따라 약이 될 수도, 독이 될 수도 있는 거
잖아요. 오라버니한테 정보를 준 사람의 마음이 변했을 수도
있으니까 그 사람이 누구냐고 묻는 거예요.

김충옥	밝힐 수 없어.
이명순	저도 못 믿는 건가요?
김충옥	명순이 널 못 믿는 게 아니라 네가 위험해질까 봐 말 못하는 거야.

잠시 침묵.

이명순	알겠어요. 그럼 하나만 다시 물어볼게요. 오라버니의 정보통을 아는 사람은 오라버니 외엔 아무도 없는 게 확실한가요?
김충옥	응. 나 이외엔 아무도 몰라.
이명순	그렇다면….
김충옥	명순아.
이명순	네?
김충옥	혹시 아까 태큐 형님이 한 말….
이명순	무슨 말이요?
김충옥	자신이 먼저 뛰어가고 설진이 자기를 따라왔다고 했어.
이명순	그랬죠. 그런데 그게 왜요?
김충옥	내가 본 건 그게 아니야. 흩어지라는 외침에 설진이 먼저 뛰어갔고 태큐 형님이 설진이를 따라갔거든. 근데 왜 설진이 자기를 따라왔다고 했을까.
이명순	글쎄요. 단지 말실수도 있고 기억이 왜곡됐을 수도 있죠.
김충옥	그래, 그럴 수도 있지. 알겠어. 얼른 가서 쉬어. 내일 삼판동에서 만나자.
이명순	설진 동지는 혼자 기다리실 건가요?

| 김충옥 | 응. 아침까지만 기다리다 안 오면 나도 옮길게. |
| 이명순 | 알겠어요. |

명순, 가려다 멈춰서.

| 이명순 | 충옥 오라버니, 혹시나 만약… 이곳에 순사들이 들이닥치면… (한쪽 벽을 가리키며) 저 벽 뒤에 몸을 숨기세요. |

충옥, 고개 끄덕인다.

| 김충옥 | 염려 마. |

명순, 퇴장한다. 긴 한숨 내뱉는 충옥.

암전.

4장

경성, 의열단 은신처. 깊은 새벽. 한쪽에 몸을 웅크리고 자는 충옥.
계속 입고 있던 코트를 이불 삼아 덮고 있다.
밖에서 인기척이 들리고 벌떡 일어나는 충옥, 밖을 살핀다.

순사1	(소리) 이쪽 맞아?
순사2	(소리) 확실합니다.
김충옥	여기를 어떻게 알았지?
순사1	(소리) 흩어져서 뒤져봐!
순사2	(소리) 예!

충옥, 재빨리 명순이 가리켰던 벽으로 가서 무언가 누르자 벽이 열리고 뒤쪽 공간이 보인다. 그 안에 몸을 숨기고 벽이 닫히면 감쪽같이 자취를 감춘다. 그제야 방문을 열고 들어오는 순사2.

순사2	이쪽에 창고가 있습니다!

순사1이 들어와 주위를 살핀다.

순사1	사람의 흔적이 있다. 조금 전까지 있었던 것 같은데?

그때, 따라서 등장하는 박경식.

박경식	뭐야?

순사1, 2 경식에게 경례한다.

순사2	의열단 놈들의 은신처를 찾은 것 같습니다.

갑자기 순사2의 정강이를 걷어차는 경식.

순사2   악! (바닥에 쓰러져 정강이를 잡고 고통스러워한다.)

박경식   야, 이 새끼야. 이게 어디 은신처로 보이나! 그냥 거지들이 추
         위에 몸이나 녹이는 허름한 창고 아냐! 여기 말고 저 옆집을 살
         펴봐! 이쪽은 아니야!

순사1   그래도… 여기를 좀 더 뒤져보면….

박경식   뭐? 지금 뭐라고 했어?

순사1   아, 아닙니다.

박경식   내가 우습나?

순사1   예?

박경식   이 다무라 경부보가 순수 일본인이 아니라 조센진이어서! 이
         자리에 올라온 게 우습냐 이 말이다!

순사1   아닙니다!

박경식   그럼 나가. 당장 나가서 의열단 놈들을 찾아!

순사1,2 긴장하며 차렷 자세로 외친다.

순사들   하이!

순사1,2, 모두 서둘러 퇴장한다. 박경식, 주위를 둘러보고 충옥이 입
고 있던 코트를 주워서 살펴본다. 근심 어린 표정 지으며 코트를 바닥
에 던지고 창고 안을 둘러본다. 그러다 충옥이 숨어있는 벽 앞을 지나
는데 갑자기 벽이 열리며 충옥이 밖으로 나온다. 깜짝 놀라는 경식.

박경식   충옥….

충옥은 경식에게 달려들어 입을 틀어막고 바닥에 눕힌다.

박경식   읍읍! 왜 이래….
김충옥   박경식 너 이 새끼… 솔직히 말해. 나 배신한 거냐? 변절했어?
          밀정을 하라고 거기에 집어넣었더니 진짜 그놈들 편이 된 거
          야?
박경식   읍읍….
김충옥   말해. 어서 말해!

주먹으로 충옥을 치는 경식. 두 사람, 치고받고 한 바퀴 구른다.

박경식   야 이 미친놈아! 입을 틀어막고 있는데 어떻게 말하란 거야?
김충옥   뭐야. 너 말해봐. 도대체 뭐야!
박경식   조용히 해! 내가 겨우 다른 데로 놈들을 따돌렸잖아. 거기 숨
          어서 다 들었을 거 아냐? 내가 왜 널 배신해? 생각해봐. 내가
          네 옷을 보고 여기 있었단 걸 알았는데 왜 순사들을 밖으로 내
          보냈겠어? 내가 밀정이라면 널 잡았어야지.
김충옥   그럼 어떻게 된 거야?
박경식   뭐가?
김충옥   오늘 거사를 치르기 직전에 순사들 배치와 인원이 달라졌어.
          네가 준 정보가 바뀌었다고!
박경식   나도 알아.

김충옥	그럼 설명해 봐. 어떻게 된 건지!
박경식	목소리 낮춰. 아직 멀리 못 갔을 거야. 흥분하지 말고 좀 들어봐. 내 말을 믿어야 해. 알겠어?
김충옥	말해.
박경식	이번 거사를 아는 사람 누구누구야?
김충옥	아무도 없어. 우리 의열단 동지들 말고는 아무도⋯.

잠시 멈칫하고 말을 못 잇는 충옥.

박경식	너희 안에 밀정이 있어.
김충옥	⋯.
박경식	오늘 거사에 착수한 단원들 몇 명이지? 4명? 5명?
김충옥	다섯⋯.
박경식	명순이도 있었지? 멀리서 내가 본 것 같은데. 그중에 한 명은 죽었으니까 그럼⋯.
김충옥	한명이 죽다니?
박경식	⋯.
김충옥	설진이가 죽었다고?
박경식	응. 시체로 발견됐어.
김충옥	어디서?
박경식	명동 뒷골목에서.
김충옥	누가 죽였는데?
박경식	모르지. 총격전 끝에 달아나다 죽었는데 순사들이 쏜 총에 맞은 건지, 스스로 자살을 한 건지.

충옥, 자리에 털썩 주저앉는다. 잠시 침묵.

김충옥	시체는?
박경식	명동 뒷골목 어딘가에 있겠지. 나도 순사들한테 둘러싸여 있어서 어떻게 처리할 수가 없었어.
김충옥	아.

잠시 침묵.

박경식	아무튼 그 죽은 친구가 밀정일 리는 없을 테고… 그렇다면 너 빼고 3명이야. 그중에 짐작 가는 사람 없어?
김충옥	잠깐만. 나 잠시….

고통스러운 듯 머리를 감싸 쥐는 충옥.

박경식	그래, 충격이 크겠지. 밀정이란 게 그렇지. 가장 최측근이었던 사람이 변절하고 가장 믿었던 내 아내, 내 남편, 내 자식, 내 형제가 밀고를 하는 거야. 가족을 팔고, 나라를 팔고, 민족을 파는 거지.
김충옥	명순이는 아니야.
박경식	그래, 나도 명순이는 아닐 거라 생각해. 어릴 때부터 한동네에 살면서 널 좋아했잖아. 의열단도 너 때문에 가입한 거고.
김충옥	이 벽 뒤에 비밀공간을 가르쳐 준 사람이 명순이야. 명순이가 밀정일 리 없어.

박경식   그럼 나머지 두 명은 누구야?

충옥, 물끄러미 경식을 쳐다본다.

김충옥   난 지금 너무 혼란스러워. 미안하지만… 너도 못 믿겠어.

박경식   나도 답답하다.

김충옥   여기 우리 은신처 어떻게 알았어?

박경식   네가 나한테 여길 알려준 적 있어? 없잖아. 내가 물어본 적도
          없고. 아니야?

김충옥   그렇지. 혹시 너한테 미행이 붙을 수도 있는 거고, 아니면 네
          가 우리 쪽 밀정이라는 게 발각되어서 고문당할 수도 있으니
          까….

박경식   알아. 나도 그래서 안 물어본 거고.

잠시 침묵.

박경식   우메다 경부한테 보고하는 놈이 있어. 그놈이 밀정이야. 우메
          다 경부가 갑자기 오늘 오전에 순사들을 전원 소집하더니 배
          치 인원과 위치를 바꿨어. 그리고 여기 은신처도 우메다 경부
          가 알고 출동시킨 거야! 정확히 이곳을 지정하고 출동 명령을
          내리는데 깜짝 놀랐어. 나도 몰랐던 은신처 위치를 우메다 경
          부가 어떻게 알겠어? 확실히 밀정이 있는 거야.

그때 바깥에서 박경식을 찾는 소리가 들린다.

순사2   (소리) 다무라 경부보님! 아직 안에 계십니까?

박경식   (밖을 향해) 나간다. 기다려!

경식, 밖을 한번 살피고는 다시 충옥의 어깨를 붙잡고 말한다.

박경식   시간이 없어. 여기 오래 있다간 나도 의심받을 거야.

충옥, 넋이 나간 듯 멍하니 생각에 잠겨있다.

박경식   충옥아, 내 말 잘 들어. 오늘 낮에 폭탄 사건으로 종로경찰서는
         지금 난리가 났어. 다른 경찰서에 지원 요청하고 2천 명이 넘
         는 순사들이 경성 전역을 이 잡듯이 뒤지고 있다고. 그러니까
         돌아다니면 더 위험해. (둘러보더니) 차라리 여기! 저 벽 뒤에 숨
         어있어. 오히려 그게 더 안전할 거야. 여기는 수색을 이미 했
         으니까. 수색 범위를 더 넓혀나가느라 여기는 제외할 게 분명
         해. 알겠어? 정신 차려 인마!

김충옥   그래… 알겠어.

박경식   일단 누가 밀정인지 알아내야 해. 혹시 나의 존재에 대해 동지
         들에게 말한 적 있어?

김충옥   아니.

박경식   절대 나에 대해서 말하면 안 돼. 그럼 그놈이 우메다 경부에게
         바로 보고할 거야. 아무도 믿지 마. 혹시 모르니까 명순이도
         믿지 않는 게 좋아. 나 갈게.

경식이 다급히 나가려는데 충옥이 붙잡으며 말한다.

김충옥   좋은 생각이 있어.

박경식   뭐가?

김충옥   누가 밀정인지 알아내는 방법.

박경식   나중에 상황을 봐서 다시 접선하자. 우선 지금은 가봐야 해.
              나도 동태를 더 파악해볼게.

김충옥   그래.

경식, 퇴장한다. 혼자 생각에 잠기는 충옥.

김충옥   세 사람 중에 밀정이 있다고? 누굴까?

충옥의 머릿속 추측에 따라 세 인물이 등장해 말하기 시작한다.

김충옥   첫 번째 수류탄 투척을 실패하고 방향도 잘못 던졌던 화진?

화진이 등장한다.

신화진   처음 뵙겠습니다. 충옥 동지 얘기는 많이 들었습니다. 저도 의
              열단 단원입니다. 여기 경성에서 충옥 동지를 만나라는 김원
              봉 선생의 지시를 받고 개성에서 내려왔습니다. 의열단에서
              이 나라, 이 조국을 위해 싸우다 죽겠습니다.

다시 충옥의 독백.

김충옥   화진은 태규 형님을 의심했어. 혹시 자신의 정체를 감추려고
        일부러 태규 형님을 모함한 것일까?

조금 전 상황. 태규를 의심하는 화진의 모습.

신화진   세 번째 폭탄이 터지지 않았어. 태규 형님이 던진 폭탄! 우리
        정보랑 달랐잖아. 사이토 총독은 분명히 2층이나 3층에 있을
        거라고 했고 순사들은 대부분 2층에 있을 거라고! 그런데 갑자
        기 로비에서 우루루 올라왔어. 태규 형님과 설진 동지가 순사
        로 위장 안 했으면 바로 총에 맞아 죽었을 거야. 순사로 위장하
        면 자신은 총에 맞지 않는다는 걸 알고 있었던 거야. 뭔가 이상
        하지 않아? 우리 정보를 태규 형님이 흘린 거야. 그렇지 않다
        면 이렇게 상황이 달라질 수가….
김충옥   그리고 나까지 의심했지.
신화진   갑자기 이런 말씀을 드려서 좀 이상할 수 있는데… 충옥 동지
        는 어디서 정보를 얻습니까? 이번 거사도 그렇고 다른 곳에서
        알아 오는 정보가 믿을 만한 것인지 의심이 돼서 그렇습니다.
김충옥   나를 직접적으로 명명한 것은 아니지만 나를 의심하는 거나
        마찬가지였어. 그래, 서로를 의심하게 만들고 분열시키기 위
        해 그런 걸 수도!

갑자기 고개를 세차게 가로저으며 털썩 주저앉는 충옥.

김충옥	아니야. 그렇다고 밀정이라는 확실한 증거는 되지 않아. 어쩌면 화진의 말대로 태규 형님이….

다시 충옥의 머릿속 회상. 최태규가 등장한다.

최태규	충옥아! 이게 얼마 만이냐! 네가 의열단으로 경성에 있단 소식은 들었다. 어디서 듣긴! 나도 의열단에 가입하고 알게 됐지. 우리 의열단이 어느덧 전국 통틀어 200명이 넘는다는구나. 일제 치하에 나라 잃은 심정을 어찌 다 이루 말할 수 있겠냐. 나라를 찾겠다는 신념하에 고향 땅 버리고 나도 너처럼 이곳 경성으로 올라온 거야. 여기서 다시 널 보니 상경길 잘했다는 생각이 드는구나! 하하.

다시 충옥의 독백 이어진다.

김충옥	조금 전 거사에서 태규 형님이 던진 세 번째 수류탄이 불발되었어. 혹시 일부러 불발되도록 한 것일까? 그리고 달아날 때 내가 본 것은 분명 설진이 먼저 뛰어가고 태규 형님이 따라가는 모습이었어.

조금 전 태규의 대사가 재연된다.

최태규	설진 동지? 아직 안 왔어? 흩어질 때 따라온 것 같긴 한데 바로 총격전이 벌어져서 미처 챙기지 못했어. 설진이와 내가 순사

옷을 입고 있어서 아마 우리가 그랬다고는 생각 못 했을 거야. 나를 쫓아오는 순사는 없었는데. 혹시 설진 동지 쪽으로 순사들이 쫓아간 걸까?

김충옥   태규 형님과 같은 방향으로 갔던 설진이는 결국 시체로 발견 됐어. 순사 옷을 입고 있었는데 살해되고 만 거야. 혹시 태규 형님이 그런 것일까? 태규 형님은 내 정보통에 대해서도 알고 싶어 했어. 우리 쪽 밀정을 찾아내려고 했던 것은 아닐까?

최태규   사실 우리끼린 충옥이 자네 정보통에 대해서 예전부터 궁금해 왔던 게 사실이야. 하지만 자넨 절대 밝히지 않으니까. 알지. 왜 말하지 않는지도 알지만… 뭐, 그 정보통이 믿을만한 건지 궁금한 거야. 자네를 의심한다는 게 아니라 자네의 정보통이 의심스럽다는 얘기지. 오해는 하지 말게나.

벌떡 일어나 고뇌하는 충옥. 갑자기 멈춰서더니.

김충옥   설마…?

이명순이 등장한다.

이명순   충옥 오라버니. 제가 비록 여자의 몸이지만 의열단에 가입하고 싶습니다. 이렇게 불쑥 경성에 올라와 오라버니께 다짜고짜 말씀드리는 것 같아 죄송하지만… 저도 오라버니처럼 이 나라 독립을 위해 싸우고 싶습니다. 지금의 온건한 방식으로는 절대 독립을 이룰 수 없다고 생각해요. 단호하고 결연한 무장투쟁만이 우리의 주권을 되찾을 수 있는 유일한 길이라고 생각합니다. 알려주세요. 어떻게 하면 의열단에 가입할 수 있는 거죠?

다시 충옥의 독백.

김충옥   생각해보면 명순이도 내 정보통을 알고 싶어 했어.
이명순   정보는 바뀔 수 있어요. 정보를 전달하는 사람이 마음이 바뀌면 그 정보는 시점에 따라 약이 될 수도, 독이 될 수도 있는 거잖아요. 오라버니한테 정보를 준 사람의 마음이 변했을 수도 있으니까 그 사람이 누구냐고 묻는 거예요. 저도 못 믿는 건가요?
김충옥   아니야. 명순이 그럴 리 없어. 우리에게 은신처를 제공해준 사람이 명순인데….
이명순   의열단 은신처를 옮겨야겠어요. 이화동 쪽에 제가 아는 곳이 있어요. 창고로 사용되는 곳인데 주택가 사이 안쪽에 있어서 피신하기 적당할 거예요.
김충옥   이 벽의 뒷공간도 유일하게 내게만 알려주었고.
이명순   오라버니만 알고 계세요. 이곳에는 비밀공간이 있어요. 저기 벽, 보이시죠? 저 벽 뒤에 한 사람 정도 숨을 수 있는 공간이 있는데 벽을 닫으면 정말 감쪽같이 자취를 감출 수 있어요.
김충옥   그래… 어쩌면….

박경식이 등장한다.

박경식   너 그 말 진심이야? 나보고 놈들 소굴로 들어가라고? 난 너처럼 의열단 단원이 될 생각이었어. 아니, 절대 그럴 수 없어. 그래 아버지 병환으로 몸져누워계시고 약 살 돈도 없지. 하지만 다른 방법으로 돈을 구하면 돼. 창씨 개명까지 하고 쪽발이 놈들 월급을 받고 개 같은 앞잡이 노릇을 하란 말이야? 가짜라고 해도! 어쨌든 겉으로 그런 삶을 살아야 하는 거잖아. 충옥아, 우리 아버지 독립운동하시다 일본 놈들의 총칼 앞에 저렇게 몸져누우신 거야. 내가 어떻게 일본 경찰의 모습으로 아버지 앞에 나타나란 말이냐. 난 절대 못 한다.

김충옥의 독백이 계속 이어진다.

김충옥   그래, 난 경식이에게 우리의 은신처를 알려주지 않았어. 설마 날 미행한 것일까?

다시 경식의 과거 대사 재연.

박경식   네가 나한테 여길 알려준 적 있어? 없잖아. 내가 물어본 적도 없고. 아니야?

김충옥   생각해보면 우리 안에 밀정이 있다는 것을 내게 확실히 알려준 사람은 바로 경식이야.

박경식   우메다 경부한테 보고하는 놈이 있어. 그놈이 밀정이야. 우메다 경부가 갑자기 오늘 오전에 순사들을 전원 소집하더니 배치 인원과 위치를 바꿨어. 그리고 여기 은신처도 우메다 경부

가 알고 출동시킨 거야! 정확히 이곳을 지정하고 출동 명령을
내리는데 깜짝 놀랐어. 나도 몰랐던 은신처 위치를 우메다 경
부가 어떻게 알겠어? 확실히 밀정이 있는 거야.

김충옥   모르겠어. 아냐… 누구도 믿을 수 없어. 누구야… 도대체….

등장해 있던 화진, 태규, 명순, 경식이 한마디씩 충옥에게 말하기 시
작한다.

신화진   충옥 동지는 어디서 정보를 얻습니까?

최태규   자네를 의심한다는 게 아니라 자네의 정보통이 의심스럽다는
얘기지.

이명순   그 사람이 누구냐고 묻는 거예요.

박경식   우메다 경부한테 보고하는 놈이 있어. 그놈이 밀정이야.

괴로워하며 버럭 소리를 지르는 충옥.

김충옥   그만… 그만!

모두 침묵.

김충옥   도대체… 누구야.

모두 굳은 표정으로 굳게 입 다문 채 암전.

5장

경성, 의열단 은신처.

충옥이 누군가를 기다리고 있다. 노크 소리 들린다.

김충옥   누구요!

이명순   (소리) 저예요. 명순이.

문 열어주는 충옥. 다급하게 들어오는 명순.

김충옥   모두 전했어?

이명순   (고개 끄덕이며) 네. 먼저 화진 동지의 집으로 찾아갔어요.

명순의 회상 장면이 한쪽에서 재연된다.

신화진의 집 앞. 화진이 두리번거리며 등장한다.

신화진   명순 동지, 집 앞까지 어인 일로?

이명순   계획이 변경되어서 급히 찾아왔습니다. 간밤에 삼양동 은신처
         가 순사들에게 기습당했습니다.

신화진   뭐? 그래서?

이명순   충옥 동지가 혼자 자고 있었는데 다행히 도망 나와서 우리 집
         에 와서 제게 알려줬습니다.

신화진   아. 그렇군.

이명순   도주 중에 충옥 동지 얼굴이 놈들에게 알려진 것 같아요. 그래
        서 저 혼자 이렇게 왔습니다. 오늘 삼판동에서 만나기로 한 계
        획을 전면 취소하고 다른 곳에서 모이기로 계획을 수정했어
        요.

신화진   충옥 동지는 지금 어디에 있소?

이명순   일단 몸을 피했다가 내일 모임 장소에 나타나기로 했어요. 어
        디 있는지는 저도 몰라요.

신화진   그럼 내일 어디에서?

이명순   왕십리 안장사.

신화진   시간은?

이명순   내일 밤 자시에요.

신화진   알겠소.

이명순   그럼.

        화진은 퇴장하고 다시 공간은 은신처로 이어진다.

김충옥   잘했어. 태규 형님에게도 전달했고?

이명순   네.

        다시 한쪽에 공간은 최태규의 집 앞으로 바뀐다.
        명순이 먼저 기다리고 있으면 최태규가 등장한다.

최태규   집 앞까지 웬일이야? 이따가 삼판동에서 만나기로….

이명순   계획이 변경됐어요.

최태규	뭐? 왜?
이명순	간밤에 삼양동 은신처가 순사들에게 기습당했어요.
최태규	이런! 충옥 동지는?
이명순	다행히 빠져나와서 우리 집으로 와서 알려줬어요.
최태규	다행이구만!
이명순	그래서 아무래도 삼판동은 위험하다고 판단하고 오늘 만남을 취소하고 장소를 변경해서 내일 모이기로 했어요.
최태규	어디로?
이명순	청파동 24번지.
최태규	청파동? 하필 왜?
이명순	청파동이 서울역 바로 뒤쪽이라 그런 것 같아요.
최태규	하긴. 사이토 총독이 일본으로 떠날 날이 바로 며칠 뒤라 시간을 벌 생각이구먼.
이명순	시간은 내일 밤 자시에요.
최태규	자시라. 알겠어.
이명순	그럼 가보겠습니다.
최태규	내일 보자. 몸조심하고.
이명순	네.

태규, 퇴장한다. 공간은 다시 은신처로 바뀐다.

김충옥	잘했어. 뭔가 이상한 느낌은 없었고?
이명순	없었어요. 두 사람 모두.
김충옥	….

이명순	자, 이제 알려주세요. 시키는 대로 했으니 이제 어쩔 생각이에요? 왜 두 사람에게 다른 장소를 알려 준 거죠?
김충옥	두고 보면 알 거야.
이명순	두 사람 중에 정말 밀정이 있다고 생각하는 거예요?
김충옥	응. 확실해.
이명순	그렇게 단정 짓는 근거는요?
김충옥	그 근거를 만들기 위해서 그렇게 함정을 판 거야.
이명순	무슨 말인지 모르겠어요.
김충옥	명순아. 우리 안에 확실히 밀정이 있어. 그런데 넌 아니잖아. 그럼 두 사람뿐이지.
이명순	우리 안에 밀정이 확실히 있는지 어떻게 알죠?
김충옥	내 정보통.
이명순	또 그 정보통… 좋아요. 두 사람 중에 밀정이 있다고 쳐요. 누가 밀정인지 알게 된다면… 어떻게 할 셈이에요?
김충옥	처단해야지. 그게 의열단의 규칙이니까.
이명순	아. 정말 난 누굴 믿어야 할지.

잠시 침묵.

이명순	일단 우리 집으로 옮기는 게 어때요? 내일 자시까지.
김충옥	왜?
이명순	순사들이 여기 왔었는데 위험하잖아요. 또 들이닥치면 어쩌려고.
김충옥	아냐. 다른 곳도 샅샅이 수색 중이라 거리를 다니는 것 자체

가 위험해. 여기는 이미 수색한 곳이라 다시 올 리 없고. 그리고….

이명순   그리고 또 뭐요?

김충옥   여기서 만나기로 한 사람이 있어.

이명순   누구죠?

김충옥   내 정보통.

이명순   여기로 온다고요?

김충옥   응. 누군지 궁금해했잖아.

이명순   그렇긴 한데….

노크 소리 들린다.

김충옥   왔군.

충옥, 문 앞으로 가서 나지막이 묻는다.

김충옥   누구시오.

경식의 목소리 들린다.

박경식   (소리) 나야.

충옥, 문 열어주면 박경식이 들어온다. 명순을 보고 흠칫 놀라는 경식. 명순도 경식을 보고 깜짝 놀란다.

이명순	아!
박경식	명순이도 있었구나.
이명순	오라버니 정보통이….
김충옥	두 사람, 오랜만이지?
박경식	10년은 넘은 것 같은데. 맞나?
이명순	일본 경시청에 있다고 들었는데….
박경식	너도 내가 앞잡이가 됐다고 생각했지?
이명순	우리 쪽 밀정이에요?
박경식	정확히 말하면 충옥이의 밀정이지.
이명순	어떻게 이런….
김충옥	7년 전부터 준비해온 일이야. 나는 의열단에 가입하고 경식이 는 일본 경찰학교를 들어가기로 한 거지.
이명순	난 그런 줄도 모르고.
박경식	너만 모른 거 아니야. 내 부모, 형제, 친구들 모두 다 내가 일본 앞잡이가 됐다고 생각하지. 충옥이 만이 진실을 알고 있었어.
김충옥	인사는 이쯤 하기로 하고.
박경식	아, 그래.
김충옥	자, 우메다 경부에게 정보가 전달된 거지?

박경식, 고개 끄덕인다.

박경식	그러니까 내가 여기로 급히 달려왔겠지.
이명순	무슨 말이죠? 어떤 정보요?
김충옥	우리 안의 밀정이 종로 경찰서 우메다 경부에게 보고한다는

사실을 알아냈어.

이명순 그래서 두 사람에게 각각 다른 장소를…?

김충옥 말해 봐. 우메다 경부가 말한 장소가 어디지?

긴장된 표정으로 경식을 바라보는 두 사람.

박경식 청파동 24번지.

김충옥 아.

망연자실한 충옥.

박경식 누구야?

이명순 최태규.

박경식 태규 형님?

김충옥 어떻게 이럴 수가.

박경식 내일 자시. 맞아?

이명순 맞아요. 시간까지.

박경식 내일 자시에 청파동 24번지를 습격하기로 명령이 떨어졌어.

말없이 멍한 표정의 충옥.

김충옥 설진 동지도… 설진 동지도 죽인 거야!

이명순 네? 그럼 그때 도망가면서….

김충옥 최태규 이 개새끼!

박경식   이제 어쩔 거야?

김충옥   처단한다. 조선혁명선언. 일, 민중은 우리들의 혁명운동의 대본영이다. 이, 폭력은 우리들의 혁명에 유일한 무기이다. 삼, 우리는 민중으로 더불어 손을 잡고 천만년이 지날지라도 강도 일본 세력을 파괴하기 위하여 폭력에 의한 암살, 파괴, 폭동 등을 끊이지 아니할 것이다. 사, 우리들의 생활에 적합하지 못한 제도를 벗어나서 인류가 인류를 압박하고 권력이 인류를 압박하는 등의 일이 없는 이상적 조선을 세울 것이다.

       모두 침묵.

이명순   언제부터… 언제부터 밀정이 된 걸까요? 설마 처음부터 밀정으로 의열단에 들어온 걸까요?

박경식   그건 모를 일이야. 의열단을 들어온 이후에 회유와 겁박을 당했을 수도 있어.

김충옥   우메다 경부 짓이겠지.

박경식   아니, 그보다 더 윗선일 수도 있어.

이명순   윗선이라면?

박경식   내가 좀 알아볼게.

김충옥   조심해. 그러다 너까지 다칠 수 있어.

박경식   난 네가 더 걱정이야 인마. 조선총독부 놈들이 널 잡기 위해 혈안이 되어있어. 넌 경성 의열단 수장이니까. 네가 잡히거나 죽으면 의열단은 끝나는 거야. 충옥아, 넌 반드시 살아야 해. 네가 살아서 우리의 무장 항쟁을 이끌어야 해.

김충옥   그래, 끝까지 싸운다. 우리의 주권을 되찾는 그 날까지.

        충옥, 경식을 끌어안는다.

김충옥   내일 넌 모르는 척 출동해. 청파동 24번지엔 아무도 없을 거
        야. 얼른 가.
박경식   그래. 최태규 배후 알아보고 연락할게. 명순이도 몸조심하고.
이명순   네.

        박경식, 퇴장한다.

이명순   태규 동지가 변절자라니… 경식 오라버니가 밀정일 가능성은
        없나요? 만약 거짓으로 장소를 알려준 거라면?
김충옥   아니, 그럴 리는 없어. 난 경식이에겐 두 장소 모두 알려주지
        않았거든.
이명순   우메다 경부를 통해 알게 된 게 맞군요.
김충옥   가자.
이명순   어디로?
김충옥   민족의 배신자. 변절자를 처단해야지.

        암전.

6장

경성, 의열단 은신처.

최태규가 꽁꽁 묶인 채 바닥에 무릎을 꿇고 있다. 옆에 서 있는 충옥,
명순, 화진.

김충옥   왜 그랬어.

최태규   ….

김충옥   왜 그랬냐고!

최태규   독립이 되지 않을 거라고 생각했어.

김충옥   그럼 그냥 조용히 창씨 개명이나 하고 일본인처럼 살면 되지.
          왜 민족을 배반하고 같은 동지를 몰살시키는 일본의 개가 되
          었느냐 이 말이야!

최태규   미안하다. 충옥아.

김충옥   그 더러운 입으로 내 이름 함부로 부르지 마라.

충옥, 권총을 꺼내어 태규의 머리에 겨눈다. 벌벌 떠는 최태규.

최태규   잠깐만! 제발 목숨만은! 충옥아. 우리 옛정을 생각해서라도….

김충옥   누가 시켰어? 말해.

최태규   ….

김충옥   우메다 경부가 시켰나? 네가 정보를 준 우메다 경부 말이야.
          대답!

다시 권총을 겨누자 기겁하며 말하는 최태규.

최태규   우쓰노미야 다로!

김충옥   뭐?

신화진   조선군 사령관 우쓰노미야 다로?

최태규   으응.

이명순   그게 누구죠?

김충옥   사이토 총독에 이어 한반도 권력 서열 두 번째 인물. 대한민국 임시정부는 절대 있어서는 안 된다며 임시정부를 와해시키기 위해 끊임없이 밀정을 투입하는 놈이야. 그놈이 너한테 직접 의열단 밀정을 지시했다고?

최태규   작년에 우리 집으로 경시청에서 보낸 형사가 찾아왔어. 따라 오라고. 눈을 가리고 끌고 가더니 그곳에 우쓰노미야 다로가 있더라고. 온갖 회유와 협박을 거듭했어. 우리 가족마저 위협 하면서. 그래서 그랬던 거야. 미안해. 정말.

김충옥   끝까지 거짓말이구나.

최태규   뭐?

김충옥   너의 솔직한 자백을 듣고 싶었다. 네가 우리의 정보를 그놈에 게 준 것처럼 우리도 너의 정보를 갖고 있었어.

최태규   정보? 무, 무슨…?

김충옥   우린 네가 밀정이란 사실을 알고 난 후, 네가 우쓰노미야 다로 의 회유에 의해 밀정이 되었다는 것과 그 대가로 큰돈과 땅을 받아왔다는 것을 알게 됐지.

최태규   그, 그건….

김충옥	우리도 너처럼 밀정을 심어뒀으니까. 마지막으로 민족을 배반한 반역죄를 진심으로 속죄할 기회를 주고 싶었어. 그런데 넌 끝까지 우릴 속이려 들었다.
신화진	(갑자기 달려들어 태규의 멱살을 잡고) 이 개새끼야. 그깟 돈 몇 푼에 우릴 팔아넘겨? 이 앞잡이 새끼야!

화진, 주먹으로 태규를 친다. 바닥에 나 뒹구는 태규. 발로 마구 밟기 시작하고 계속 이어서 때리려는데 명순이 말린다.

이명순	그만! 그만 하세요!
신화진	놔! 이런 새끼는 때려죽여야 해!
김충옥	아니, 그럴 필요 없어. 어차피 죽일 건데 뭐 하러 힘을 빼. 결국 의열단의 규칙대로! 조선혁명선언에 따라 매국노를 처단한다.
최태규	충옥아! 잘못했어! 내가 잘못 생각했다. 충옥아! 제발!

기겁하며 사정하는 최태규. 김충옥, 최태규에게 총을 겨누는데.

최태규	밀정이 더 있어! 나 혼자가 아니야!

모두 깜짝 놀라고.

김충옥	무슨 소리지?
최태규	우메다 경부에게 들었어. 나 말고 밀정이 또 있다고!
신화진	지금 우리 셋 중에 앞잡이가 또 있단 말이야? 아니지. 충옥 동

지는 그럴 일 없으니까… 나랑 명순이 둘 중에 한 명이 앞잡이라고 하는 거네?

이명순 거짓말이에요. 지금 우리를 교란시키려고 발악하는 거예요.

김충옥 그 말을 어떻게 믿지?

최태규 설진 동지가 시체로 발견됐어.

신화진 네가 죽인 거잖아! 이 새끼야!

김충옥 잠깐만! 가만 있어봐. 계속 말해. 만약 헛소리하는 거라면 진짜 가만 안 둔다. 네 사지를 찢어 죽일 거야. 알겠어?

최태규 지, 진짜야. 내가 왜 이제 와서 거짓을 말하겠어? 내가 죽을 판인데….

김충옥 말해봐.

최태규 설진 동지가 죽었다는 얘길 듣고 우메다 경부에게 내가 따졌어. 그럼 내가 더 의심받을 텐데 왜 그랬냐고.

김충옥 네가 죽인 게 아니라는 거야?

최태규 방금 말했잖아. 뭐 하러 의심받을 짓을 해? 설진 동지는 나와 같은 방향으로 피신했는데 내가 바보가 아니고서야 설진 동지를 죽일 이유가 없잖아.

김충옥 그런데?

최태규 우메다 경부가 그러더라고. 자기들이 죽인 게 아니라고.

김충옥 뭐?

신화진 그럼 누가 죽였다는 거야?

최태규 나도 물었지. 그럼 누가 죽인 거냐고. 우메다 경부가 실실거리며 말하더라고. 왜 밀정이 한 명일 거라고 생각하냐고.

신화진 그래서 그게 누구냐고!

모두 최태규를 주시한다.

최태규　　　몰라. 내가 아는 건 거기까지야.

신화진, 달려들어 최태규를 때리려고 한다.

신화진　　　이 새끼가 지금 누굴 놀려?

김충옥　　　그만! 그만 해! 이렇게 흥분한다고 뭐가 달라져? 제발 가만히
　　　　　　좀 있어!

신화진　　　우릴 지금 농락하고 있잖아.

최태규　　　그런 거 아니야. 충옥아, 내가… 내가 알아 올게. 그게 누군지
　　　　　　내가 찾아낼게! 그러니까 나, 이중스파이가 될게. 그러니까 살
　　　　　　려줘. 나 이제 네 편이야. 응?

이명순　　　속으면 안 돼요. 우릴 기만하는 거예요.

신화진　　　맞아!

최태규　　　아니야! 충옥아 내말 들어봐. 너 저 두 사람을 믿어?

신화진　　　진짜 어이가 없네. 하하.

잠시 생각하다 태규 앞으로 가서 눈을 마주하고 말하는 충옥.

김충옥　　　네 말이 거짓이든 사실이든 넌 무조건 죽어.

최태규　　　그게… 무슨 말이야? 왜?

김충옥　　　네 말이 거짓이면 약속대로 사지를 찢어 죽일 것이고 만약 사
　　　　　　실이라면 이 두 사람 중에 한 명이 널 죽이겠지. 자신의 정체가

탄로 나기 전에.

최태규 그러니까 네가 날 보호해줘야지! 말했잖아. 이제 난 네 편! 네 사람이라고! 내가 알아낼 테니까 함께 색출하자 이 말이야. 응? 충옥아 제발….

탕 소리와 함께 머리를 관통하고 쓰러지는 태규. 명순이 총을 겨누고 있다. 놀라는 화진과 충옥.

김충옥 아니… 왜….

이명순 더 들으면 안 돼요.

김충옥 뭐?

이명순 오라버니, 지금 혼란스러워하고 있잖아요. 오라버니가 그랬 잖아요. 확실한 증거 없이 심증만으로 서로 의심하는 거! 그게 바로 분열의 시작이라고.

모두 한동안 말이 없다. 넋이 나간 표정의 충옥. 화진은 명순을 멍하 니 바라본다.

이명순 (화진에게) 왜요?

신화진 아, 아냐.

이명순 가요. 피해야 해요.

김충옥 어디로?

이명순 모르겠어요. 어쨌든 경성을 벗어나야 해요.

신화진 내일 서울역 거사는?

이명순   일이 이렇게 틀어진 마당에 서울역 거사를 무슨 수로… 우리
        셋이 서울역 거사는 힘들어요. 서울역에 순사들이 벌떼처럼
        진을 칠 게 분명해요. 일단 몸을 피하고 후일을 도모하는 게 옳
        아요.

김충옥   아니야. 김원봉 단장과 김구 선생이 그랬어. 종로 경찰서가 실
        패하면 서울역 거사를 반드시….

이명순   총알이랑 폭탄도 부족하잖아요! 일단 상해로 돌아가요. 김원
        봉 단장과 김구 선생께 다시 도움을 청하기로 해요. 나도 함께
        갈게요. 네?

김충옥   명순이 너도 함께 간다고?

이명순   우리 셋이 상해로 가요. 지금 이대로 거사는 무리예요.

김충옥   모르겠어. 정말….

이명순   오라버니! 정말 죽고 싶어요? 지금 오라버니는 제정신 아니에
        요! 계획이 실패로 끝나고 동지들이 죽어 나가면서 판단력이
        흐려졌다고요. 내가 하자는 대로 해요. 이러다 정말 우리 다
        죽어요. 네?

신화진   믿지 마요.

이명순   뭐라고요?

신화진   밀정이에요. 명순 동지가.

이명순   화진 동지 지금 그게 무슨….

신화진   봐요. 상해로 가자고 하잖아요. 이게 목적이었어. 상해 임시정
        부로 가서 김원봉 단장과 김구 선생을 만나는 게 목적이었어!

        뒷걸음질 치는 충옥.

김충옥   사실이야? 명순아… 맞아?

이명순   아니에요.

신화진   맞아. 그런 거였어. 태규 형님 말이 맞았어! 난 밀정이 확실히
         아니니까! 저년이 밀정이었던 거야!

이명순   그만.

신화진   무서운 년. 진짜 무서운 년은 저 년이었어! 우리 엄마 말이 맞
         았어. 여자는 믿으면 안 된다고 그랬는데 제기랄!

이명순   그만 하세요. 제발.

신화진   충옥 동지! 절대로 상해로 가면 안 돼요! 그럼 일본 놈들에게
         상해 임시정부 위치를 알려주는 꼴이 되는 거예요! 아니지. 저
         년이 김원봉 단장과 김구 선생을 암살할지도 몰라… 그러니까
         절대로….

         탕! 명순이 화진도 쐈다. 그대로 쓰러져 죽는 화진.

이명순   그만 하라니까. 진짜 왜 말을 안 들어.

         놀란 표정의 충옥.

김충옥   명, 명순아….

이명순   오라버니.

         충옥, 다급히 품에서 총을 빼려고 하는 순간 명순이 충옥의 다리를
         쏜다. 비명과 함께 자리에 쓰러지는 충옥. 명순, 충옥의 손에서 총을

빼앗어 들고 계속 충옥에게 총을 겨눈 채 말한다.

이명순   그래요. 저예요. 내가 밀정이에요.

김충옥   네가 어떻게 나한테… 난 널….

이명순   뭐? 뒤꽁무니 쫓아다니던 내가 어떻게 이럴 수 있냐고? 언제
        적 얘기를. 그러기엔 세월이 많이 지났잖아요. 오라버니가 상
        해로 건너간 이후에 나도 많은 일이 있었어요. 먹고 살아야 하
        니까 일본 놈들 식모살이도 하고 허드렛일도 하고 그러다 일
        본 장교 집에 얹혀살면서 일본말도 배우고… 오라버니가 경성
        에 돌아왔단 소식 듣고 보고 싶어서 이렇게… 됐어요. 긴 얘기
        청승맞기만 하지 뭐. 사실, 더 큰 계획이 있었는데… (화진을 가
        리키며) 저 새끼의 말대로. 나 많이 변했죠? 그래요. 세상이 날
        변하게 했어요. 조국? 내 나라? 다 무슨 소용이죠? 나라를 빼앗
        겼듯이 내 가족, 내 몸 하나도 지키지 못했는데. 조선 남정네들
        이 날 겁탈할 때 도와준 게 일본 장교였어요. 그럼 난 누구를
        위해 살아야 할까요? 그때 오빠는 어디에 있었죠? 미안해요.
        그냥 다 미안해요. 내 잘못이죠. 힘없는 조국에 힘없는 여자로
        태어난 잘못. 그냥 이렇게 우리 헤어지는 걸로 해요.

다리에서 솟는 피를 한 손으로 부여잡고 헐떡거리며 말하는 충옥.

김충옥   경식… 경식….

이명순   네? 아, 경식 오라버니요? 이미 지금쯤 어딘가에 죽어서 버려
        졌을걸요? 제가 우메다 경부에게 말했거든요. 밀정이라고. 그

만 가세요.

충옥에게 총을 겨누는 명순. 그때 피투성이가 된 모습으로 문을 박차며 뛰어 들어오는 경식. 곧바로 명순에게 총을 난사한다. 탕! 탕! 탕! 탕! 탕!

쓰러지는 명순. 그 자리에서 죽는다.

박경식   충옥아!

경식, 충옥을 일으켜 세운다.

박경식   괜찮아? 다행이다. 조금만 늦었다면….
김충옥   경식아….
박경식   됐어. 말하지 마. 나도 놀랐어. 이럴 시간 없어. 빨리 도망가야 해. 이제 앞잡이 짓도 안녕이다. 자, 가자!

경식, 충옥을 부축하며 퇴장한다. 화진과 명순, 태규의 시체만이 남는다.

암전.

어둠. 적막 속에서 떠오르는 자막.

"KBS 탐사보도부는 2019년 취재를 통해 그동안 밝혀지지 않은 밀정 895명의 명단을 공개했다. 그중에 상당수의 인원이 독립유공자 서훈을 받고 여전히 현충원에 안치되어 있다. 국가보훈처는 진실을 규명하고 신분 세탁을 한 밀정들을 철저히 재조사할 것을 촉구하며 밀정 895명의 명단을 공개한다."

밀정 895명의 명단이 자막으로 공개된다.

강경팔 강금철 강동락 강락원 강문백 강문형 강병철 강봉현 강석호 강선장 강영화 강용만 강준수 강진한 강창호 강택규 강필경 강한말 강한수 강해범 계덕필 계승호 고병걸 고병택 고성오 고성환 고성환 고운학 고진화 곽봉산 권봉수 기병연 김갑병 김강림 김경렬 김경률 김경선 김경선 김경연 김경준 김경호 김경희 김공엽 김관일 김　광 김광련 김광준 김광추 김교익 김규동 김극전 김기양 김기욱 김기조 김기준 김기충 김기형 김기홍 김길준 김길춘 김남길 김내범 김달문 김달준 김달하 김대원 김대형 김덕기 김덕삼 김덕삼 김덕형 김도순 김도영 김동대 김동열 김동주 김동한 김동환 김동훈 김동훈 김두천 김래봉 김리구 김만수 김병균 김명렬 김명복 김명인 김명진 김명집 김명춘 김문근 김문협 김문호 김민구 김민용 김방혁 김병건 김병규 김병수 김병수 김병옥 김병우 김병헌 김병호 김병희 김보현 김　복 김봉국 김봉래 김봉선 김봉섭 김봉수 김봉순 김봉재 김봉호 김봉팔 김사훈 김상률 김상범 김상섭 김상필 김상필 김상현 김생려 김서방 김석룡 김석충 김석필 김석홍 김선옥 김성곤 김성룡 김성린 김성민 김성오 김성국 김성준 김성천 김성철 김성하 김성학 김새윤 김세진

김소달 김송열 김수근 김순열 김 승 김승로 김승환 김시준 김시철
김양천 김연욱 김연정 김연하 김 열 김영건 김영길 김영배 김영복
김영수 김영식 김영주 김영천 김영철 김영춘 김영호 김옥만 김완태
김용국 김용규 김용문 김용범 김용봉 김용식 김용식 김용욱 김용하
김우건 김우조 김우택 김우현 김운보 김웅이 김원순 김원철 김유복
김유영 김윤규 김윤신 김윤옥 김윤집 김윤택 김웅룡 김웅문 김웅실
김이수 김이원 김이출 김 익 김인만 김인순 김인승 김인희 김일룡
김장현 김장희 김재룡 김재범 김재수 김재영 김재원 김재윤 김재현
김재홍 김재희 김 장 김정국 김정규 김정률 김정엽 김정우 김정태
김정태 김정한 김정희 김재형 김종락 김종린 김종성 김종원 김종원
김종하 김종현 김주식 김주홍 김준근 김준명 김준현 김중익 김중화
김지섭 김창범 김창성 김창욱 김창원 김창주 김창화 김창화 김천룡
김 철 김청현 김춘수 김충록 김취일 김치극 김치만 김치범 김태식
김태선 김태주 김택룡 김 파 김 평 김하구 김하근 김하석 김하성
김하정 김하청 김학권 김학로 김학룡 김학린 김학문 김한표 김행규
김형식 김형태 김 호 김화룡 김황상 김홍국 김홍수 김희열 김희영
남규강 남복명 남상률 남승범 남희철 노중산 도용해 도 현 동심포
라청송 마문박 모정풍 문종수 민영현 민원식 민하연 민학식 박감상
박견한 박경명 박경성 박경준 박경악 박광서 박규명 박균섭 박기선
박노천 박덕린 박덕순 박동규 박동근 박두남 박득범 박락현 박래천
박로환 박병국 박병봉 박병일 박봉순 박상갑 박상과 방상관 박상진
박석윤 박성민 박순보 박순일 박순필 박승벽 박승선 박승필 박승호
박영걸 박영진 박완구 박용묵 박용철 박용환 박운경 박원식 박원효
박유병 박윤권 박은양 박응칠 박의병 박이규 박인순 박장훈 박정삼

박장선 박제간 박제건 박제경 박제현 박준근 박진조 박창근 박창림
박창해 박춘갑 박춘삼 박치겸 박치경 박태옥 박학만 박한경 박화계
박화상 박환일 박황희 박홍건 방두성 방리환 방만영 방수현 방진교
방 훈 배상렬 배영준 백규삼 백락삼 백원장 백진언 변병규 변영서
부영청 사장원 사태현 서상구 서상룡 서상용 서석초 서영선 서영춘
서영희 서완산 서 초 서춘당 서춘종 석성환 석현구 신우갑 성기일
성문석 손서현 손승국 손지환 손창식 송관홍 송기손 송기옥 송기종
송기환 송도여 송도홍 송두후 송병두 송병원 송세호 송의봉 송재선
송재득 송주경 송현절 선경운 선병균 선석방 선선학 신용현 신종석
신좌균 신창희 신충렬 신태현 신태현 심병남 심신연 안갑용 안경동
안기백 안동섭 안석기 안용순 안용정 안태훈 안필현 안형섭 안훈철
양기현 양덕산 양동현 양량옥 양복동 양복리 양석환 양영희 양진걸
양진청 양춘재 엄계력 엄금석 엄기동 엄노섭 엄대호 엄득일 엄석인
엄새화 엄을룡 엄인섭 여경휘 여윤범 임면홍 임익지 오덕수 오덕윤
오성룡 오성륜 오약진 오인근 오인묵 오정순 오종원 오창걸 오치춘
오현주 왕현정 왕홍삼 우덕순 우상기 우치삼 원경상 원근명 원용건
원용덕 원용익 원정환 원종명 원충희 원치상 원한준 원혜봉 유광순
유길선 유두익 유민삼 유석현 유익겸 유인발 유중희 유찬빈 유창범
유촌규 유학로 육사태 윤달수 윤대영 윤병하 윤봉섭 윤산천 윤상필
윤성새 윤영복 윤일병 윤자록 윤자명 윤자성 윤창연 윤충렬 윤치은
이갑녕 이갑장 이경란 이경세 이경재 이경재 이계용 이근선 이근식
이근영 이금석 이기수 이기용 이기태 이길봉 이길선 이달순 이덕선
이덕준 이동반 이동상 이동필 이동하 이동화 이두명 이만기 이명춘
이명환 이문규 이문용 이문의 이문호 이민호 이배성 이범락 이병문

이봉권 이봉남 이봉운 이상현 이선현 이성구 이성화 이세현 이수봉
이시일 이식영 이영근 이영길 이영선 이영수 이영순 이영일 이영학
이오익 이완구 이완룡 이용국 이용로 이용향 이우민 이　욱 이웅이
이원호 이윤길 이윤섭 이은준 이은학 이인섭 이인수 이일봉 이자식
이재익 이재춘 이　정 이정갑 이정식 이정원 이종규 이종길 이종락
이종익 이종태 이종학 이종홍 이죽파 이준성 이준열 이종옥 이지춘
이지히 이진옥 이창민 이창엽 이창운 이창화 이천신 이철학 이청산
이　춘 이춘근 이충근 이치문 이칠성 이태서 이태준 이판안 이필순
이필웅 이하수 이학춘 이현우 이호준 이희간 이희형 임경섭 임경희
임　곡 임광석 임규상 임동규 임서약 임서학 임영준 임우종 임채춘
임창일 임향림 장갈성 장경화 장기환 장남해 장달화 장두성 장문재
장문화 장순봉 장우형 장윤경 장제선 장지량 장학수 장학철 전극일
전상룡 전영우 전영표 전　일 전재덕 전진국 전창식 전태선 전학철
전화현 정경찬 정광해 정국동 정기영 정기해 정길중 정남섭 정노해
정라술 정만길 정병칠 정운복 정을선 정인옥 정인혁 정재봉 정재황
정진경 정진영 정창식 정춘환 장태옥 정태철 정해봉 정현철 정희천
조기연 조만기 조만춘 조명선 조인웅 조운서 조을선 조종훈 조효중
종일현 주권덕 주　림 주시덕 주인돈 주인동 주인찬 주형산 주　화
지상종 지성삼 지외룡 지장손 지하연 지하영 진영팔 진종환 진진옥
차거화 차익준 차창권 차청룡 채규오 채병묵 천재춘 최강철 최경선
최고현 최관정 최규진 최기남 최기형 최길상 최대관 최덕해 최동륜
최두남 최마농 최명덕 최명준 최미길 최배천 최병규 최봉욱 최상설
최상진 최석근 최석환 최선경 최재규 최송길 최수길 최순열 최영길
최영찬 최영태 최영혁 최용근 최우천 최운칠 최　웅 최웅남 최원탁

최 윤 최윤주 최의풍 최인길 최일능 최임원 최재홍 최정규 최정옥
최정익 최정일 최준태 최진남 최찬근 최창극 최창락 최창순 최창옥
최창주 최창준 최창협 최철룡 최철학 최치도 최치봉 최태욱 최 현
최현삼 최형근 최호봉 최홍빈 태봉열 태영수 하친청 하학수 한경원
한규영 한기동 한동기 한명균 한 무 한민재 한민현 한백순 한병규
한병호 한여신 한영섭 한용락 한용래 한우권 한응보 한일룡 한정일
한 찬 한창원 한중손 한태권 한태길 한태섭 한풍만 한한영 한형기
한 홍 허광윤 허기락 허기열 허기훈 허동수 허영수 허용환 허 익
허   일 허일권 허장룡 허진성 허   호 허   활 허홍준 현규봉 현시달
현용지 홍병수 홍상린 홍석호 홍성우 홍세현 홍순철 홍승훈 홍융명
홍종구 홍창범 환운홍 황도현 황동식 황룡수 황성학 황치부 황학선
황호현 황희근 황희수

막.

시체들의 호흡법

밀정리스트

작가론

삶은 희극, 연극은 놀이

—세 가지 키워드로 보는 정범철의 작품 세계

우 수 진 _연극평론가

불편한 너와의 사정거리

타임택시

건달은 개뿔

정범철은 현재 대학로에서 누구보다도 왕성하게 활동하고 있는 중견 연극인이다. 그를 극작가도, 연출가도, 극단 대표도 아니라 연극인이라고 범박하게 일컫은 이유는 그가 말 그대로 이 모두를 포괄하면서 그 이상으로 활동하는 연극인이기 때문이다.

시작은 극작이었다. 그는 2006년에 〈로미오와 줄리엣은 살해당했다〉로, 지금은 없어진 옥랑희곡상을 받으면서 등단했다. 그리고 지금까지 활동의 중심에도 극작이 놓여 있다. 이번 희곡집을 포함하여 총 세 권의 희곡집이 발간되었고, 여기에는 모두 17편의 희곡이 실려 있다. 희곡집에 포함되지 않은 작품들까지 헤아려본다면 그의 희곡 창작이 어느 전업 작가 이상으로 왕성함을 알 수 있다.

연출은 2년 후인 2008년에 자신의 극단인 '극발전소301'를 만들면서 창단공연으로 〈버스가 온다〉를 공연하면서 시작했다. 이후에는 극작과 연출을 병행하였는데, 그가 작가로서보다는 연출가로서 더 많이 호칭되는 것은 이 때문이다. 그리고 2014년 서울연극제에 김원의 〈만리향〉으로 참가하여 연출상을 수상하였는데, 이를 통해 연출가로서의 인지도를 연극계 안팎에서 좀더 분명히 했다.

극단을 운영하면서 연극을 창작을 하는 것만 해도 쉽지 않은데 정범철은 한국극작가협회와 서울연극협회, 각종 예술감독 등 연극계의 수고로운 일들을 마다하지 않는 일꾼이기도 하다. 비단 연극계뿐만 아니라 모든 분야의 협회 일이라는 것이 다양한 구성원의 복잡한 이해관계가 복잡하게 얽히는 까닭에 권한보다 봉사가, 공보다 민원이 더 많기 마련이다. 따라서 우리는 이를 통해 그가 단지 자신이 속해 있는 극단뿐만 아니라 연극계라는 공동체에 대해 기본적으로 가지고 있는 책임감을 엿볼 수 있다.

정범철의 작품 세계를 전체적으로 특징짓는 키워드를 꼽으라고 하면, 메타 연극성과 희극성, 그리고 플롯의 기술을 들 수 있다. 물론 이 세 가지 특성은 이번 희곡집에 실린 다섯 편의 희곡들 모두에서 복합적으로 나타난다. 즉 대부분의 작품이 희극적이면서 메타 연극적이고 플롯이 강하다. 하지만 여기서는 논의의 편의를 위해 작품에 나타나는 세 가지 특성들을 하나씩 차례로 살펴보고자 한다.

삶과 연극을 놀이하는, 메타 연극성

그 첫째로 희곡에 있어서 연극성은 당연한 덕목이 되겠지만, 정범철의 작품은 여기서 한걸음 더 나아가 메타 연극성을 자신의 극작과 연출의 창작 원리로서 적극적으로 활용한다. 그리고 이는 극 중에서 관객에게 무대 위에서 공연되고 있는 것이 연극이라는 사실을 지속적으로 환기시키는 한편, 그 연극이 궁극적으로 놀이임을 강조한다.

〈타임택시〉(2014)를 보자. 연극이 시작하면 극 중에서 타임택시 가이드를 하는 박세라가 등장해서 프롤로그를 한다. 그는 "연극에서 SF를 한다는 게 과연 가당키나 한 일"이냐고 관객을 향해 말하면서, 만일 "정색을 장착하고 보실 생각이라면" 당장 극장을 나가라고 호언한다. 그리고 잠시 침묵이 흐른 후에 박세라는 다시 관객에게, 이 작품이 SF라고 해서 최첨단 특수효과를 기대하지 말 것과, 그럼에도 불구하고 배우와 스태프 일동이 최선을 다해 준비하였으며 열심히 공연할 것이라고 약속한다.

이러한 프롤로그는 영리한 장치이다. 왜냐하면 SF를 표방하는 이 작품이 시작되기도 전에 극중 인물이 소위 '셀프 디스'적으로 메타 연극적인 발언을 함으로써 관객의 웃음을 자아낼 수 있기 때문이다. 연극이 시작하면, 아직까지 제4의 벽이 어색하게 엄존하는 극장 안에서 관객과 배우들은 침묵 속에서 무/의식적으로 긴장하기 마련이다. 장르와 상관없이 연극은 사실상 하나의 허구이지만, 배우는 마치 현실인 양 연기하고 관객은 침묵 속에서 이를 지켜보기 때문이다. 하지만 이 작품의 프롤로그는 웃음을 통해 배우와 관객 사이의 긴장감을 무장해제시킨다.

이것은 그저 연극일 뿐이며 게다가 부디 큰 기대도 하지 말아 달라는 내용의 프롤로그는 아이러니하게도 관객으로 하여금 이후 무대화될 모든 연극적 시도를 유쾌하게 받아들일 수 있게 한다. 한쪽 면에는 벽돌이 그려져 있고 다른 한쪽 면에는 타임택시가 그려져 있는 큐빅을 그저 돌림으로써 시간여행은 가능해지고, 공공연하게 무대 진행을 돕는 크루맨이 광풍기로 바람을 만들고 무대 뒷면에 숫자로 연도를 나타내주면 시간여행이 완성되는 것이다. 심지어는 필요에 따라 불빛이 번쩍이는 장치로 등장인물들의 기억을 지우기도 한다.

〈건달은 개뿔〉(2020) 역시 마찬가지이다. 연극이 시작하면 극을 안내하는 변사가 관객을 향해 프롤로그를 한다. "누아르의 뜻! 범죄와 폭력 세계의 비정한 삶을 다룬 범죄물. 건달의 뜻! 하는 일없이 빈둥빈둥 놀거나 게으름을 부리는 짓…. (이하 생략)" 그리고 〈타임택시〉에서와 마찬가지로 단순한 설명에 그치지 않고 관극 시 주의사항을 유머러스하게 건넨다. "주의사항! 이 공연에 등장하는 흉기들은 특수 제작된 매우 안전한 소품들이니 걱정하지 마시길! 또한 등장인물의 성격상 과도한 욕설이 난무하더라도 현실적인 연기를 위함이니 너그러이 이해해주시길 바라며 불쾌해하지 마시길!"

메타 연극성을 가장 중심적으로 활용한 작품은 〈시체들의 호흡법〉이다. 이 작품은 젊은 연극인들 중심의 대학로 극단이 열악한 상황에서도 꿋꿋하게 연극을 만들어가는 과정을 그 내용으로 하고 있다. '시체들'은 극단의 이름이다. 따라서 이 작품은 관객에게 극단 '극발전소301'의 일명 '대학로에서 연극하기'에 대한 연극, 즉 자전적인 성격의 메타 연극으로도 보여진다. 예컨대 공연을 3주 앞둔 시점에서 지원금 신청에서 떨어지고, 유명한 감독의 영화에 캐스팅된 선배 배우는 촬영 스케줄로 인해 갑자기 공연에서 빠지게 되고, 연출을 맡은 선배는 상업극 연출을 하느라 연습에 거의 참여도 못해 작가를 겸하는 조연출이 사실상 연습을 이끌어가는 모습 등은 요즘 대학로 극단의 웃픈, 그러나 익숙한 풍경이다.

작품은 그런데 여기서 더 나아간다. 극 중간중간에 등장인물들이 관객을 향해 자신의 이야기를 하는 것이다. 〈타임택시〉와 마찬가지로 연극이 시작되면 말없이 무대 위에서 노트북으로 무언가 작업을 하던 고나연이 관객을 보고 자신의 이야기를 말하기 시작한다. "안녕하세요, 저는 고나연이라고 합니다. 저는 연극을 하고 있습니다…. (이하 생략)" 그리고 이야기를 마치면 핸드폰이 울리면서 고나연은 자연스럽게 다시 연극 안으로 들어간다. "네, 대표님. 저 연습실이요…. (이하 생략)"

〈타임택시〉에서는 연극이 시작되는 프롤로그에서 한 번 배우가 관객에게 이야기했다면, 〈시체들의 호흡법〉(2020)에서는 모든 등장인물이 극 중간중간에 차례로 관객에게 자신의 이야기를 들려준다. 그리고 이들의 이야기는 극중 인물의 이야기일 뿐만 아니라 배우들 자신의 이야기와 같은 실감을 만들어냄으로써 삶과 연극의 경계를 모호하게 하고 그것의 메타 연극성을 강화시킨다. 공무원 퇴직을 앞둔 아버지로 인해 집안에서 은근히 결혼 압박을 받고 극단 후배인 채경을 좋아하는 도형의 이야기나, 대학로 연극 7년차로서 '시체들'의 창단 당시 자신이 최고로 연기 잘하는 배우였다는 진석의 이야기, 그리고 지방에서 고등학교 졸업 후 지금은 교도소에 있는 유명 연출가 밑에서 극단 생활을 하다가 '시체들'에 들어오게 되었다는 미림의 이야기는 개연적인 사실을 넘어 말 그대로 대학로의 현실이기 때문이다.

메타 연극성을 띠는 작품의 구조는 중층적이다. 우선 드라마의 층위와 현실의 층위는 등장인물들이 관객을 향해 이야기하는 순간에 서로 교차된다. 그리고 그 교차되는 지점에서 등장인물들은 무대 위에서 그 인물을 연기하는 배우 자신과 교차되면서 그와 동시에 배우 자신으로 확장된다. 이러한 극작은 단순한 듯 보여도 극적인 효과가 크다. 즉 지원사업, 예술인증명, 서울연극협회 혜택 등 대학로 극단들의 현실과 함께 "사실 우리 극단 작품은 좀 가볍잖아."라고 하며 극중의 극단 '시체들'과 극 바깥의 '극발전소301'를 동시에 셀프 디스하면서 발생되었던 가벼운 웃음은, 극중 인물의 삶뿐만 아니라 배우 자신의 삶이 지니는 현실의 무게감으로 인해 진한 페이소스를 띠게 되는 것이다.

삶을 긍정하는, 희극성

정범철은 희극 작가이다. 그리고 이것은 삶에 대한 그의 기본적인 관점이 희극적이라는 것을 의미한다. 그렇다면 희극적이라는 것은 무엇일까. 기본적으로 희극은 비현실성을 띤다. 비현실성이 강화되면서 만들어지는 엉뚱하고 기발한 상황은 웃음을 발생시키는데, 이때 연극은 현실보다 놀이에 가까워진다. 그리고 희극이 지극히 현실적인 문제를 소재로 삼는다고 해도 그것의 문제해결 방식은 근본적으로 비현실적이다. 즉 현실 속의 갈등은 좀처럼 전면화되어 파국에 이르지 않으며, 그 이면에는 인간과 삶에 대한 낙관 내지는 긍정성이 놓여 있다.

엉뚱하고 기발한 상상력이 만들어내는 희극성이 특히 돋보이는 작품은 〈타임택시〉와 〈건달은 개뿔〉이다. 이 중 말 그대로 SF를 표방하는 〈타임택시〉는 시간여행을 소재로 하고 있다. 연극은 윤경택이 미래에서 개발된 타임머신을 상업화한 타임택시를 타고 2053년에서 2020년 현재로 오는 것으로 시작된다. 그리고 타임택시 이용자는 가족과 친구를 접촉해서는 절대 안 된다는 규정에도 불구하고 윤경택은 수단과 방법을 가리지 않고 자신의 운명을 바꾸기 위해 갖가지 시도를 하는 과정에서 극적인 상황은 엉뚱한 방향을 흘러간다.

윤경택이 과거로 온 이유는 이러했다. 윤경택의 부모는 아버지의 외도로 인해 어머니가 윤경택을 낳은 후에 바로 이혼했다. 그리고 홀로 힘겹

게 아들을 키우던 어머니는 자신의 목숨을 구해준 택시기사와 사랑에 빠져 재혼하면서 어린 윤경택을 아버지에게 보내는데, 그로 인해 윤경택은 바람둥이 아버지 밑에서 불행한 유년 시절을 보낸다. 그래서 윤경택은 과거로 와서 아버지의 외도와 부모의 이혼을 미연에 방지하고자 한다. 그런데 아버지의 첫 번째 외도 여성은 재벌가의 딸이자 타임택시를 개발한 천재소녀로 밝혀지고, 윤경택은 끝내 이 여성과 아버지가 서로 만나지 못하게 하는 데에 성공한다. 하지만 이번에는 윤경택의 아버지가 자신의 아들이 과거로 돌아가 자신과 재벌가 딸의 결혼을 무산시켰다는 사실을 알고 자신도 다시 과거를 바로 잡기 위해 과거로 온다. 이렇게 사건은 점점 더 엉뚱하게 흘러가면서 과거와 미래의 시간이 뒤엉키고 상황은 한층 더 복잡해진다.

느와르 형식으로 조폭들의 세계를 그린 〈건달을 개뿔〉 역시 〈타임택시〉처럼 그 설정이 비현실이다. 이 작품은 친구의 배신으로 10년의 징역을 살고 나온 조폭 박춘배가 벌이는 한판의 복수극이다. 조폭 소재의 영화가 그렇듯이 조폭 소재의 연극에서도 배신과 폭력, 살인이 난무한다. 출소 후 박춘배는 자신을 배신한 친구 구영창과 자신의 보스인 유 회장을 죽이고 결국 자신도 자살한다. 하지만 장르 안에서 잇단 폭력과 살인은 어느 순간 놀이가 된다.

파국으로 흘러가는 삶과 인간의 관계를 그린 작품에서도 작가는 그 결말에서 어느 정도의 여지를 남긴다. 예컨대 〈불편한 너와의 사정거리〉(2019)는 한밤중에 울려 퍼지는 세 발의 총소리와 함께 시작한다. 그리고 주인공 차명숙은 친구 김영실을 찾아가 자신이 권총으로 세 사람을 죽였다고 고백하면서 그 이야기를 들려준다. 무대 위에서는 차명숙이 김영실에게 자신의 이야기를 해주는 바깥의 연극과 그 안에서 차명숙이 세 사람을 죽인 이야기인 극중극이 동시에 전개된다. 그리고 차명숙이 극중극과 바깥의 연극을 오가는 가운데 김영실은 극중극에 대해 차명숙과 메타 연극적인 대화를 나눈다.

차명숙에 의하면 그녀는 고등학교 시절 극우였던 국사 선생님을 죽였다. 수업시간에 국사 선생님에 맞서 이승만을 비판하다가 학생주임에게 구타당했던 그녀는 결국 전학까지 가야 했었다. 그다음에 차명숙은 대학 시절 학생운동을 하다가 교도소에 수감되었을 때 자신을 성폭행하며 괴롭혔던 감방 선임을 찾아가 죽인다. 당시 강한 지역감정을 가지고 있던 감방 선임은 전라도 출신인 차명숙에게 심한 모멸감을 주면서 폭력을 행사했으며, 지금은 '대한민국 마마부대'라는 극우 성향의 유튜브 채널을 운영하고 있었기 때문이다. 세 번째로 차명숙은 대학 졸업 후 자신이 광주항쟁을 소재로 만든 영화에 대해 혹평을 썼던 평론가 심미화를 찾아가 처벌한다. 계엄군의 딸인 그녀는 평소에도 광주항쟁을 폭동으로 간주했기에 차명숙의 영화를 다 보지도 않은 상태에서 혹평을 썼던 것이다. 그리고 마지막으로 차명숙은 지금까지 자신의 이야기를 듣고 있었던 김영실과 자신의 남편 이지석에게 총을 겨눈다. 김영실은 대학시절에 자신을 밀고한 바 있으며, 현재는 자신의 남편과 불륜 관계이기 때문이다.

차명숙이 세 사람을 찾아가 처단하는 극중극 안에는 차명숙 개인의 삶뿐만 아니라 우리 근현대사의 불행이 반영되어 있다. 그리고 진보와 보수가 서로를 '좌빨'이나 '극우'로 비난하며 대립하고 있는 지금 우리 사회의 현실 역시 담겨 있다. 하지만 그럼에도 불구하고 이 작품을 사회 문제극이라고 보기는 어렵다. 김영실과 남편 이지석까지 모두 죽인 차명숙이 퇴장하고 나면 마지막 장면이 다시 반복되면서, 앞서의 파국이 모두 허구였음이 드러나기 때문이다. 다시 말해 이지석과 김영실을 겨누었던 총, 극중극에서 손가락으로 마임 처리되었던 총은 모두 진짜 손가락 총으로, 지금까지의 연극은 차명숙이 벌인 한바탕의 연극놀이였던 것이다. 하지만 이를 통해 관객은 왠지 모를 안도감을 느끼는 한편, 그 속에서 씁쓸한 페이소스를 짙게 느끼게 된다. 역설적이게도 언해피엔딩하게 해피엔딩한 비희극인 것이다.

플롯의 기술

개인적으로 정범철의 작품에서 가장 높이 평가하는 바는 플롯을 다루는 기술이다. 일찍이 아리스토텔레스가 말했듯이 연극 내지 희곡 장르의 요체는 플롯에 있고, 희곡 쓰기가 시나 소설 같은 다른 장르보다 특히 어려운 점은 바로 플롯 때문이다. 하지만 정범철은 플롯을 잘 만들 뿐만 아니라 가지고 놀 줄 아는 몇 안 되는 작가이다.

다섯 편의 작품 중에서 〈시체들의 호흡법〉과 〈불편한 너와의 사정거리〉는 이야기를 기본 플롯으로 하고 있다. 이 중 〈시체들의 호흡법〉은 극 중간중간에 등장인물들이 관객을 향해 이야기하는 장면들을 제외하고는 시간의 흐름에 따라 사건이 전개된다. 그리고 〈불편한 너와의 사정거리〉에서 바깥의 연극은 차명숙이 김영실을 찾아가 자신의 이야기를 들려주는 시간의 흐름에 따라 전개된다. 하지만 나머지 세 작품인 〈타임택시〉와 〈건달은 개뿔〉, 그리고 〈밀정 리스트〉에서 이야기는 입체적인 플롯을 통해 구성되고 있다.

먼저 〈건달은 개뿔〉을 보자. 이 작품의 플롯은 하나의 이야기를 마치 영화나 소설처럼 시점을 달리하는 네 개의 이야기로 분할하고 다시 재구성하는 방식으로 짜여져 있다. 이에 따라 관객은 완성된 플롯을 다소 수동적으로 따라가며 이해하기보다는 시간을 역행하며 서로 교차되는 이야기들을 쫓아 스스로 플롯을 퍼즐 조각처럼 재구성해 나가게 된다.

전술했듯이 이 작품은 조폭 박춘배의 복수를 다루고 있다. 제1장인 '춘배의 심판'은 시간의 흐름에 따라 전개된다. 출소한 박춘배가 자신을 배신한 친구 구영창과 조직의 보스인 유 회장을 찾아가 차례로 복수하는 것이다. 하지만 제2장 '영창의 배신'은 시간을 거슬러 박춘배와 구영창의 학창시절로 돌아간다. 그곳에서 두 사람은 우연히 조폭과 싸우게 되면서 유 회장이 보스로 있는 피라미 파에 들어간다. 그리고 유 회장의 여자인 여희를 사랑한 구영창은 조직의 세를 확장하는 데 적극적으로 나서고, 종국에는 경쟁자인 구룡파의 보스 제임스를 죽이고 그 혐의를 박춘배에게 돌린다.

제2장이 끝나가는 지점의 시간은 제1장이 시작되는 지점의 시간과 오버랩된다. 그리고 이를 통해 관객은 박춘배와 구영창, 유 회장의 전사(前史)를 알게 된다. 즉 제1장에서는 구영창이 박춘배의 손에 죽을 때 그냥 죽었지만, 제2장에는 이 부분의 내용이 좀 더 보강되어 구영창이 박춘배에게 누명을 씌운 이유가 그가 자신의 비밀을 너무 많이 알고 있기 때문이라는 사실이 추가로 밝혀진다. 이렇게 하나의 이야기에 다른 이야기가 더해지고 교차하는 과정에서 전체 이야기에 대한 관객의 인식은 점점 확장되어 나간다.

다음 제3장 '유 회장의 전쟁'에서는 유 회장과 제임스가 한때 형님 아우 하던 사이였다는 사실과, 보초를 서고 있는 조직원들의 입을 통해 두 사람이 장백지라는 홍콩 여배우를 동시에 사랑하면서 갈라서게 된 사연이 전해진다. 그리고 바로 뒤이어서 다시 유 회장이 제임스를 죽이는 장면이 반복되는데, 그다음에는 유 회장의 여자였지만 제임스를 사랑했던 여희가 제임스의 복수를 위해 유 회장을 죽이려고 하다가 역으로 죽임을 당하는 이야기가 새롭게 추가된다. 그리고 다시 유 회장이 박춘배에 의해 죽임을 당하는 것으로 마무리된다.

마지막으로 제4장 '파멸의 여희'에서는 제임스와 여희와의 전사가 그려진다. 그리고 여기서 여희가 애초 제임스를 위해 유 회장을 제거할 목적으로 구영창에게 총을 주었다는 사실이 밝혀지며, 다시 유 회장이 제임스를 죽이는 장면이 반복된 후에는 여희가 유 회장에게 복수를 하다가 구영창의 배신으로 죽임을 당하는 것으로 끝난다. 이와 같이 네 개의 이야기가 모두 마무리되는 순간에 관객은 비로소 전체 이야기를 완성할 수 있게 된다.

마지막으로 〈밀정 리스트〉(2021)는 이번 희곡집에 실린 다섯 편의 작품 중에서 유일하게 희극성을 띠지 않는 작품이다. 역사극의 형식을 띠는 이 작품 안에서 작가는 잘 짜여진 플롯을 기반으로 하여 추리극적인 성격과 심리극적인 성격을 성공적으로 결합시켰다. 따라서 이 작품은 앞으로 정범철의 작가적 스펙트럼이 다양하고 폭넓게 확장될 수 있다는 사실을 잘 보여준다고 할 수 있다.

극중 의열단인 김충옥은 동지인 신화진과 이명순, 정설진, 최태규와 함께 사이토 총독의 암살을 시도한다. 하지만 암살이 실패로 돌아가고 그

과정에서 정설진이 죽임을 당하면서 최태규는 내부에 밀정이 있다는 의혹을 제기한다. 그런데 극중에는 이들 외에도 밀정 용의자가 한 명 더 있다. 김충옥의 오랜 친구이자 동지인 박경식이 종로경찰서 경무보로 일하면서 충옥에게 중요한 정보를 공유해 왔기 때문이다. 즉 박경식은 의열단의 밀정이었지만 김충옥 외에는 아무도 박경식의 존재를 모른다. 따라서 이 작품의 실질적인 플롯은 마치 〈오이디푸스왕〉처럼 내부의 밀정을 누군지를 밝히는 추리극의 형식을 취하고 있다.

그런데 이로 인해 김충옥을 포함한 모든 사람들이 서로를 밀정으로 의심하게 되면서 이 작품은 자연스럽게 심리극의 형식을 띠게 된다. 즉 처음에는 최태규가 밀정이 있다는 의혹을 제기하였으나 김충옥은 그와 함께 도주했던 정설진이 죽은 사실로 인해 역으로 최태규를 의심한다. 그리고 신화진은 김충옥만이 알고 있다는 외부인 박경식이 밀정일 가능성을 강하게 제기하는 한편, 김충옥은 최태규뿐만 아니라 은신처를 제공한 이명순까지 의심을 하게 된다. 사실상 이 작품의 백미는 김충옥이 다른 등장인물들의 밀정 가능성을 두고 심리적으로 갈등하는 장면이라고 할 수 있다.

김충옥은 밀정을 알아내기 위해 마침내 계략을 세운다. 즉 이명순을 통해 신화진과 최태규에게 각각 회합 장소의 변경 사실과 새로운 약속 장소를 알려준다. 그리고 경찰서에 새롭게 밀고된 약속 장소를 박경식이 김충옥에게 전달하는 방법으로, 마침내 최태규가 회합 장소를 경찰서에 밀고했다는 사실을 알아낸다. 하지만 최태규는 충옥에 의해 처단당하여 죽기 전에, 정확히 누군지는 모르지만 또 다른 밀정이 있다는 사실을 말한다. 이제 밀정의 용의자는 이명순과 신화진으로 좁혀진다. 그리고 자신의 결백을 강력하게 주장하는 신화진을 이명순이 죽임으로써 결국 이명순이 밀정임이 밝혀진다. 이명순은 충옥에게도 총을 겨누지만, 때마침 도착한 박경식이 이명순을 죽이고 김충옥을 부축하여 퇴장한다.

에필로그에서는 자막을 통해 2019년 KBS 탐사보도부에서 밀정 895명의 명단을 새롭게 밝혔다는 사실과 함께 그 명단을 공개하였다. 그리고 이러한 에필로그를 통해 연극은 조선의 독립을 위해 생사를 걸었던 의열단의 거사가 내부의 밀정으로 인해 허무하게 무산되고 독립운동가의 목숨마저 빼앗겼던 안타까운 우리 역사로 확장되면서 진한 여운을 남기게 된다.

벌써 세 번째 희곡집을 출간하는 정범철은 아직 사십 대의 중견 연극인이다. 창작자들에게 사십 대에서 오십 대로 접어드는 시기, 그리고 오십 대 중반을 향해 가는 시기는 가장 중요하다고 할 수 있다. 그동안 힘들게 땅을 갈고 김을 매면서 싹을 틔운 창작의 씨가 본격적으로 나무로 성장하고 열매를 맺는 시기이기 때문이다. 실상 열매의 크기는 이전까지의 삶과 예술의 치열함에 좌우될 것인데, 그러한 점에서 정범철의 전정(前程)이 더욱 기대된다.

정범철 희곡집 3

등록 1994.7.1 제1-1071
1쇄 발행 2023년 7월 31일

지은이   정범철
펴낸이   박길수
편집장   소경희
편 집   조영준
관 리   위현정
디자인   이주향
마케팅   조영준
펴낸곳   도서출판 모시는사람들
          03147 서울시 종로구 삼일대로 457 (경운동 수운회관) 1207호
전 화   02-735-7173, 02-737-7173 / 팩스 02-730-7173
홈페이지 http://www.mosinsaram.com/

인 쇄   피오디북(031-955-8100)
배 본   문화유통북스(031-937-6100)

값은 뒤표지에 있습니다.
ISBN   979-11-6629-167-8   03810